KB231298

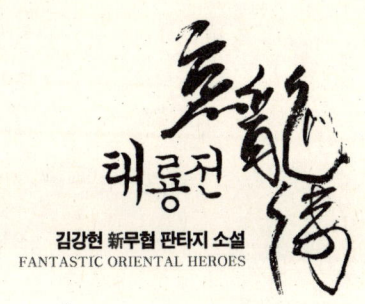

태룡전

김강현 新무협 판타지 소설

FANTASTIC ORIENTAL HEROES

태룡전 5

김강현 新무협 판타지 소설

초판 1쇄 찍은 날 § 2009년 6월 16일
초판 1쇄 펴낸 날 § 2009년 6월 19일

지은이 § 김강현
펴낸이 § 서경석

편집장 § 문혜영
편집책임 § 정서진
편집 § 문정흠

펴낸곳 § 도서출판 청어람
등록번호 § 제1081-1-89호
등록일자 § 1999. 5. 31
어람번호 § 제2-1764호

주소 § 경기도 부천시 원미구 심곡2동 163-2 서경B/D 3F (우) 420-822
전화 § 032-656-4452 팩스 § 032-656-4453
http://www.chungeoram.com
E-mail § eoram99@chollian.net

ⓒ 김강현, 2009

ISBN 978-89-251-1838-3 04810
ISBN 978-89-251-1731-7 (세트)

※ 파본은 구입하신 서점에서 교환하여 드립니다.
※ 저자와 협의하여 인지를 붙이지 않습니다.
※ 이 책은 도서출판 청어람과 저작자의 계약에 의해 출판된 것이므로,
   무단 전재 및 유포 · 공유를 금합니다.

태룡전

5

황산행(黃山行)

FANTASTIC ORIENTAL HEROES

김강현 新무협 판타지 소설

청어람
도서출판

目次

第一章

흉수

龍濤
태룡전

좌중은 쥐 죽은 듯 조용했다. 어느 누구도 눈앞에 벌어진 일을 믿지 못했다. 다섯 개나 되는 벽력탄이 동시에 폭발했다. 벽력탄이 하나만 터져도 웬만한 크기의 전각이 무너질 정도인데, 그런 벽력탄이 무려 다섯 개나 동시에 터졌다. 당연히 그 사이에 서 있던 사람이 멀쩡할 수는 없었다.

하지만 단유강은 너무나 여유롭게 서 있었다. 그의 옷에는 그을린 자국 하나 없었다. 단유강 옆에 서 있던 담교영 역시 마찬가지였다. 옷깃 하나 상하지 않았다. 심지어는 몸에 먼지조차 묻지 않았다.

원위천은 믿을 수 없었다. 어찌 인간이 그 대단한 폭발 속에서 멀쩡할 수 있단 말인가. 아니, 정확히 말하자면 그런 인간도 존재한다. 십대고수쯤 되면 발밑에서 벽력탄이 터져도 살아남을 수는 있을 것이다.

하지만 지금처럼은 아니었다. 지금은 벽력탄이 하나도 아니고 무려 다섯 개나 한꺼번에 터졌다. 한 개가 터졌을 때와는 그 파괴력이 완전히 다르다. 더구나 단유강과 담교영은 아무런 피해도 입지 않았다. 이건 십대고수라도 절대 불가능했다. 적어도 원위천은 그렇게 믿었다.

"설마 이게 전부는 아니지?"

단유강이 원위천을 똑바로 노려보며 말했다. 원위천은 당황하며 고개를 돌려 총관을 바라봤다. 총관 역시 원위천과 마찬가지로 당황해서 입만 벌리고 있었다.

"어, 어떻게……."

단유강이 앞으로 한 걸음 다가가자 원위천이 흠칫 놀라 급히 검을 뽑았다.

스릉.

원위천의 검끝이 진소혜의 목에 살짝 닿았다. 진소혜는 침만 꿀꺽 삼킬 뿐, 어떤 대응도 하지 못했다. 조금이라도 움직이면 날카로운 검이 목을 꿰뚫을 것 같아 너무나 무서웠다.

"다가오지 마라!"

단유강이 발을 멈췄다. 그리고 원위천을 물끄러미 쳐다봤다.

"백검문의 문주라고는 믿을 수 없을 정도로 치졸하군."

그렇게 말한 단유강이 다시 한 걸음 움직였다.

"멈추라니까! 이년의 목에서 피가 솟구치는 모습을 보고 싶은 거냐!"

단유강이 다시 걸음을 멈췄다. 그리고 씨익 웃었다. 그 웃음은 원위천이 보기에 섬뜩할 정도로 차갑고 무서웠다.

"내가 분명히 말했지? 적련 꼴 나게 될 거라고."

스릉.

단유강이 검을 뽑았다. 그리고 천천히 들어 올려 원위천을 겨눴다.

원위천은 단유강의 검끝이 자신을 향하는 순간, 털끝 하나 움직일 수 없었다. 단유강의 기세에 먹혀 버린 것이다. 원위천은 진소혜의 목에 검을 들이댄 채로 손을 부들부들 떨었다. 어떻게든 움직여 보려 했지만 아무리 애를 써도 손은 조금도 앞으로 나아가지 않았다.

"크으윽."

원위천의 입에서 억눌린 신음이 흘렀다.

단유강은 다시 걸음을 옮겼다. 검은 이미 치운 지 오래였다. 하지만 검을 치웠음에도 원위천은 여전히 움직이지 못했다. 단유강이 한 걸음 한 걸음 다가올수록 다리가 무거워졌다.

어느새 단유강이 원위천의 눈앞에 도착했다. 그때까지 백검문의 무사들은 그 누구도 움직일 생각을 하지 못했다. 단유강은 씨익 웃으며 주위를 슥 둘러봤다. 그리고 다시 원위천을 쳐다봤다.

"아무도 널 도울 생각이 없는 모양인데?"

단유강은 그렇게 말하며 원위천의 검을 두 손가락으로 잡았다. 원위천은 손아귀에 모든 힘을 쏟아부었지만 원위천의 검은 허무할 정도로 손쉽게 단유강의 손아귀로 들어갔다. 원위천은 허탈한 표정으로 단유강과 그의 손에 대롱대롱 매달려 있는 자신의 검을 번갈아 쳐다봤다.

단유강은 바닥에 주저앉아 있는 진소혜를 쳐다봤다. 진소혜는 너무 놀라 동그랗게 뜬 눈으로 단유강을 바라보고 있었다. 단유강은 짓궂은 미소를 지으며 진소혜의 목 뒤 옷깃을 잡아서 번쩍 들었다.

"꺄악! 이게 뭐 하는 짓이에요!"

진소혜가 뾰족하게 소리쳤지만 단유강은 못 들은 척 그녀를 훌쩍 던져 버렸다.

"꺄아아악!"

진소혜의 비명이 사방에 울렸다. 그렇게 사색이 된 얼굴로 소리 지르며 날아가던 진소혜는 누군가 자신을 포근하게 받아 드는 것을 느끼고 입을 다물었다. 그리고 고개를 들어 자신을 받아 든 고마운 사람을 바라봤다. 눈물이 왈칵 쏟아졌다.

"언니……."

담교영은 따뜻하게 웃으며 진소혜를 꼭 끌어안았다.

"이제 다 끝났어. 집으로 돌아가자."

담교영의 말에 진소혜가 울먹이며 고개를 끄덕였다. 그 모습이 어쩌나 귀여운지 담교영은 다시 한 번 진소혜를 꽉 끌어안았다.

단유강은 그 광경을 잠시 바라보다가 다시 고개를 돌려 원위천을 비롯한 백검문 무사들을 하나하나 노려봤다.

"가만있자……."

단유강은 손가락으로 잡고 있던 원위천의 검을 슬쩍 위로 던진 후, 반 바퀴 빙글 회전한 검의 검병을 가볍게 잡았다.

"내가 피에 절은 대마두(大魔頭)도 아니고, 여기 있는 놈들을 몽땅 죽일 수는 없으니 적절한 대가를 받아야 할 텐데……."

단유강의 말에 원위천은 일순 어이없다는 표정을 지었다. 이렇게 당당히 돈을 요구할 줄은 몰랐다. 청검산장은 그래도 명문정파가 아닌가.

"저게 좋겠군."

단유강이 한쪽을 바라보며 말하자 원위천은 고개를 슬쩍 돌려 단유강의 시선이 향한 곳을 쳐다봤다. 그곳에는 멀찍이 전각 하나가 서 있었다.

그 전각은 원위천의 집무실이 있는 전각이었다. 백검문에

서 가장 규모가 크고 높은 전각이었다. 또한 전각 내부에는 그동안 백검문에서 모은 각종 보물들과 귀한 무기들이 잔뜩 보관되어 있었다. 물론 그 모든 것은 원위천의 것이었다.

원위천의 얼굴이 새하얗게 질렸다.

"서, 설마 저 전각에 있는 모든 걸 달라는 거요?"

그 말에 단유강의 눈이 살짝 커졌다.

"호오, 그런 방법도 있었군."

원위천은 심장이 멎을 것처럼 놀랐다. 그것은 원위천의 모든 것이었다. 물론 백검문 자체가 무너지는 것보다야 백배 낫지만.

단유강은 원위천의 표정이 시시각각 변하는 것을 보며 빙긋 웃었다. 이렇게 놀리는 것도 꽤 재미있었다. 하지만 장난은 여기까지였다. 더 이상 여기서 시간을 낭비하고 싶지 않았다.

단유강이 들고 있던 검을 획 던졌다. 원위천의 검은 상당한 돈을 들여 만든 명검이었다. 그 검이 번쩍거리는 빛을 사방으로 뿌리며 전각을 향해 날아갔다. 빠르지도, 그렇다고 느리지도 않은 속도였다.

장내에 있던 모든 사람들은 단유강이 하는 행동이 과연 무슨 의미가 있는지 골똘히 생각하며 날아가는 검을 바라봤다. 이윽고 그 검이 전각 한가운데 꽂혔다.

쩌엉!

검이 벽에 꽂힐 때 나는 소리라고는 믿을 수 없는 소리가 울렸다. 구경하던 사람들은 그 소리에 깜짝 놀랐다. 그 정도로 커다란 소리였다.

쩌저저저저.

검이 박힌 곳을 중심으로 전각에 금이 가기 시작했다. 그 금은 거미줄처럼 뻗어나가더니 이내 전각 전체를 뒤덮었다.

"어, 어……."

원위천이 당황스런 얼굴로 손가락을 들어 전각을 가리켰다. 설마 검 하나 박혔다고 전각에 이렇게 금이 쫙쫙 갈 거라고는 그로서는 생각도 못했다.

그리고 이내 금으로 완전히 뒤덮인 전각이 위태롭게 진동을 시작했다. 아니, 정확히는 검에서 진동이 시작되었다. 그 진동이 전각 전체를 뒤흔들고 있었다.

원위천을 비롯한 모든 사람들의 눈이 화등잔만 해졌다.

쫘르르르르릉!

결국 거대한 폭음과 함께 전각이 무너졌다. 말 그대로 폭삭 무너졌다. 마치 모래로 쌓은 전각이 무너져 내리는 듯한 모습이었다.

쫘릉.

가루가 되어 우수수 쏟아진 전각의 잔해들이 바닥에 쏟아지며 자욱한 먼지를 일으켰다. 그 먼지는 순식간에 백검문을 뒤덮었다.

휘이이!

바람이 불었다. 바람의 중심에는 단유강이 서 있었는데, 단유강은 어느새 담교영 옆으로 이동한 상태였다. 덕분에 담교영과 진소혜는 옷깃에 먼지 한 톨 묻지 않았다.

쉬이이이잉!

마치 검을 휘두르는 듯한 날카로운 소리가 사방에 울렸다. 그것은 바람 소리였다. 그 바람의 중심 역시 단유강이었다.

백검문을 뒤덮었던 먼지가 모두 사라졌다. 달라진 점은 없었다. 전각 하나가 흔적도 없이 사라진 것을 제외하면 말이다.

"어때? 다른 전각들도 다 날려줄까?"

단유강의 물음에 원위천이 화들짝 놀랐다. 그리고 고개를 맹렬히 저었다. 원위천은 사색이 된 얼굴로 단유강의 눈치를 살폈다. 방금 전 보여준 한 수로 미루어 단유강이 마음만 먹으면 백검문의 모든 전각을 가루로 만드는 건 일도 아닐 듯했다.

"좋아. 어쩐지 말이 잘 통할 것 같군. 그럼 이제부터 본격적으로 얘기를 시작해 볼까?"

단유강이 손을 한 번 휘젓자 원위천이 앉기 위해 갖다 놓은 의자가 훌쩍 날아 단유강 옆에 놓였다. 단유강은 그 의자에 앉아 원위천을 노려봤다. 원위천은 침만 꿀꺽 삼킬 뿐, 아무런 말도 하지 못했다.

"이 강시들, 다 어디서 났지?"

강시라는 말에 담교영이 눈을 동그랗게 떴다. 그리고 새삼스러운 눈으로 원위천을 쳐다봤다. 예전 사천에서 강시를 제조하던 동굴을 발견했던 일이 떠올랐다. 게다가 '이' 강시라고 했다. 즉, 근처에 강시가 있다는 뜻 아닌가.

담교영이 주위를 둘러봤다. 하지만 강시는 보이지 않았다. 저 옆에서 창백하게 질린 얼굴로 서 있는 백검문의 총관이 보일 뿐이었다.

"가, 강시가 어디 있단 말이오! 모함하지 마시오!"

원위천은 일단 대항을 포기했다. 비문위에게 가서 수련을 받고 온 수하들이 잔뜩 포진해 있었지만 공격 명령을 내릴 수가 없었다. 아무리 수하들이 강해졌다고는 하지만 벽력탄 다섯 개를 몸으로 버티고도 멀쩡한데다가 검 하나를 던져 전각을 가루로 만들어 버리는 자를 이길 수는 없다고 판단했다.

'기회를 노리자. 시간은 많다.'

원위천은 속으로 그렇게 중얼거리며 단유강을 바라봤다. 일단 우겨야 했다. 새로 받은 강시 다섯 구는 아직 모습을 드러내지 않았다. 어딘가 숨어 있긴 하겠지만 들킬 염려는 거의 없었다.

"내가 보기에 저기 서 있는 사람들 다 강시인데?"

"무슨 말도 안 되는!"

원위천은 펄쩍 뛰었다. 단유강이 가리킨 곳에는 백검문의 무사들이 도열해 있었다. 그들은 온몸에서 살기를 뿜어내며 원위천의 명령을 기다리고 있었다. 명령만 떨어지면 당장에라도 달려들어, 보이는 모든 것을 난도질할 기세였다.

"저들은 내 수하들이오! 생생히 살아 있는 사람이란 말이오! 저들은 당당한 백검문의 무사들이오! 그런 무사를 강시라고 모욕하다니!"

원위천은 그렇게 소리치며 기세를 끌어올렸다. 당장에라도 달려들 것처럼 행동했지만 사실 달려들 생각은 없었다. 굳이 계란으로 바위를 때릴 필요는 없지 않은가.

단유강은 원위천의 반응을 보고 고개를 끄덕였다. 역시 원위천은 아무것도 모르고 있었다. 그저 이용당한 것뿐이었다. 하지만 아무리 이용당했다 하더라도 눈앞에서 돌아다니는 강시를 그냥 내버려 둘 수는 없었다.

"강시의 특징이 뭐가 있을까?"

단유강의 물음에 원위천은 분노를 감추지 못했다. 여전히 자신의 수하들을 강시라고 우기는 거나 다름없는 질문이었기 때문이다.

하지만 단유강은 원위천의 반응에는 전혀 신경 쓰지 않고 말을 이었다.

"가장 중요한 특징은 피가 흐르지 않는다는 점이지. 동의하나?"

"동의하오. 으드득."

원위천은 이를 갈며 단유강을 노려봤다. 단유강은 원위천과 눈을 마주친 후, 씨익 웃었다. 그리고 손을 슬쩍 휘둘렀다.

쌔애액!

단유강의 손에서 날카로운 강기가 쏘아져 나갔다. 그 강기는 눈 깜빡할 사이에 백검문 무사 하나의 허리를 그대로 가르고 지나갔다.

텅!

무사의 상체가 바닥에 떨어졌다. 원위천은 놀란 눈으로 그 광경을 바라봤다. 그러던 그의 눈이 점점 더 커졌다. 둘로 잘려진 무사의 몸에서 전혀 피가 흘러나오지 않았기 때문이다. 처음에는 강기에서 나온 열기가 상처를 지져서 피가 나오지 않는 거라 여겼다. 하지만 자세히 보니 그게 아니었다.

'피가 모조리 굳어 있다!'

무사의 몸에 있는 모든 피가 마치 죽은 사람의 그것처럼 딱딱하게 굳어 있었다. 그러니 몸이 두 동강이 나고도 전혀 피가 흐르지 않는 게 당연하리라.

"어, 어찌… 어찌 이럴 수가……."

원위천이 놀라 입을 뻐끔거렸다. 단유강은 그 모습을 가만히 지켜보다가 무심히 말했다.

"조금만 더 일찍 발견했으면 어떻게 해볼 수 있었을 텐데. 저들은 이미 늦었어."

"대체 저들을 어쩔 셈이오?"

단유강이 묘한 표정으로 원위천을 쳐다봤다.

"어떻게 해야 한다고 생각하지?"

원위천은 망설였다. 냉정하게 판단하면 수하들을 모조리 죽여야 한다. 어차피 이미 죽은 자들 아닌가. 하지만 지금까지 자신을 위해 피땀을 흘려온 자들이다. 그런 자들을 함부로 할 수는 없었다.

"저들이야 완전히 진행된 거고. 분위기를 보아하니, 아직 진행 중인 강시들이 더 있을 것 같은데?"

단유강의 말에 원위천은 정신이 번쩍 들었다.

"그, 그들을 구해주실 수 있으시오?"

원위천의 물음에 단유강이 씨익 웃었다.

"장담은 못하지. 하지만 한 번 봐줄 수는 있어."

원위천이 고개를 푹 숙였다. 그리고 살짝 끄덕였다.

"부탁하오."

원위천의 대답에는 여러 가지 의미가 들어 있었다. 단유강은 그것을 대번에 간파하고는 빙긋 웃으며 고개를 돌려 이미 강시가 된 백검문의 무사들을 바라봤다. 특별한 명령이 없으면 아마 계속 그대로 서 있을 것이다. 지금 저들을 없애는 건 너무나 간단한 일이었다.

"그럼 일단 저들부터 치워주지."

단유강의 그 말을 신호로 모든 무사들이 몸을 날렸다. 마치 누군가가 명령을 내린 듯한 광경이었다. 단유강은 그것을 보며 쓴웃음을 지었다.

"누군지 모르지만 정말로 철저히 이용했군."

원위천이 아닌 다른 사람이 강시에게 명령을 내렸다. 즉, 처음부터 백검문의 모든 무사들을 강시로 만든 후, 원위천을 내치는 것이 목적이었던 것이다.

'어쩌면 그저 강시를 만들어 혼란을 불러오려는 수작인지도 모르지.'

하지만 중요한 것은 지금 백여 구의 강시가 달려들고 있다는 점이었다. 일단 그들부터 처리해야만 했다. 물론 다른 사람들이 싸움에 휘말려 다치지 않도록 하면서 말이다.

스릉.

단유강이 검을 뽑았다. 그리고 달려드는 강시들을 바라보며 차갑게 웃었다.

쉬익!

단유강이 검을 세차게 휘두르자 검의 궤적을 따라 날카로운 검기가 만들어져 그대로 쏟아져 나갔다. 초승달 모양의 검기가 넓게 퍼지며 강시들의 중심부를 훑고 지나갔다.

터더더더더덩!

검기에 부딪친 강시들은 그대로 둘로 쪼개졌다. 허리가 잘린 강시들이 바닥에 꼴사납게 처박혔다. 장내는 순식간에 둘로 갈라진 시체로 가득 채워졌다.

원위천은 침을 꿀꺽 삼켰다. 정말로 무시무시하고 압도적인 무력이었다. 오늘 잘못하면 백검문이 사라질지도 모른다는 공포가 슬며시 찾아왔다.

"이제 강시가 어디서 났는지 말해야지?"

단유강의 물음에 원위천이 난감한 표정을 지었다. 말하고 싶어도 할 게 없었다. 원위천이 한 일이라고는 비문위에게 무사들을 수련시킨 것이 전부였다.

"비문위라는 사람이었소."

"비문위?"

단유강이 고개를 갸웃거렸다. 전혀 들어본 적이 없는 이름이었다. 하지만 그럴 수도 있다. 강시를 제조하는 사람이니 아마 드러내지 않고 숨어서 지낼 가능성이 컸다.

"그래서 그 사람은 어디로 가면 만날 수 있지?"

원위천이 쓸쓸한 표정으로 고개를 저었다.

"알 수 없소. 그는 때가 되면 알아서 찾아오고 있소."

단유강이 잠시 한심하다는 눈으로 원위천을 쳐다봤다. 그 눈빛에 원위천은 슬그머니 고개를 돌렸다. 단유강은 품에서 작은 단약 하나를 꺼내 원위천에게 내밀었다.

"먹어둬."

원위천의 눈에 의심이 서렸다. 그는 다른 사람이, 그것도 적이 주는 약을 함부로 받아먹을 만큼 순진하지 않았다.

"이게 뭐요?"

"뭐긴, 약이지."

단유강은 그렇게 말하고는 원위천의 입에 단약을 휙 던져 넣었다. 단약은 그대로 원위천의 목구멍에 도달했다. 그리고 물처럼 녹아 목구멍을 타고 넘어갔다.

"쿨럭! 이, 이게 무슨 짓이오!"

원위천의 외침에도 단유강은 아랑곳하지 않고 입을 열었다.

"이제 백검문 무사들을 좀 만나볼까? 이대로 두면 문도 전체가 강시로 변해 버릴지도 모르니까 말이야."

단유강의 말에 원위천은 입을 다물었다. 일단 지금은 수하들부터 살리는 게 먼저였다. 그들을 몽땅 강시로 만들 수는 없지 않겠는가.

원위천은 힘없이 총관에게 눈짓을 했다. 총관은 나지막하게 한숨을 한 번 내쉰 후, 단유강 일행을 백검문의 무사들이 모인 숙소로 안내했다.

백검문의 무사들은 날카로운 눈빛을 뿌리며 단유강을 노려보고 있었다. 그들의 눈빛에는 감정이 거의 담겨 있지 않았다. 심지어 단유강 옆에서 나란히 걸어가는 담교영을 보고도 전혀 표정이나 눈빛이 변하지 않았다.

원위천은 당황한 눈으로 그들을 바라봤다. 일단 백검문 내에 있는 모든 무사를 모으긴 했는데 그들이 자신의 명을 제대로 들으려 하지 않았기 때문이다.

스릉! 스릉! 스릉!

무사들이 분분히 검을 뽑고는 일제히 단유강을 향해 검을 겨눴다. 마치 누군가의 명령을 듣고 움직이는 듯 행동이 일사불란했다.

"무슨 짓들이냐! 어서 검을 치워라!"

원위천은 가슴이 철렁 내려앉았다. 조금 전에 단유강의 실력을 봤다. 그 정도 실력이라면 이곳에 있는 모든 무사들이 덤벼도 그의 옷깃 하나 건드릴 수 없을 것이다. 백검문 최고의 정예 백 명이 단숨에 허리가 동강나 죽지 않았던가. 게다가 그 백 명은 강시이기도 했다.

여기서 무사들을 모두 잃는다면 백검문은 더 이상 희망이 남지 않을 것이다. 차라리 전각들이 무너지는 게 훨씬 낫다. 전각이야 다시 지으면 그만이지만 사람은 그렇게 할 수 없지 않은가.

원위천의 명령에도 불구하고 백검문의 무사들이 서서히 움직이기 시작했다. 그들은 조금씩 거리를 벌리며 단유강과 담교영을 포위했다. 무사들의 검에서 일제히 날카로운 기운이 쏟아져 나왔다.

원위천은 크게 당황했다.

"뭐, 뭐냐!"

검진(劍陣)이었다. 그것도 상당히 뛰어난 검진이었다. 한데 원위천은 그것이 무슨 검진인지 알지 못했다. 문주는 모르고 무사들만 아는 검진이 백검문에 있을 리가 없었다.

'비문위!'

원위천은 이 검진을 누가 가르쳤는지 짐작할 수 있었다. 비문위였다. 비문위는 자신의 무사들을 데리고 가 몸을 강화시키고 검진을 가르친 것이다. 자신이 모르게 말이다. 원위천의 얼굴이 배신감으로 크게 일그러졌다.

"감히 내게 보고도 하지 않다니!"

검진을 배운 것을 나무랄 수는 없다. 어차피 강해지게 하기 위해 비문위에게 무사들을 보냈으니 말이다. 하지만 어떤 것을 배웠는지는 충분히 보고를 해야 옳았다. 비문위가 하지 않더라도 무사들이 알아서 보고를 해야만 한다.

원위천이 고개를 돌려 총관을 바라봤다. 총관 역시 영문을 모르겠다는 얼굴로 검진을 펼친 무사들을 바라보고 있었다.

'결국 나랑 총관, 둘만 당한 셈이로군.'

원위천은 착잡한 눈으로 백검문 무사들과 그들에게 포위당한 단유강을 바라봤다.

단유강은 너무나 평온한 얼굴로 가만히 서 있었다. 마치 이 정도 검진쯤은 안중에도 없다는 듯한 표정이었다.

"역시, 이럴 줄 알았지. 어쩐지 그냥 가려니 뒤통수가 근질근질하더라고."

단유강은 씨익 웃으며 검을 뽑았다. 백검문 무사들의 검에서 뿜어져 나오는 검기가 연달아 쏟아졌지만 어느 하나 단유강의 몸에 닿지 않고 중간에 흩어져 사라졌다.

담교영은 약간 걱정스런 눈으로 품에 안겨 있는 진소혜를 바라봤다. 혹여 그녀가 놀라거나 겁먹지는 않았을까 해서였다. 하지만 정작 진소혜는 호기심 가득한 초롱초롱한 눈으로 단유강의 행동 하나하나를 유심히 살피고 있었다.

단유강은 검을 가만히 늘어뜨리고는 기감을 활짝 열었다. 이들에게 명령을 내린 진짜 흉수를 찾기 위함이었다. 지금 이들은 백검문주의 통제에서 벗어났다. 아마 이들의 통제권을 빼앗아간 그자가 분명 강시 제조와 관계가 있을 것이다.

'멀리서 명령을 내릴 수는 없으니 아마 백검문 안에 있을 확률이 높지.'

단유강의 기감이 백검문을 뒤덮자 백검문의 모든 상황이 단유강의 뇌리에 선명하게 떠올랐다. 심지어는 나무 위를 기어가는 개미까지 세세하게 그려냈다.

단유강이 고개를 돌려 한쪽을 바라봤다. 이미 백검문의 무사들이 검진을 이룬 채 공격을 시작했지만, 거기에 대해서는 거의 신경도 쓰지 않았다. 그저 장난처럼 대충 검을 휘두르기만 했다. 하지만 그 장난 같은 일격에 검진의 흐름이 가닥가닥 끊겼다.

상당히 뛰어난 검진이고, 검진을 이룬 무사들 역시 대단히 정확하게 검진을 구성하고 있었지만, 단유강이 검을 휘두를 때마다 진 자체가 크게 휘청거렸다. 당연히 공격과 수비가 제대로 맞물리지 않았다. 덕분에 담교영은 꽤 편하게 그들을 상대할 수 있었다.

'꽤 대단하군.'

단유강은 결국 백검문의 무사들을 장악한 자를 찾아냈다. 그는 이곳에서 상당히 멀리 떨어진 곳에 위치한 전각의 지붕에 앉아 있었다. 그의 몸에서 주기적으로 기파(氣波)가 쏟아져 나왔고, 그 기파는 그대로 지금 단유강을 상대하는 무사들에게 전달되었다.

'특이한 방식으로 이들을 조종하는군.'

단유강은 그 기파의 성질을 금세 파악할 수 있었다. 보통 이런 방식은 파악하기가 상당히 어렵지만, 단유강에게는 그렇지 않았다. 단유강은 아주 어릴 때부터 기파에 관한 수련을 꾸준히 해왔다. 기파를 느끼지 못하면 목숨을 부지할 수 없는 곳에서 수련을 했기에 그 성취는 상상을 초월할 정도였다.

단유강의 얼굴에 의미심장한 미소가 떠올랐다. 그리고 그와 동시에 단유강이 검을 슬쩍 휘둘렀다.

팡!

단유강의 검에서 기파가 일어나 백검문 무사들을 향해 날아갔다. 그 기파는 날아가면 날아갈수록 점점 거대해졌다. 결국 그 기파는 무사들을 온통 뒤덮었다.

파아앗!

일순 기파를 뒤집어쓴 무사들의 몸에서 은은한 빛이 일어나는 듯했다. 실제로 빛난 것은 아니지만, 보는 사람들로 하여금 마치 그런 것 같은 착각을 일으키게 만들었다.

그리고 상황이 급변했다.

단유강이 펼쳐 낸 기파를 뒤집어쓴 무사는 전체의 삼분지 일에 해당했다. 그 무사들이 돌연 방향을 바꿔 동료들을 향해 검을 휘두른 것이다.

순식간에 수십의 무사들이 쓰러졌다. 그야말로 불의의 일격을 당했기에 속수무책으로 당한 것이다. 물론 치명적인 상처를 입은 것은 아니었다. 하지만 한동안 거동이 불편할 정도는 되었다.

순식간에 검진이 와해되었다. 백검문 무사들은 한데 엉켜 정신없이 싸우기 시작했다.

단유강은 그들을 향해 수없이 쏟아지는 기파를 느끼고는 연달아 검을 휘둘렀다. 단유강의 검에서도 기파가 쏟아져 나갔다. 그 기파는 이곳에 도착하는 기파를 무(無)로 만들어 버렸다.

일순 단유강의 몸이 꺼지듯 사라졌다. 담교영은 갑자기 단유강이 사라지자 깜짝 놀랐다. 하지만 당황하지는 않았다. 그녀는 검을 세우고 사방을 경계했다. 아무리 단유강이 곁에 없다고는 하지만 그녀 역시 호락호락 당할 생각은 없었다. 아니, 단유강에게 짐이 되고 싶지 않았다.

"언니, 나 내려줘요."

진소혜가 담교영에게 말했다. 진소혜 역시 담교영에게 짐이 되기 싫었다.

담교영은 진소혜의 마음을 충분히 알기에 원하는 대로 해주었다. 그리고 전의를 불태웠지만, 아무도 그녀들을 향해 다가가지 않았다.

백검문 무사들은 서로 뒤엉켜 싸우기 바빴고, 원위천과 총관은 멍한 얼굴로 그 광경을 바라보고 있었다.

적운영은 단유강이 전해주고 간 작은 막대기를 만지작거렸다. 그것은 철로 만든 막대였다. 두께는 엄지손가락만 했고, 길이는 팔뚝보다 조금 짧았다.

"이걸 저기다가 꽂으란 말이지?"

적운영은 단유강이 말했던 넓적한 바위를 살폈다. 바위에는 구멍이 나 있었는데, 딱 막대기가 들어갈 정도의 크기였다.

사실 바위에 막대기를 꽂는 게 무슨 의미가 있는지 적운영으로서는 알 수 없었다. 위급한 순간에 쓰라고 했는데, 고작 막대기 하나가 위기를 벗어나게 해준다는 사실을 어찌 믿으란 말인가.

"설마 이게 진(陣)을 발동시키는 열쇠가 되는 건 아닐 텐데……."

적운영은 그렇게 중얼거리다가 피식 웃었다. 말도 안 되는 상상이었다. 진을 설치하는 것은 그렇게 단순한 일이 아니다. 게다가 진법에 능통한 사람이라도 그것을 펼치는 것은 다른 문제였다.

"제갈세가쯤 되면 가능할까?"

몇몇 세가나 장원에 진법을 기반으로 한 전각들을 지었다는 건 꽤 유명한 일이다. 하지만 효과적인 능력을 발휘할 정도의 진을 설치한 곳은 손에 꼽힐 정도였다. 그리고 그 대부분은 제갈세가가 관계되었다.

당연한 얘기지만 청검산장에는 그런 게 존재하지 않는다. 만일 적운영이 상상했던 대로 막대기가 진의 열쇠 역할을 한다면 단유강은 이곳에 머무는 짧은 시간 동안 진을 설치했다는 얘기가 된다. 그러나 그건 진법의 대가가 오더라도 불가능한 일이었다.

적운영은 자신의 망상을 접었다. 그리고 품에 다시 막대를 넣었다.

"후우, 이러고 있을 때가 아닌데……."

처리해야 할 일이 산더미같이 쌓여 있었다. 하지만 일이 잘 손에 잡히지 않았다. 진소혜는 적운영도 상당히 예뻐하던 아이였다. 그런 녀석이 납치당해 어떤 고초를 겪고 있을지 모른다고 생각하니 머리가 텅 빈 것 같았다.

적운영은 고개를 절레절레 저으며 한숨을 내쉬었다.

"후우, 복잡하구나. 머리가 당최 돌아가질 않아."

몇 번 심호흡을 하며 마음을 조금 가라앉힌 적운영은 일단 밀린 일을 처리하기로 했다. 되든 안 되든 어떻게든 해봐야 했다. 그렇지 않으면 나중에 골치가 아파진다. 지금은 단유강을 믿는 수밖에 없었다.

"응?"

마음을 대충 정리한 적운영의 눈에 문득 검은 옷을 입은 자들이 전각에서 전각으로 날아가는 모습이 보였다. 적운영의 눈에서 시퍼런 빛이 튀어나왔다.

"감히!"

침입자였다. 역시 단유강이 걱정했던 대로 백검문은 진소혜를 납치한 것만 아니라 청검산장 자체를 공격하려고 만반의 준비를 한 모양이었다.

막 몸을 날려 그들을 쫓으려던 적운영의 신형이 그대로 멈췄다. 하늘을 가득 메울 정도로 수많은 검은 물결이 그의 눈에 들어왔기 때문이다. 흑의인의 수는 방금 적운영이 확인한 것만으로도 백 명이 넘는 듯했다. 만일 이들이 침입한 방향이 한 곳만이 아니라면 무려 수백 명이나 된다는 뜻이다.

적운영은 품에서 작은 피리를 꺼내 힘껏 불었다.

삐이익!

날카로운 소리가 청검산장에 울려 퍼졌다. 그 소리를 들은 청검산장의 무사들은 분명히 경각심을 가지고 침입자와 싸울 것이다. 적운영은 자신도 한 팔 거들기 위해 다시 몸을 날리려 했다. 하지만 이번에도 그럴 수가 없었다.

쉬잉!

거대한 도가 날아왔다. 적운영은 반사적으로 몸을 비틀어 그 도를 피해내며 검을 뽑았다. 적운영의 검은 발검과 동시에 도의 옆면을 때렸다.

쩡!

도가 완전히 빗겨 나가 바닥을 아슬아슬하게 스치고 지나가며 빙글 회전을 했다. 그리고는 다시 적운영을 향해 무겁게 날아왔다.

'보통이 아니다!'

쩡!

적운영은 검으로 도를 막으며 그 힘을 이용해 뒤로 훌쩍 물러섰다. 그의 눈에 흑의로 온몸을 감싼 사람이 보였다.

'좋지 않다.'

눈앞의 흑의인은 결코 적운영의 아래가 아니었다. 아니, 한두 수 위라고 판단하는 게 옳다. 그의 도에 실린 힘은 정말로 대단했다. 그렇게 판단하고 신중히 검을 들어 올리던 적운영의 눈에 암담함이 어렸다.

'하나도 버거운데……!'

다시금 흑의인 셋이 적운영을 포위하듯 내려섰다. 그들의 신법은 깔끔하기 그지없었다. 얼마나 상승의 무공을 닦았는지 단적으로 보여주는 모습이었다.

넷을 상대로는 절대 승산이 없었다. 적운영은 불길한 예감이 들었다. 청검산장에 들어온 흑의인 중 저들과 비슷한 수준의 고수가 훨씬 더 많다면 청검산장은 오늘 결코 살아남지 못할 것이다.

적운영의 눈에 바위가 보였다. 가운데에 구멍이 뚫린 넓적한 바위였다.

'지금 상황에서 내가 할 수 있는 최선의 행동은 무엇인가?

그것은 빈틈을 만들어 도주하는 것이었다. 하지만 적운영은 계속 단유강의 말이 뇌리에 맴돌았다. 그리고 구멍이 뚫린 바위가 눈에서 떠나지 않았다.

"하압!"

적운영은 결심을 굳힌 얼굴로 기합과 함께 몸을 날렸다. 그의 검이 날카로운 궤적을 그리며 흑의인 중 한 명을 베어갔다.

쩡!

흑의인은 도를 들어 가볍게 그 공격을 막았다. 하지만 적운영이 노리는 바는 공격이 아니었다. 적운영은 몸을 크게 위로 띄워 반대쪽에 있는 흑의인을 훌쩍 뛰어넘었다.

흑의인들이 일제히 적운영을 향해 몸을 날리며 그와 동시에 도를 휘둘렀다. 적운영은 몸을 빙글 돌리며 그들의 도격을 일일이 쳐냈다.

쩌저저저정!

적운영의 몸이 뒤로 쭉 밀려났다. 그리고 그것은 그가 원하던 바였다. 어느새 적운영의 신형은 구멍 뚫린 바위 위에 있었다. 적운영은 크게 검을 휘두르며 재빨리 품에서 막대기를 꺼냈다.

작은 막대기가 적운영의 손에서 떠나며 마치 원래의 자리를 찾아가듯 구멍 안으로 쏙 들어갔다.

후우웅.

바람이 불었다. 그리고 그 바람은 안개를 불러왔다.

갑작스러운 현상에 적운영은 크게 놀랐다. 갑자기 나타난 안개가 시야를 가렸는데, 그것은 흑의인들 역시 마찬가지였다. 적운영은 조심스럽게 검을 들고 걸음을 옮겼다.

조금 걸음을 옮기니, 우왕좌왕하는 흑의인들이 보였다. 그들은 사방으로 마구 도를 휘두르고 있었다.

적운영은 걸음을 멈췄다.

'일 장 정도가 한계로군.'

일 장 안에 있는 것들은 대강 형체를 구분할 수 있었다. 하지만 그것을 넘어가면 아예 보이지 않았다. 게다가 소리도 마찬가지였다.

'저놈들은 더 심한 모양이군.'

적운영은 고개를 갸웃거렸다. 흑의인들은 자신보다 훨씬 더 혼란스러워하고 있었다. 근처에 동료가 있는데도 보지 못하고 도를 휘둘렀다. 서로가 서로의 몸에 도를 때려 박고 있었다. 흑의인 넷은 그렇게 서로 동료를 죽이며 죽어갔다.

적운영은 그들이 싸우는 것을 보며 놀란 심정을 감추지 못했다. 그들의 몸에서는 전혀 피가 흘러나오지 않았다.

적운영은 서둘러 움직였다. 함부로 경공을 전개할 수는 없었지만, 그래도 빨리 이동하는 데는 문제가 없었다. 적운영은 이동하면서 몇 번이나 흑의인들을 만났다. 하지만 그들은 모두 서로가 서로를 베고 있었다. 청검산장의 무사들은 적운영과 마찬가지로 상황을 파악하고 멀찍이 물러나 있었다.

적운영은 그들에게 명령을 내려 산장의 중심부로 모두 불러 모았다. 그곳에는 청검산장의 장주인 담무군이 있었다.

담무군은 적운영을 반갑게 맞이했다.

"자네, 무사했군. 다행일세, 정말 다행이야."

담무군은 이제 더 이상 적운영이 없는 청검산장을 상상할 수 없었다. 적운영은 아주 짧은 시간 동안 자신의 능력을 담무군의 뇌리에 확실히 심어놨다.

"장주님께서도 무사하셔서 다행입니다."

"그래, 상황은 어떤가? 또 이 안개는 대체 뭔가?"

담무군의 질문에 적운영은 잠시 머뭇거리며 생각을 정리했다.

"일단 우리 측 피해는 크지 않습니다. 다친 무사들이 몇 있긴 하지만 큰 부상을 입은 자는 많지 않습니다."

"그것, 다행이로군."

담무군의 눈빛이 날카롭게 빛났다. 일단 전력을 보존했으니 이 일을 벌인 흉수에게 더 확실하게 복수할 수 있게 되었다.

"적들은 제가 보건대, 인간이 아닙니다."

"인간이 아니라니?"

담무군이 놀란 표정을 감추지 못하자 적운영은 차분하게 말을 이었다.

"몸에서 피가 흘러나오지 않습니다. 아마 강시일 확률이 높습니다."

"강시!"

여기저기서 동요하는 소리가 들렸다. 강시라니, 대체 누가 강시를 만들어 청검산장을 공격했단 말인가.

"하면 이 안개는 대체 뭔가?"

담무군은 사실 그게 가장 궁금했다. 그 역시 이 안개가 범상치 않다는 것을 알아차렸다. 담무군도 안개를 뚫고 시야를 확보할 수 없었다. 애를 쓰면 일 장까지는 보이지만, 그 이상은 마치 벽이라도 가로막고 있는 것 같았다. 지금도 근처에 있는 사람들은 볼 수 있었지만, 조금 떨어진 곳에 서 있는 자들은 아예 볼 수도, 기척을 느낄 수도 없었다.

적운영이 살짝 곤혹스러운 표정을 지었다. 설명하자면 못할 것도 없지만, 사실 확실한 것은 아닌지라 자신 있게 말하기가 조금 어려웠다.

"사실 오늘 단 대주님께서 떠나시기 전에……."

적운영은 오늘 있었던 일을 자세히 얘기했다. 단유강이 담교영과 함께 진소혜를 구하기 위해 나가기 전에 자신에게 작은 막대기를 주었고, 그 막대를 꽂았더니 이런 안개가 갑자기 나타났으며, 안개 안에서 강시로 보이는 적들의 감각이 혼돈에 빠지는 것 같다는 얘기까지 쭉 이어서 했다.

그 모든 설명을 들은 담무군은 심각한 표정을 지었다.

"하면, 지금 백검문에 교영이도 가 있단 말인가?"

담무군은 다른 일보다 그것이 훨씬 더 마음에 걸렸다. 단유강의 능력이 대단하다는 건 충분히 안다. 하지만 담교영은 아니다. 단유강이라면 진소혜를 은밀히 되찾아오는 것도 불가능하지만은 않을 것이다. 한데 담교영이 옆에 붙어 있다면 얘기가 달라진다.

"자네는 대체 뭘 한 건가! 막지 않고!"

"죄송합니다. 미처 경황이 없었습니다."

적운영이 고개를 숙였다. 사실 그에게 뭐라고 할 사안은 아니었다. 적운영이 말렸어도 담교영이 그 말을 들을 리 없으니 말이다. 담무군은 그것을 너무나 잘 알고 있었기에 그저 침음성만 흘렸다.

"끄응, 어쩔 수 없지. 이미 지난 일을 탓해 무얼 하겠는가. 그 녀석 고집은 내 잘 알고 있네. 자네가 나선다 해도 어쩔 수 없었겠지."

담무군의 말에 적운영은 더욱 죄송스런 얼굴로 고개를 숙였다. 하지만 담무군과는 조금 생각이 달랐다. 당시 단유강의 얼굴에는 자신감과 여유가 넘쳤다. 그 표정을 떠올리면 단유강이 일을 실패할 거라고는 믿을 수 없었다. 또한 담교영에게 무슨 일이 생겼을 리도 없었다.

"아무튼 지금은 이 안개를 이용해서 흉수들을 모두 정리하는 게 급선무로군."

담무군은 그렇게 말하며 시야에 들어온 청검산장의 무사들을 둘러봤다. 담무군의 눈에서 맑은 정광이 쭉 뿜어져 나왔다.

"적도들을 어떻게 상대해야 할지 충분히 알았으리라 믿는다. 감히 청검산장에 들어와 칼을 뽑으면 어떻게 된다는 사실을 똑똑히 알려줘라!"

담무군의 말이 끝나자 시야와 소리가 닿지 않는 위치에 있는 자들을 위해 무사들이 신속히 명령을 전달했다. 이내 모든 무사들에게 명령이 전달되었고, 그들은 조금의 소리도 내지 않고 사방으로 흩어졌다.

담무군은 그 광경을 가만히 지켜보다가 고개를 돌려 적운영을 바라봤다.

"우리도 슬슬 시작해야지 않겠나?"

적운영이 공손히 고개를 숙여 보인 후, 몸을 돌려 안개 속으로 사라져 갔다.

담무군은 마지막으로 움직였다. 그의 손에는 어느새 날카로운 빛을 뿌리는 검이 들려 있었고, 그 검 위에는 검기가 넘실댔다.

"한 놈도 돌려보내지 않으리라!"

담무군의 신형이 안개 속으로 녹아들어 갔다.

단유강의 몸이 백검문에서 조금 떨어진 곳에 당당히 서 있는 커다란 나무 위에 나타났다. 마치 원래부터 그곳에 서 있던 것처럼 그의 모습은 자연스러웠다.

단유강은 그곳에 서서 묘한 표정을 지었다.

"이놈 봐라?"

나무에는 사람의 기척이 가득했다. 누군가 자신의 기척을 강제로 나무에 씌워둔 것이다. 상당히 은밀한 기척이었기에 웬만한 사람은 파악하기도 힘들 정도였다. 즉, 고수에게 혼란을 유도할 목적으로 만든 장치였다.

단유강은 다시 감각을 열었다. 백검문 무사들을 조종하던 거대한 기의 파동이 나무를 향해 밀려오자 단유강의 눈이 빛났다.

그 파동은 나무에 부딪치자마자 다시 하늘로 올라가 백검문 안으로 쏟아져 들어갔다.

단유강은 그 파동을 향해 손을 휘저었다.

후우웅.

바람과 함께 기운이 말끔히 사라졌다. 단유강은 방금 전 파동이 몰려온 방향을 바라봤다. 나무에 씌워진 기운이 워낙 강해서 파동이 어디서 시작되어 날아왔는지 파악하기가 쉽지 않았다. 단유강은 나무를 향해 손을 뻗었다.

쩡!

공기가 한 번 압축되었다가 터져 나갔다. 그리고 그렇게 터져 나온 폭발적인 기운이 나무를 한 번 휩쓸었다. 거세게 휘몰아치는 기의 바람이 쏟아져 나갔음에도 나뭇잎 하나 떨어지지 않은 채 나무를 장악하고 있던 기척을 깨끗이 날려 버렸다.

단유강은 감각을 활짝 열었다. 그제야 새로운 것들이 잡혔다. 단유강은 감탄스런 표정으로 사방을 둘러봤다.

"많이도 만들었군. 저 중 하나가 정답이란 말이지?"

단유강의 감각에 잡힌 기척은 무려 열한 개에 달했다. 그들 대부분이 나무일 것이고, 하나만 진짜일 것이다. 그리고 그 진짜가 바로 기파(氣波)를 연달아 쏴대고 있는 놈일 것이다.

"아마 알아챘을 테니까 서둘러야겠군."

방금 전 나무의 기척을 지우면서 상황에 대한 정보가 흥수에게 전해졌을 것이다. 단유강은 눈을 지그시 감았다. 주변의 상황이 세세하게 뇌리에 박혀들었다.

숨 몇 번 쉴 정도의 시간이 지나자, 단유강이 눈을 번쩍 떴다. 그리고는 단유강의 몸이 안개처럼 흐려지더니 이내 허공에 흩어졌다.

그렇게 사라진 단유강이 다시 나타난 곳은 역시 나무 위였다. 단유강은 막 등을 돌려 어딘가로 도망가는 사람을 발견하고는 즉시 손가락을 움직였다.

퍽!

도망치던 사내가 그대로 바닥에 고꾸라졌다.

"거기까지. 한 발짝만 더 움직이면 이번엔 뒤통수에 구멍 난 채로 살아야 할 거야."

단유강의 협박에 넘어진 자가 부스스 몸을 일으켜 앉았다. 도망가 봐야 소용이 없다는 걸 여실히 느꼈기 때문이다. 그러다가 잘못 걸리면 죽는 것보다 더 고통스러울 수도 있었다. 그는 그런 사실을 너무나 잘 알고 있었다.

"백검문 놈은 아닌 것 같고……. 너 대체 누구냐?"

단유강의 질문에 바닥에 주저앉은 사내가 눈알을 이리저리 굴리며 눈치를 살피기 시작했다.

"그게……."

사내가 말을 흐리자 단유강은 빙긋 웃으며 몸을 날렸다. 그러자 단유강의 몸이 꺼지듯 사라졌다가 사내 앞에 솟아오르듯 나타나며 사내의 목을 잡고 번쩍 들어 올렸다.

"커억!"

사내의 얼굴이 고통으로 일그러졌다. 뭐라 말을 하고 싶은데 목에서 원하는 대로 소리가 나오지 않았다.

"시간이 없으니 일단 같이 가자."

단유강은 그렇게 말하고는 다시 훌쩍 담장을 넘어 백검문 안으로 들어갔다. 너무 오래 자리를 비울 수는 없었다. 그러다가 자칫 담교영이나 진소혜의 몸에 상처라도 나면 큰일이었다.

단유강의 신형이 순식간에 백검문 깊은 곳으로 스며들었다.

第二章
청검산장의 도약

태룡전 龍濤

원위천은 망연자실한 표정으로 바닥에 털썩 주저앉았다. 그 많던 백검문의 무사들이 모두 부상을 입고 쓰러져 버렸다. 아마 이들이 다시 몸을 그럭저럭 움직일 수 있으려면 적어도 몇 달은 있어야 할 것이다.

즉, 몇 달이라는 시간 동안 백검문은 완전히 무방비 상태가 된다는 뜻이다.

백검문은 장사제일의 문파다. 최고 문파의 자리를 유지하기 위해서 몹쓸 짓도 꽤 해왔다. 지금이야 백검문의 위세에 눌려 원한을 가진 자들이 숨죽이고 있지만, 백검문의 상태가 알려진다면 절대 가만있지 않을 것이다.

처음에 강시가 된 자들을 제외하면 죽은 사람은 거의 없었다. 대부분 큰 부상을 입었을 뿐이다. 하지만 그것이 꼭 좋은 일만은 아니었다. 부상자들을 치료하고 보호하는 일이 그리 쉽지 않기 때문이다. 더구나 지금은 남아 있는 무사도 없지 않은가.

백검문의 총관도 원위천과 똑같은 표정으로 주저앉아 있었다. 그 역시 백검문의 암담한 앞날이 보이는 듯해 힘이 하나도 없었다.

그런 두 사람 앞에 단유강이 나타났다. 한 손에 누군가의 목을 움켜쥐고서.

"그럭저럭 일이 끝났네? 이렇게 빨리 끝날 줄은 몰랐는데."

원위천이 독기 어린 눈으로 단유강을 노려봤다. 하지만 단유강은 능글능글한 표정을 지으며 원위천을 마주 봤다.

"이런 걸 두고 자업자득이라고 하지."

단유강이 주위를 둘러봤다. 감각에 걸려드는 무인들은 이 근처에 누워 있는 자들이 거의 대부분이었다.

"백검문도 이제 끝났군. 그러니 줄을 잘 섰어야지."

"모욕하려거든 그냥 깔끔히 죽여라!"

원위천이 소리쳤다. 단유강은 그런 그를 물끄러미 내려다봤다. 먼저 시작한 게 누구이며, 계속해서 건드린 게 누군가. 이런 경우를 두고 적반하장이라고 하는 것이다.

"내가 안 죽여도 그럴 사람이 많을 거 같은데?"

단유강은 그렇게 말하며 씨익 웃었다. 그리고 두 사람 옆에 들고 있던 사내를 휙 던졌다.

털썩.

사내는 이미 마혈(痲穴)을 제압당해 움직일 수 없고, 아혈(啞穴)마저 제압당해 입도 뻥긋 못하는지라 그저 바닥에 떨어진 상태로 미동도 않고 정신없이 눈을 깜빡이며 고통을 표현할 수밖에 없었다.

"어디 보자……"

단유강은 다시 주위를 둘러보다가 담교영과 눈이 마주쳤다. 단유강은 그녀를 향해 씨익 웃어주었다. 담교영도 화답을 하듯 미소를 지었다. 그 옆에 서 있던 진소혜가 마치 담교영을 단유강에게서 지키기라도 하듯 담교영을 가리고 섰다. 물론 허리까지밖에 가릴 수 없었지만.

"일단 불쌍한 영혼들부터 구제를 해볼까?"

단유강은 그렇게 말하며 쓰러진 무사들에게 다가갔다. 무사들은 고통도 느끼지 못하는지 멍한 눈으로 누워 있었다. 다친 부위에서 끊임없이 피가 흘러나오고 있음에도 아무도 지혈을 할 생각조차 하지 않았다.

단유강은 나직이 혀를 찼다.

"쯧쯧, 조금만 더 늦었으면 큰일 날 뻔했네."

단유강의 손가락이 눈부신 속도로 움직였다. 열 손가락 모두에서 지풍(指風)이 쏘아져 나왔다. 아니, 지풍이라고 하기엔 너무나 응축된 기운이었다. 응축된 바람의 덩어리가 수도 없이 쏟아져 나가며 무사들의 혈도에 파고들었다.

슈슈슈슈슈슉!

장내에는 바람 소리만 가득했다.

이내 단유강이 손을 털었다. 어느새 모든 무사들의 몸에서는 더 이상 피가 흐르지 않았다. 지혈을 한 것이다. 단유강은 여유로운 얼굴로 무사들에게 다가갔다.

"감각이 돌아오면 그동안 쌓였던 상처와 고통들이 한꺼번에 몰려올 테니까 각오 단단히 하는 게 좋을 거야."

단유강의 말에도 무사들은 여전히 무표정했다. 마치 생각을 잃어버린 인형 같았다. 하지만 담교영은 그들의 눈빛이 조금 흔들린 것을 놓치지 않았다. 아직 완전히 인형이 되어버린 것이 아니라는 증거였다.

단유강이 품에 손을 넣었다 빼자 콩알만 한 단약이 한가득 나왔다. 단유강은 그것을 일일이 무사들의 입에 넣어주었다. 워낙 빠르고 섬세한 움직임이었는지라 모든 무사의 입에 단약을 넣는 데 반 각도 채 걸리지 않았다.

일을 마친 단유강은 담교영에게 다가갔다.

"이제 대충 마무리했으니까 슬슬 돌아가야지?"

담교영이 미소와 함께 고개를 끄덕였다.

"네, 그래야죠."

"일단 저놈들은 데려가는 게 좋겠지?"

단유강이 손을 한 번 휘젓자 원위천과 총관, 그리고 무사들을 부리던 사내가 맥없이 끌려왔다. 마치 누군가 멱살을 쥐고 당기는 듯한 광경이었다.

"가자."

단유강이 먼저 앞장섰고, 그 뒤를 담교영과 진소혜가 따랐다. 단유강에게 사로잡힌 세 사람이 경악한 얼굴로 그 뒤에서 질질 끌려갔다.

그들이 백검문에서 나가자마자 백검문 안이 온통 비명과 신음으로 뒤덮였다. 그것은 강시로 변해가던 무사들의 감각이 다시 되돌아오는 소리였다.

"대주님이 하신 거죠?"

"응? 뭘?"

"백검문 무사들이요."

"걔들이 왜?"

"너무 정확히 세력이 갈려서요. 덕분에 아무도 제게 달려들지 않았어요."

"뭐, 운이 좋았겠지."

단유강이 씨익 웃었다. 담교영은 자신도 모르게 미소를 지었다. 운이라고 말하지만 그게 아니라는 사실을 잘 알고 있었다. 고마운 마음이 가슴을 가득 채웠다.

"고마워요."

"고맙긴. 내가 전에도 말했지?"

"알아요. 대주님의 사람이 되어서 정말로 기뻐요."

그 의미심장한 대화를 가만히 듣고 있던 진소혜가 소스라치게 놀랐다.

"언니! 그게 무슨 말이에요? 서, 설마 벌써 선을……!"

진소혜의 말에 담교영의 얼굴이 새빨갛게 달아올랐다.

"그, 그게 무슨 말이니! 네가 생각하는 그런 거 아니야!"

담교영이 열심히 아니라고 했음에도 진소혜의 표정은 전혀 달라지지 않았다. 결국 진소혜는 단유강을 노려보며 외쳤다.

"짐승! 어떻게 우리 언니한테 그럴 수가 있어요!"

만일 보통 사람이라면 황당한 표정을 지었겠지만, 상대는 불행히도 단유강이었다. 단유강은 씨익 웃으며 담교영의 어깨를 다정히 끌어안았다. 담교영이 놀란 눈으로 단유강의 옆모습을 바라봤다.

"네 기준대로라면 세상에 짐승 아닌 사람은 없어. 그나저나 너 뭔가를 잊고 있는 거 아니냐?"

진소혜는 단유강의 말이 귀에 들어오지도 않았다. 단유강과 담교영의 다정한 모습을 보고 나니 절로 머릿속에 그림들이 그려지기 시작했다.

"어, 어떻게… 어떻게……! 당장 그 손 치우지 못해요!"

단유강이 씨익 웃으며 손에 더 힘을 주었다. 담교영의 몸이 더욱 단유강과 가까워졌다. 마치 거의 안기다시피 밀착되었다. 그 모습에 진소혜의 얼굴이 살짝 창백해졌다. 하지만 이내 체념한 듯 고개를 절레절레 저으며 한숨을 내쉬었다.

"하아, 어떻게 이럴 수가…… 역시 걱정했던 대로야. 우리 언니는 너무 순진해. 나였다면 그렇게 당하지 않았을 텐데……"

진소혜의 말에 담교영이 기가 막히다는 표정을 지었다. 조숙하다는 건 알고 있었지만, 설마 이 정도일 줄은 몰랐다. 뭐라고 말을 해야 하는데 너무 기가 막혀 말문이 트이질 않았다.

담교영이 입만 벌리고 있을 때, 단유강이 손에 더 힘을 주며 진소혜에게 말했다.

"한데 꼬마야, 너 잊은 게 있는 것 같은데?"

진소혜가 힘없이 고개를 돌려 단유강을 바라봤다. 그러다가 힘을 꾹 준 단유강의 손을 보고선 이마에 핏줄이 살짝 드러났다.

"그 손……! 하아, 됐어요. 근데 뭐라고요?"

"잊은 게 있다고."

진소혜가 고개를 갸웃거렸다. 자신이 잊은 게 대체 무엇인지 곰곰이 생각해 봤지만 도통 떠오르지 않았다. 단유강은 끝까지 얘기하지 않고 진소혜가 생각을 마칠 때까지 끈기있게 기다려 주었다.

그렇게 얼마나 시간이 지났을까. 진소혜가 갑자기 눈을 크게 뜨며 손바닥을 앙증맞은 주먹으로 탁, 내려쳤다.

"아!"

단유강이 흥미로운 눈으로 진소혜를 바라봤다. 담교영 역시 궁금함이 가득한 눈으로 진소혜와 단유강을 번갈아 쳐다봤다. 진소혜는 갑자기 걸음을 멈췄다. 그녀가 걸음을 멈추자 단유강과 담교영도 멈출 수밖에 없었다.

진소혜는 진지한 얼굴로 단유강 앞에 서서 정중히 허리를 굽혔다.

"구해주셔서 감사해요."

단유강의 입가에 진한 미소가 떠올랐다. 그리고 크게 고개를 끄덕이며 진소혜의 머리를 헝클어주었다. 이 정도면 꽤 괜찮은 아이가 아닌가.

"별것 아니었다. 이제 갈까?"

단유강의 미소가 마치 전염되듯 담교영에게, 또 진소혜에게 번져 나갔다. 그들은 따뜻하게 데워진 마음으로 다시 길을 걸었다.

그 뒤로 그런 그들과 전혀 다른 표정을 지은 세 사람이 다시 질질 끌려갔다.

청검산장은 온통 짙은 안개에 휩싸여 있었다. 그 앞에 도착한 담교영과 진소혜는 어안이 벙벙한 얼굴로 그 광경을 바라봤다. 이런 기사(奇事)는 처음이었다. 안개가 흩어지지 않고 청검산장만을 감싸고 있다니, 마치 누군가 일부러 안개를 부리는 듯하지 않은가.

"이, 이게 어떻게 된 일이죠?"

담교영이 크게 당황하며 묻자 단유강은 대수롭지 않다는 듯 대답했다.

"별것 아냐. 혹시 백검문이 여기를 노리지 않을까 해서 약간 조치를 취해둔 것뿐이야."

담교영과 진소혜는 멍한 얼굴로 단유강을 바라봤다.

"대, 대체 어떻게 하신 거죠? 저 안개는 뭔가요?"

"그냥 간단한 진(陣)을 설치한 것뿐이야. 저 안개는 그 진의 영향으로 나타난 거고."

"진(陣)이요?"

담교영은 물론이고, 진소혜도 크게 놀랐다. 설마 단유강이 진법에도 이렇게 조예가 깊을 줄은 몰랐다. 혼자서 진을 설치하는 건 결코 쉬운 일이 아니다. 그런 게 가능한 사람은 천하를 다 뒤져도 찾기 어려웠다.

"번천멸사진(飜天滅邪陣)을 좀 변형한 거야. 사실 정상적인 사람한테는 사야를 가리는 정도의 효과뿐이고, 강시 같은 사(邪)적인 존재들을 부수는 진법인데, 생각보다 손이 많이 가거든. 그래서 대부분의 효과를 제거하고 간단히 설치한 거야."

담교영과 진소혜가 멍한 얼굴로 단유강의 설명을 들었다. 진을 그냥 설치하는 것도 모자라 그것을 마음대로 변형까지 했다고 하니 절로 존경스런 마음이 쑥쑥 자라났다.

"대, 대단해요, 대주님."

"대단하긴. 아무튼 들어가자. 아마 다들 혼란스러울 거야. 여기도 대충 정리를 해야지."

단유강이 당당히 문을 열고 안으로 들어서자 담교영과 진소혜가 조심스럽게 그 뒤를 따랐다.

청검산장 안은 여전히 안개가 자욱했다. 하지만 단유강을 따라 조금 걸어가자 놀랍게도 안개가 마치 길을 만들 듯 사방으로 비켜났다. 그리고 이내 모든 안개가 흩어져 버렸다. 담교영과 진소혜는 신기한 눈으로 그 광경을 바라봤다.

"제대로 된 길을 따라 걸어가다 보면 이렇게 안개가 모두 사라져. 하지만 제대로 된 길에서 한 발짝만 벗어나도 다시 안개에 휩싸이니까 내 뒤만 잘 따라와."

담교영은 순순히 고개를 끄덕였다. 하지만 진소혜는 그 말을 믿기가 어려웠다. 모든 안개가 흩어지는 광경을 분명히 봤는데, 그 안개가 단지 걸음을 잘못 옮긴 것만으로 다시 몰려온다는 건 말이 되지 않았다.

순간 진소혜의 눈이 호기심으로 반짝였다. 그리고 몸을 살짝 돌려 일부러 조금 다른 방향으로 걸어갔다.

"어?"

진소혜는 당황하고 말았다. 어느새 자신이 안개 한가운데서 있었던 것이다. 안개가 다시 몰려오거나 한 게 아니라 원래부터 안개가 있던 것 같았다. 눈 한 번 깜짝할 사이에 벌어진 일이었다.

"굉장해!"

진소혜는 놀라며 뒤로 한 걸음 걸었다. 다시 원래의 길에 들어서면 안개가 사라질 거라 생각했다. 하지만 진은 그녀의 생각대로 움직여 주지 않았다.

"어떻게 된 거지?"

진소혜는 당황했다. 뒤로 움직였지만 안개는 그대로였다. 하지만 길은 이 근방에 있을 것이 분명했다. 진소혜는 근처를 마구 돌아다녔다. 그러다 보면 제대로 된 길 위에 올라설 것이고, 안개도 사라질 거라 믿었다.

그렇게 얼마나 주위를 돌아다녔을까. 진소혜는 결국 포기하고 말았다. 아무리 돌아다녀도 안개는 사라지지 않았다.

"하아, 정말로 신기하구나, 진법이라는 건."

진소혜는 주위를 둘러봤다. 온통 안개뿐이었다. 하지만 아예 시야가 사라진 것은 아니었다. 열심히 집중해 앞을 바라보면 뭔가가 보이긴 했다. 아마 조금만 노력하면 처음 가려고 했던 곳을 가는 것도 문제될 것이 없을 듯했다.

"어쩔 수 없지. 힘을 내볼까?"

진소혜가 한 발 한 발 주위를 살피며 걸음을 옮겼다.

"대체 소혜가 저기서 뭘 하고 있는 거죠?"

담교영은 조금 떨어진 곳에서 조심스럽게 움직이고 있는 진소혜를 바라보며 물었다. 진소혜는 마치 안개 속에서 헤매는 것처럼 주위를 두리번거리며 한 발 한 발 신중하게 움직이고 있었다.

"호기심이지."

단유강은 그렇게 말하며 빙긋 웃었다. 사실 살상력이 전혀 없는 진이었기에 그냥 두고 가도 큰 문제는 생기지 않겠지만, 일단 진소혜를 담무군 앞에 데려가야 하기에 그냥 두고 갈 수는 없었다.

"여기서 기다려. 내가 오기 전까지 한 발도 움직여선 안 돼."

담교영이 고개를 끄덕이자 단유강이 훌쩍 몸을 날렸다. 단유강은 단숨에 진소혜 앞에 내려설 수 있었다.

"꺄악!"

진소혜는 깜짝 놀라 소리쳤다. 갑자기 눈앞에 누군가가 나타나니 놀랄 수밖에 없었다. 그렇게 놀라 소리치고 나니 그제야 앞에 선 사람이 누군지 확인할 수 있었다. 진소혜의 얼굴이 빨개졌다.

"노, 놀랐잖아요!"

단유강이 씨익 웃었다.

"몸으로 직접 확인해 보니 어때?"

진소혜가 토라진 표정으로 고개를 휙 돌렸다. 하지만 얼굴은 부끄러움으로 새빨갛게 물들었다. 단유강의 말을 믿지 못하고 길에서 벗어났으니 그녀로서도 할 말이 없었던 것이다.

"자, 시간 없다. 가자."

단유강은 진소혜를 번쩍 안아 들었다.

"꺄아악! 이거 놔요!"

진소혜가 외쳤지만 단유강은 빙긋 웃고는 다시 몸을 날렸다. 정확히 담교영이 있는 곳이었다.

"자, 다 왔다."

단유강이 진소혜를 바닥에 내려놓자 진소혜는 어안이 벙벙한 얼굴로 주위를 둘러보고는 다시 단유강을 바라봤다.

"여기 진짜 길 맞아요? 아직 안개가 그대로인데……."

단유강은 진소혜의 물음에 답하지 않고 몸을 돌렸다.

"이번엔 틀리지 말고 따라와라."

단유강이 다시 길을 걷기 시작했다. 진소혜는 단유강을 잃어버릴 새라 급히 뒤에 따라붙었다. 담교영은 그 모습을 보며 입을 가리고 웃었다. 진소혜의 모습이 너무나 귀여워 견딜 수가 없었다.

진소혜는 몇 발 걸어가다가 놀란 눈으로 두리번거렸다. 갑자기 안개가 길을 열어주듯 사라져 버린 것이다. 마치 처음 청검산장에 들어왔을 때와 비슷한 광경이었다.

'아……!'

진소혜는 그제야 자신이 왜 길을 찾지 못했는지 깨달았다. 아무리 제대로 된 길에 올라섰어도 그 길을 따라 일정 거리 이상 움직이지 않으면 안개에서 벗어날 수 없는 것이다.

'정말로 놀라워!'

진정 대단한 진이었다. 만일 이 진에 살상력이 가미된다면 누구도 진을 벗어나지 못할 것이다. 그런 생각이 들자 진소혜는 몸을 부르르 떨었다. 그리고 새삼스러운 눈으로 단유강의 넓은 등을 바라봤다.

'대단한 사람이야. 저 정도면…….'

저 정도면 자신이 가장 좋아하는 언니인 담교영의 짝으로 손색이 없었다. 아니, 인정하긴 싫지만 오히려 담교영이 조금 모자랐다. 그러나 이내 진소혜는 고개를 휘휘 저었다.

'내가 무슨 생각을. 우리 언니는 최고야.'

진소혜는 자신의 옆에서 조용히 걸음을 옮기고 있는 담교영을 미안한 표정으로 힐끗 쳐다봤다.

세 사람은 그렇게 장주의 집무실이 있는 곳에 도착했다.

담무군은 마지막 강시를 정리한 후, 다시 집무실 앞으로 돌아왔다. 강시를 정리하는 건 생각보다 간단했다. 안개 속의 강시들은 제대로 힘을 쓰지도 못했고, 다가가는 청검산장의 무사들을 감지하지도 못했다.

집무실 앞에 도착한 담무군은 놀란 눈빛을 감추지 못했다. 그곳에는 담교영과 진소혜가 웃으며 서 있었다. 무사한 그녀들의 모습에 강시들을 처리하면서도 담무군의 마음에 계속 남아 있던 불안감이 말끔히 사라졌다. 그렇게 기쁨에 겨운 눈으로 담교영을 바라보던 담무군을 진소혜가 불렀다.

"아저씨!"

진소혜가 눈물이 글썽글썽한 눈으로 달려가 담무군에게 안겼다. 담무군은 진소혜를 끌어안으며 크게 웃었다.

"허허허허, 무사했구나. 다행이다. 정말 다행이야. 그래, 어디 다친 데는 없느냐?"

"없어요. 감히 누가 제 몸에 손을 대겠어요? 청검산장의 장주님이 뒤에 계신데 말이에요."

"허허허허헛! 그렇지! 감히 누가 내 딸 소혜를 건드리겠느냐! 허허허허헛!"

담무군은 진정으로 기쁘게 웃었다. 그리고 부드러운 표정으로 나란히 서 있는 담교영과 단유강을 바라봤다.

"고맙네, 정말로 고마워. 너도 고생 많았다."

단유강은 빙긋 웃으며 손을 가볍게 휘저었다. 그러자 단유강의 뒤에 널브러져 있던 세 사람이 휘익 날아 담무군 앞에 떨어졌다.

털썩!

담무군은 약간 놀란 눈으로 그들을 바라보다가 이내 눈이 찢어질 듯 커졌다.

"이들은!"

그들은 백검문의 문주와 총관, 그리고 정체를 알 수 없는 사내 한 명으로, 그들이 이 모든 일의 원흉임을 어렵지 않게 유추할 수 있었다.

"흉수들입니다. 특히 저자는 강시와 관계된 놈입니다."

강시라는 말에 담무군의 눈빛이 변했다. 그렇지 않아도 청검산장에 쳐들어온 강시들 때문에 조금 전까지 고생을 해야만 했다. 만일 적절한 순간에 진이 발동되지 않았다면 청검산장은 돌이킬 수 없는 피해를 입었을 것이다.

단유강은 그렇게 말하고는 고개를 돌리자 단유강의 시선이 향한 곳에 이내 한 사람이 나타났다. 적운영이었다.

적운영은 단유강을 보자마자 정중히 포권을 취했다. 단유강 덕분에 청검산장이 무사할 수 있었다. 적운영의 포권에는 그 고마운 마음이 가득 담겨 있었다.

"단 대협의 도움에 진심으로 감사드립니다."

"별것 아니었습니다. 잠시 저와 얘기나 좀 나눌까요? 진에 대한 얘기도 해야 하고……."

단유강의 말에 적운영이 반색을 하며 다가왔다. 지금 청검산장을 휘감고 있는 진법에 대해 파악만 한다면 앞으로 청검산장의 방어에 지대한 힘이 될 것이다.

단유강은 적운영과 몇 가지 얘기를 나누었다. 주변에 있는 사람들이 호기심 어린 눈으로 두 사람을 바라보며 귀를 기울였지만 아무도 두 사람의 목소리를 들을 수는 없었다.

적운영은 단유강과의 대화가 모두 끝난 후, 심각한 표정으로 고개를 끄덕였다. 방금 전 단유강과의 대화에서 거대한 희망과 위험을 동시에 볼 수 있었다.

"그럼 적 대협만 믿겠습니다."

"염려 마십시오. 결코 실망시켜 드리지 않겠습니다."

적운영은 그렇게 말한 후, 담무군에게 몇 가지 보고를 하고는 어딘가로 달려갔다. 적운영이 사라지고 반 각쯤 지나자 청검산장을 뒤덮고 있던 안개가 서서히 흐려지기 시작했다. 안개가 완전히 사라지자 청명한 하늘이 모두의 눈에 시리도록 박혀들었다.

백검문에서 진소혜를 되찾아온 지 며칠이 지났다. 백검문은 말 그대로 몰락해 버렸다. 현재 장사는 그 일로 인해 몸살을 앓는 중이었다.

장사의 크고 작은 모든 무림 문파들이 백검문이 가지고 있던 이권을 조금이라도 더 많이 차지하기 위해 날카로운 이를 드러냈다. 하지만 청검산장은 그 일에서 한 발 물러난 채 흘러가는 상황을 지켜보기만 했다.

일은 청검산장이 모두 하고 삯은 다른 문파들이 받아가는 것과 다름없는 상황이었다. 하지만 청검산장은 전혀 신경 쓰지 않았다.

"적 총관님이랑 무슨 얘기를 나누셨어요?"

"이런저런 얘기."

담교영은 단유강에게 살짝 눈을 흘기며 입술을 삐죽였다. 그 모습이 너무나 귀여워 단유강은 자신도 모르게 미소를 지었다.

"그런 말이 어디 있어요? 적 총관님께 진법에 대해 알려주신 거죠?"

"그것도 있지."

단유강의 말은 담교영의 호기심을 자극했다.

"또 다른 얘기는요?"

"앞으로 백검문을 어떻게 처리해야 하는가 하는 얘기도 좀 했지."

백검문이라는 얘기가 나오자 담교영의 얼굴이 살짝 굳어졌다. 문주와 총관을 잡아왔으니 아마 백검문은 이제 더 이상 장사에서 활동하기 어렵게 될 것이다. 백검문에 대한 소문이 벌써 파다하게 돌고 있었다.

"백검문에 있던 무사들이 모두 떠났다고 하더군요. 백검문이 가지고 있던 상권들도 공중에 붕 뜬 상태라서 장사의 크고 작은 문파들이 호시탐탐 노리고 있어요. 설마 그 이권을 노리라고 하셨나요?"

그건 정말로 위험한 일이다. 아마 당분간 장사무림은 상당히 치열한 격전을 계속할 것이다. 직접 도검을 맞대고 싸우지는 않을지 모르지만 그보다 더 흉험한 싸움이 될 것이다.

단유강은 담교영의 말에 고개를 저었다.

"그런 건 하수들이나 생각하는 문제야. 한데 교영이는 혹시 백검문에 있던 상처 입은 무사들이 어디로 갔는지 알아?"

"글쎄요? 다들 꼭꼭 숨어 있어서 발견하기가 쉽지 않다고 하던데……"

단유강이 씨익 웃었다. 담교영은 그 웃음을 본 순간, 등줄기에 소름과 같은 전율이 짜르르 지나가는 것을 느꼈다.

"서, 설마……!"

"맞아. 전부 여기, 청검산장에 있어."

담교영은 거대한 충격을 느꼈다. 장사에 있는 다른 문파들이 백검문이 가지고 있던 이권을 차지하기 위해 아귀다툼을 벌이는 동안 청검산장은 백검문의 힘을 흡수한 것이다.

물론 이권도 중요하다. 무사만 있다고 다 되는 것이 아니며 그 무사를 먹여 살릴 돈이 있어야 하기 때문이다. 지금 청검산장은 그 돈을 충분히 마련할 발판을 만들어둔 상태였다. 그리고 그 발판을 이용해 위로 치고 올라가기 위해선 이제 힘이 필요한 시점이었다.

"절묘하군요."

"운이 좋았지. 그리고 백검문은 운이 나빴고."

담교영은 그 말을 모두 수긍할 수 없었다. 단순히 운의 문제가 아니다.

"강시를 부리던 자에게서는 뭔가 알아내신 것이 있나요?"

담교영은 일단 화제를 돌렸다. 청검산장과 백검문, 그리고 장사의 여러 문파에 관한 일은 나중에 홀로 차분히 생각을 더 해보기로 결정했다.

"알아낼 것이 없더군. 누군가에게서 강시 제조법을 배우고, 그 대가로 백검문을 도운 모양이야."

담교영은 고개를 갸웃거렸다. 이거야말로 더욱 믿기 어려운 말이 아닌가. 강시 제조법이라는 것은 그렇게 단순히 배울 수 있는 것이 아니다. 그런 대단한 기술을 단지 백검문을 돕기 위해 가르쳤다는 건 말이 되지 않는다.

"분명히 배후가 있을 거예요."

"나도 처음엔 그렇게 생각했는데, 정말로 없더라고. 생각했던 것보다 훨씬 치밀한 놈들이야."

"하면 백검문주나 총관은 알고 있지 않을까요?"

"그들 역시 아는 거라곤 비문위라는 이름뿐이었어. 그에게 재물과 강시를 받았다더군."

단유강은 방금 말했던 것보다 훨씬 많은 사실을 알아냈다. 하지만 대부분 쓸모없는 것들이었다.

백검문 무사들의 수련을 비문위가 맡아서 했고, 실제로 그 수련이 사람을 강제로 강시화시키는 대법에 가까웠다는 것도 알아냈다. 하지만 아무도 그들이 수련하던 장소를 기억하거나 비문위의 얼굴을 기억하지는 못했다. 그것은 백검문주나 총관도 마찬가지였다.

담교영은 고개를 절레절레 저었다. 다시 미궁에 빠졌다. 하지만 언젠가는 꼬리를 잡을 수 있을 것이다. 다른 사람도 아니고 단유강이 이렇게 집요하게 파고들고 있으니 말이다.

"이젠 어떻게 하실 건가요?"

"이제 청검산장도 안정이 되어가고 있으니 슬슬 다시 출발해야지."

본래 두 사람의 목표는 황산이었다.

담교영은 본래의 목표를 떠올리고 나니 우문혜가 자신에게 당부했던 말이 떠올랐다. 담교영의 얼굴이 순식간에 달아올랐다.

'아기를 만들라니……'

담교영이 부끄러운 얼굴로 살짝 단유강을 훔쳐봤다. 단유강의 옆모습이 보였다. 왠지 오늘따라 얼굴에서 턱으로 이어지는 선이 훨씬 아름답게 느껴졌다.

"내일이나 모레쯤 출발할 생각인데, 괜찮지?"

"예? 아, 예. 괘, 괜찮아요."

담교영은 단유강에게 자신의 생각을 들킨 양 화들짝 놀랐다. 하지만 그럴 리 없다는 걸 깨닫고 속으로 안도의 한숨을 내쉬었다.

"무슨 생각을 했기에 그렇게 얼굴이 새빨개?"

"예? 무, 무, 무슨 생각이라뇨. 아, 아무 생각도 안 했어요."

"흐음, 수상한데……."

담교영은 긴장으로 이마에 식은땀이 흐르며 얼굴은 더욱 붉게 달아올랐다. 단유강은 그 모습을 보고는 피식 웃었다.

"뭐, 일단은 믿어주지."

단유강은 그렇게 말하고 휘적휘적 걸어갔다. 담교영은 가슴을 쓸어내렸다.

"하아, 깜짝 놀랐네."

담교영은 자리에 멈춰 서서 단유강이 멀어지는 광경을 가만히 바라봤다. 곧 그녀의 입가에 부드러운 미소가 맺혔다.

"벌써 가시다니, 너무 아쉽습니다."

적운영의 말에 단유강이 빙긋 웃었다.

"조만간 또 올 겁니다."

"꼭 오십시오. 그때까지 반드시 단 대협께서 만족하실 만한 성과를 만들어두겠습니다."

"기대하죠."

단유강은 그렇게 말하고 적운영의 뒤쪽에 있는 정문을 슬쩍 확인했다. 벌써 안에서 한바탕 많은 사람들과 인사를 나누고 왔기 때문에 정문까지 따라나온 사람은 몇 없었다.

"안 올 모양이네?"

단유강의 말에 담교영이 미안한 표정을 지었다.

"이상하네요. 그럴 아이가 아닌데……."

담교영은 섭섭한 표정으로 다시 한 번 정문을 바라봤다. 그녀가 기다리는 사람은 진소혜였다. 오늘 배웅 인사를 하지 않은 사람은 진소혜뿐이었다.

"뭐, 어쩔 수 없지. 나중에 돌아가는 길에 다시 들러서 만나면 되니까."

단유강이 뒷머리를 긁적였다. 진소혜와는 그래도 좀 친해졌다고 생각했는데 꼭 그런 것만은 아닌 모양이었다. 단유강은 결국 포기하고 돌아서서 발걸음을 옮겼다.

그렇게 몇 발을 걸었을까. 단유강이 걸음을 멈추고 다시 돌아서자 담교영은 의아한 얼굴로 단유강을 바라봤다.

"왜 그러세요?"

단유강은 대답하지 않고 빙그레 웃으며 정문을 바라봤다. 담교영의 시선도 정문으로 돌아갔다.

잠시 후, 정문에서 누군가 헐레벌떡 뛰어왔다.

"언니!"

진소혜였다. 담교영은 미소를 지으며 진소혜를 반가이 맞아주었다. 진소혜는 담교영 앞까지 달려와서 숨을 헐떡였다.

"하악, 하악. 미, 미안해요. 너무 늦었죠?"

진소혜는 그렇게 말하며 단유강을 향해 손을 내밀었다. 그녀의 손에는 멋진 문양의 소검(小劍)이 들려 있었다. 어른 손바닥 정도의 길이에 두께는 손가락 두 개를 합쳐 놓은 정도의 크기였다. 검이라기보다는 비수에 더 가까웠는데, 검집에는 고풍스런 문양이 새겨져 있었다.

단유강이 의아한 눈으로 진소혜와 소검을 번갈아 쳐다봤다.

"받으세요. 허락한다는 의미예요. 우리 언니 행복하게 해 주셔야 해요. 아셨죠?"

진소혜의 당돌한 말에 단유강이 부드럽게 웃으며 소검을 받아 들었다. 단유강이 검을 받자 진소혜가 환하게 웃었다. 그녀의 웃음에는 안도의 의미도 들어 있었다. 내심 단유강이 검을 거절하면 어쩌나 하는 걱정을 했던 것이다.

"또 오마."

단유강은 진소혜의 머리를 쓰다듬어 주었다. 진소혜는 커다란 눈을 들어 단유강을 빤히 바라봤다.

단유강은 소검을 든 채로 몸을 돌려 담교영을 바라봤다. 담교영은 진소혜를 바라보고 있었는데, 그녀의 눈에 얼핏 눈물이 스쳤다.

"네가 가지고 있었구나……."

진소혜가 웃으며 고개를 끄덕였다.

"얼른 가세요, 언니. 빨리 가야 빨리 돌아오지요."

진소혜의 말에 담교영이 고개를 끄덕였다.

"그래, 빨리 가야 빨리 오지."

담교영은 떨어지지 않는 발을 억지로 움직였다. 가는 내내 뒤돌아보며 진소혜를 바라봤다. 진소혜는 담교영과 단유강이 보이지 않을 때까지 서서 계속 손을 흔들어주었다.

단유강과 담교영은 장사를 벗어났다. 그때까지 단유강은 계속 손안에 든 소검을 만지작거렸다. 기이한 소검이었다. 그리고 상당히 오래된 물건이었다. 검집의 문양만 봐도 그렇다.

"마음에 드세요?"

담교영의 물음에 단유강이 잠시 멈칫했다가 빙긋 웃었다.

"뭔가 비밀을 간직한 것처럼 보여서."

단유강의 말에 담교영이 손을 자신의 목 아래로 넣어 목걸이를 밖으로 꺼냈다. 그 목걸이에는 소검이 매달려 있었는데, 단유강의 것과 똑같은 소검이었다.

단유강의 눈이 살짝 커졌다.

"음양해검(陰陽解劍)이에요."

"특이한 이름이군."

"잠시 줘보시겠어요?"

단유강이 담교영에게 자신의 소검을 넘겼다.

담교영은 목에 걸린 소검을 목걸이에서 빼낸 후, 단유강의 것과 자신의 것을 나란히 겹쳐 놓았다. 그리고 두 소검의 손잡이 부분을 돌리며 뒤집었다. 그러자 마치 원래 손잡이가 하나였던 것처럼 변해 버렸다. 검날도 딱 달라붙어 마치 원래부터 검날이 하나였던 것처럼 되었다.

"놀랍군."

"어머니가 항상 보여주시던 거였어요. 사위에게 주고 싶어 하셨죠."

담교영은 다시 두 검을 분리해 하나를 단유강에게 넘겼다.

단유강은 그것을 받아 그 구조를 자세히 살폈다.

"나도 목걸이로 만들어야겠군."

단유강은 그렇게 중얼거리며 그것을 품에 넣었다.

'음양해검이라… 해검…….'

해검이라는 것은 한 가지 의미로 한정할 수 없다. 단유강은 문득 이 검이 어딘가로 들어가는 열쇠가 아닐까 하는 생각이 들었다.

"뭐, 나중에 인연이 되면 알 수 있겠지. 아니면 말고."

단유강은 그렇게 속 편하게 생각하며 다시 느긋하게 걸음을 옮겼다. 황산까지는 아직도 여정이 많이 남은 상태였다.

장사무림이 크게 술렁였다. 백검문의 몰락으로 시작된 그 술렁임은 청검산장의 움직임으로 인해 절정에 달했다.

청검산장은 기존 백검문에 있던 무사들을 모두 흡수해 단번에 두 배 이상으로 규모가 커졌다. 그리고 그 무사들을 이용해 장사에 단단한 입지를 구축했다.

명실 공히 청검산장은 장사 최고의 무가가 되었다.

　백검문이 가지고 있던 이권을 장사의 다른 문파들이 아귀다툼을 해 뜯어먹는 동안 청검산장은 그 틈을 이용해 여러 가지 이권 사업에 발을 걸쳤다.

　발을 걸치기까지가 힘들지, 일단 발을 걸치고 난 후에는 막대한 무력을 이용해 단숨에 영향력을 확대할 수 있었다.

　결국 장사의 여타 문파들은 아귀다툼을 통해 백검문의 이권을 차지할 수 있었지만, 더 큰 것을 잃어버리고 말았다.

　바야흐로 장사무림은 청검산장의 시대가 되었다.

第三章
황산으로 가는 길

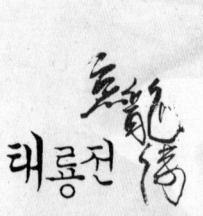
태룡전

단유강과 담교영은 호남성에서 강서성으로 넘어갔다. 그들은 일단 남창을 거쳐 목적지인 황산이 있는 안휘성으로 넘어갈 생각이었다. 두 사람의 경공 실력이 꽤 대단해 마음만 먹으면 남창 까지는 금방이었지만, 단유강은 여전히 느긋하기 그지없었다.

　"대주님, 너무 여유 부리시는 거 아닌가요?"

　담교영이 약간 불안한 표정으로 물었다. 그녀는 단유강이 장사에서 청검산장의 일을 처리하느라 시일이 많이 지체된 것이 계속 마음에 걸렸다. 그렇지 않아도 늦었는데 단유강이 이렇게 여유를 부리니 왠지 불안해졌다.

"괜찮아. 어차피 정확한 명령이 내려온 것도 아니잖아. 언제까지 도착하라는 말도 없었고, 가서 무슨 일을 하라는 말도 없었으니, 어떻게 하든 내 마음대로라는 뜻이지."

"하지만 그건 언니가……."

"언니?"

단유강이 황당하다는 듯 담교영을 바라봤다. 담교영은 급히 입을 다물고 단유강의 눈치를 살폈다. 담교영의 얼굴이 금세 홍시처럼 새빨개졌다.

"혹시… 그 언니라는 분이 우리 할머니를 말하는 건 아니지?"

담교영은 대답할 수가 없었다. 자신도 모르게 말실수를 한 것이다.

"그게……."

단유강은 고개를 절레절레 저으며 한숨을 내쉬었다.

"하아아, 정말 못 말리신다니까. 그리고 아무리 그러라고 해도 그렇게 냉큼 언니라고 한단 말이야?"

"그, 그분께서 워낙 강력하게 말씀을 하셔서……."

우문혜와 함께 지낸 열흘 동안 그녀는 계속 언니라는 호칭을 써야 했다. 담교영도 처음에는 부담스러웠지만 우문혜의 외모가 워낙 어려 보였기 때문에 나중에는 언니라는 호칭이 훨씬 더 자연스럽게 느껴질 정도였다.

우문혜는 서둘러 말을 돌렸다.

"아, 아무튼 하, 할머님께서 황산으로 보내셨으니 당연히 무림맹에서는 별다른 명령이 없었을 것 아닌가요. 그러니……."

"괜찮아. 할머니도 별다른 말이 없었어. 설마 교영이한테만 따로 뭔가를 얘기해 주신 거야?"

담교영의 얼굴이 또 달아올랐다. 우문혜가 그녀에게 당부한 말은 애를 만들어오라는 것이 전부였다. 단유강의 물음에 갑자기 그 말이 떠오른 것이다. 담교영은 부끄러워서 단유강의 얼굴을 쳐다볼 수가 없었다.

"어? 왜 내 시선을 피해? 정말로 뭔가 다른 말 들은 게 있구나? 그렇지?"

"아, 아니에요! 그런 거 없어요!"

"흐음……."

단유강은 눈을 가늘게 뜨고 담교영을 바라봤다. 그의 두 눈에는 의심이 가득했다.

"뭐, 일단은 믿어주지. 그래도 아직 내 귀는 열려 있으니까 언제라도 뭔가 생각나면 말해줘."

담교영이 어색한 미소를 지으며 고개를 끄덕였다.

"네. 그, 그렇게 할게요."

단유강이 더욱 의심스럽다는 표정을 지었다.

"흐음, 뭔가 할 말이 있긴 한데, 감추고 있다는 뜻이로군."

"아, 아니라니까요!"

"알았어. 믿어준다니까. 누가 뭐라고 했나?"

말은 그렇게 하면서도 여전히 눈을 가늘게 뜬 단유강의 모습에 담교영은 정말로 두 손 두 발 다 들고 말았다. 그래서 하마터면 애를 만들어오라고 했다는 말을 할 뻔했다. 그 말이 막 목구멍까지 올라왔지만, 초인적인 인내와 부끄러움 덕분에 다시 가슴으로 꾹 누를 수 있었다.

그렇게 두 사람은 조금 티격태격하며 근처에 있는 마을로 향했다. 어느새 날이 조금씩 어두워지고 있었다.

"생각보다 큰 마을이네요."

담교영은 그렇게 말하며 주위를 둘러봤다. 여기저기 객잔과 주루가 보였고, 그 앞을 지나다니는 사람들도 상당히 많았다. 날이 어두워질 무렵이라 그런지, 그렇게 지나가는 사람들을 호객하는 소리도 간간이 들려왔다.

"일단 객잔부터 잡아야지. 오늘은 노숙을 하지 않아도 되겠네."

그들은 지난 며칠 동안 계속 노숙을 했다. 단유강이 조금만 서둘렀으면 가까운 마을을 찾아갈 수 있었겠지만, 단유강은 굳이 그렇게 하지 않았다.

"전 잠자리보다는 맛있는 걸 좀 먹고 싶어요."

노숙을 하는 동안은 먹는 것도 상당히 부실했다. 육포를 씹어 허기를 달래거나, 간간이 사냥을 해서 고기를 구워 먹는 것이 전부였기에 뭔가 제대로 된 요리를 먹어본 것도 꽤 오래 전의 일이었다.

"좋아. 그럼 제일 좋은 곳으로 가자고."

단유강이 스윽 주변을 훑어보자 순식간에 마을에 대한 정보가 뇌리에 박혀들었다. 이제는 굳이 감각을 개방하지 않아도 자연스럽게 주변의 정보가 빨려들 듯 모여들었다.

"저쪽이 괜찮겠군."

단유강이 거침없이 걸어가기 시작하자 담교영은 약간 의아한 얼굴로 그 뒤를 따랐다.

"이 마을에 와본 적이 있으세요?"

"아니, 처음인데?"

담교영이 더욱 의아한 표정을 지었다. 말과는 달리 단유강은 마치 길을 잘 아는 사람처럼 망설임 없이 걷고 있었다. 게다가 처음 마을에 들어왔을 때 보이던 객잔으로 가는 것도 아니었다.

"어디로 가시는 건가요?"

"저쪽에 있는 객잔이 괜찮은 거 같아서."

단유강이 손가락을 들어 한곳을 가리켰다. 담교영은 고개를 돌려 그곳에 서 있는 객잔을 바라봤다. 겉보기에는 다른 객잔들과 그리 큰 차이가 없어 보였다.

평안객잔(平安客棧).

이름도 참으로 평범했다. 마을 입구에도 화려한 객잔이 꽤 많았는데 어째서 굳이 이런 곳까지 찾아왔는지 의아했지만, 일단 단유강이 아무런 생각도 없이 왔을 리는 없으니 믿기로 했다.

객잔 안으로 들어간 두 사람은 살짝 눈이 커졌다. 겉에서 본 것보다 객잔의 규모가 컸기 때문이다. 게다가 화려하진 않지만 절제된 멋이 객잔 가득 흐르고 있었다.

"꽤 훌륭한 객잔이네요."

"그러게. 이럴 거라고 예상은 했지만 막상 보니까 더 대단한데?"

단유강은 씨익 웃으며 적당한 자리를 찾았다. 일층에는 남은 자리가 하나도 없었다. 고개를 돌려 보니 이층으로 올라가는 계단이 보였다. 단유강이 막 그 쪽으로 걸음을 옮기려고 할 때, 점소이가 쪼르르 달려와 허리를 꾸벅 숙였다.

"어서 오십쇼."

점소이는 굽혔던 허리를 펴고 단유강과 담교영을 바라봤다. 이내 점소이의 눈이 화등잔만 해졌다. 아무리 사람을 많이 상대하는 객잔의 점소이라지만 담교영 정도 되는 미인은 지금까지 한 번도 본 적이 없었다. 당연했다. 천하제일미 담교영 아닌가.

"일층에는 자리가 없는 것 같으니 이층으로 가겠다."

"이, 이쪽으로 따라오십쇼."

점소이는 말까지 더듬으며 두 사람을 이층으로 안내했다. 일층에 비해 이층은 비교적 한산했다. 사실 굳이 전망이 좋은 객잔은 아니었기에 이층에 오르는 것은 귀찮기만 한 일이었다.

이층을 찾는 사람들은 조금 조용한 분위기에서 식사나 술을 원하는 사람들이거나, 지금처럼 일층에 자리가 없어 올라오는 사람들뿐이었다.

"조용해서 좋군."

단유강은 그렇게 말하며 점소이가 안내한 자리에 앉았다. 그리고 손가락 하나를 들어 올리며 말했다.

"가장 자신 있는 요리와 술을 내오도록."

점소이가 다시 한 번 허리를 꾸벅 숙였다.

"알겠습니다요."

점소이가 쪼르르 일층으로 내려가자 단유강은 의자에 등을 기대고 주위를 살펴봤다. 이층에도 일층과 다름없이 수많은 탁자가 있었지만, 그중 자리가 찬 것은 세 군데에 불과했다.

'무림인들이로군.'

그중 한 탁자에 앉은 사내들을 보며 단유강이 눈에 이채를 띠었다. 상당히 날카로운 기도를 보여주는 사내들로, 그들은 비슷한 옷차림에 비슷한 모양의 검을 차고 있었다.

"남궁세가네요."

담교영의 말에 단유강이 고개를 끄덕였다. 남궁세가의 특징은 검에 매달린 푸른 수실과 옷에 수놓아진 문양에 있었다. 남궁세가 무사들은 옷소매에 푸른 용을 수놓는다.

"저쪽도 무림인인데?"

남궁세가와 마찬가지로 다른 쪽 탁자의 인물들도 무가에 속한 자들인 것 같은데, 어디의 무사들인지는 알 수 없었다. 아마도 남궁세가만큼 유명한 곳은 아닌 듯했다. 그들은 흑의를 입고 있었는데, 눈빛이 상당히 날카로웠다.

단유강과 담교영이 자신들을 살피는 것을 알았는지, 두 곳의 무사들이 고개를 돌려 확인을 했다. 그리고는 눈이 휘둥그레질 정도로 놀랐다. 그제야 담교영을 발견한 것이다.

그들은 눈을 빛내며 뭔가를 상의했다. 잠시 후, 흑의를 입은 자들 중 한 명이 자리에서 일어나 담교영과 단유강의 자리로 다가갔다.

"잠시 실례하겠소."

사내는 그렇게 말하며 담교영을 향해 정중히 포권을 취했다.

"무슨 일인가요?"

담교영의 목소리를 들은 사내는 잠시 떨리는 가슴을 진정시켰다. 목소리마저 아름다웠다.

"우리 공자님께서 합석을 원하셔서 의중을 묻기 위해 이렇게 실례를 했소. 혹, 괜찮다면 우리와 합석을 하는 게 어떻겠소?"

사내는 그렇게 말하며 연방 담교영을 힐끔거렸다. 담교영이 얼른 대답을 하지 않자 사내가 말을 이었다.

"우리 공자님께선 금응보(金鷹堡)의 소주(少主) 되시는 분이오. 보아하니 여행을 하시는 분들 같은데, 우리 공자님과 잘 사귀어 두시면 적어도 강서성을 여행하는 동안은 편하게 가실 수 있을 거요."

금응보는 남창에 위치한 문파로, 상당한 힘과 재력을 가졌기에 남창에서 대적할 문파가 없을 정도로 대단한 세력을 자랑했다. 최근 금응보는 강서성 여기저기에 지부를 설립하고 있었는데, 이 마을에도 최근 지부를 세워 자리를 잡아가는 중이었다.

사내의 장황한 설명에 담교영이 쓴웃음을 지었다. 조금 돌려 해석하자면, 합석을 거절할 경우 여행이 순탄치 못할 수도 있다는 뜻 아닌가.

"호의는 감사하지만 제가 너무 피곤하여……."

담교영은 그렇게 말을 흐리고는 살짝 미소를 지었다. 사내는 그 미소에 잠시 당황하고는 고개를 돌려 자신의 일행이 있는 탁자를 힐끗 쳐다봤다. 그러자 그곳에 있던 사내들 중 가장 매끈하게 생긴 청년이 눈짓을 보냈다.

"하면 이곳에 있는 우리 금응보의 지부로 함께 가는 것이

어떻겠소? 제대로 대접해 드리고 편안히 쉴 수 있게 해드리겠
소."

담교영이 난감하지만 귀찮다는 표정을 지었다. 뭐라고 거
절을 해야 하나 고민하고 있는데, 옆에서 호통 소리가 들려왔
다.

"상대가 싫어하는 게 빤히 보이는데 계속 치근대는 게 금
응보의 방식인가?"

금응보의 무사는 인상을 쓰며 소리가 들려온 쪽으로 고개
를 돌렸다. 방금 외친 사람은 남궁세가의 무사였다.

"남궁세가의 분들이 지금 우리 금응보에 시비를 거는 것이
오?"

"시비? 이건 시비가 아니라 곤경에 처한 아가씨를 구하기
위한 협행이지."

남궁세가의 무사가 이죽거리자 금응보의 무사가 분을 참
지 못해 얼굴이 붉으락푸르락해졌다.

"그만!"

금응보의 무사가 막 검을 뽑아 들려고 하는 순간, 그의 움
직임을 막는 소리가 있었다. 금응보의 소주라 불리던 청년이
었다.

"그쯤하면 됐다. 굳이 남궁세가의 분들과 다툴 필요는 없
으니 돌아오너라. 아쉽긴 하지만 굳이 싫다는 사람을 억지로
데려가고 싶은 생각은 없다."

그 말이 끝나자 금웅보 무사들이 우르르 일어나더니 아래로 내려가 버렸다. 그들은 계단을 내려가기 전에 담교영을 다시 한 번 바라보는 것을 잊지 않았다.

금웅보 무사들이 모두 사라지자 이층에 남아 있던 나머지 한 무리도 슬그머니 자리를 비웠다. 이제 이층에 남은 것은 남궁세가 사람들과 단유강, 담교영뿐이었다.

남궁세가 무사는 회심의 미소를 지으며 담교영을 향해 정중히 포권을 취했다.

"남궁현민이라고 합니다."

담교영은 살짝 고개를 숙였다. 상대가 정중히 인사를 하니 마주 인사를 해주지 않을 수 없었다. 확실히 조금 전 금웅보 사람들과는 대응법이 달랐다.

"담교영이에요."

남궁현민의 눈이 살짝 커졌다. 그것은 상황을 지켜보고 있던 다른 남궁세가 무사들 역시 마찬가지였다.

"천하제일미의 위명만 들어왔었는데, 이렇게 실제로 뵈니 소문이 한참이나 모자란 듯싶습니다."

"당치 않습니다. 소문이 많이 과장되었다는 것은 저도 잘 알고 있어요."

남궁현민은 그렇지 않다고 말하려 했다. 그가 보기에 담교영은 과연 천하제일미라 불릴 만했다. 어떤 사내라도 그녀를 한 번 보면 마음에 깊이 새겨져 다시는 잊기 어려울 것이다.

담교영은 약간 난처한 표정으로 단유강을 바라봤다. 아직 주문한 음식이 나오기도 전이었다. 하지만 이런 거북한 분위기에서 뭔가를 먹고 싶지 않았다. 단유강이 살짝 고개를 끄덕이자 담교영이 약간 안도한 표정으로 남궁현민을 향해 말했다.

"우리는 이만 일어나야겠어요. 도와주신 점 감사드려요."

담교영은 자리에서 일어나 살짝 고개를 숙이며 그렇게 말했다. 그리고 남궁현민이 채 대답하기도 전에 몸을 돌려 일층으로 내려갔다. 단유강은 의미심장한 눈으로 담교영과 남궁현민을 한 번씩 쳐다보고는 담교영을 따라 일층으로 내려갔다.

일층도 상황이 크게 좋지는 않았다. 담교영과 단유강이 내려가니 모든 사람의 시선이 모여들었다.

처음 담교영이 객잔에 들어섰을 때야 이목이 집중되지 않아 몇몇 사람들을 제외하고는 담교영의 모습을 발견하지 못했지만, 적당한 시간이 지나 담교영의 외모에 대한 얘기가 객잔 일층을 완전히 휩쓸어 버린 것이다.

담교영은 잠시 당황했다. 하지만 이내 별것 아니라는 듯 점소이를 찾았다. 면사를 벗기로 결심한 순간부터 이런 일은 충분히 예상했다. 면사를 쓰고서도 비슷한 일을 수도 없이 당하지 않았던가.

단유강은 담교영의 뒤에 서서 흥미로운 눈으로 그 광경을 지켜봤다. 담교영의 마음이 단단해지는 과정을 보는 것 같아 꽤 즐거웠다.

점소이가 담교영 앞으로 쪼르르 달려왔다.

"방으로 안내해."

담교영의 목소리는 약간 경직되어 있었다. 아무리 담담해지겠다고 했지만 그게 한순간에 될 리는 없었다. 하지만 점소이는 그것을 느끼지도 못했다. 그저 담교영의 얼굴을 한 번 바라본 것만으로 정신이 어질어질해질 지경이었으니까.

"이, 이쪽으로 오십시오."

점소이가 단유강과 담교영을 안내해 객방들이 모여 있는 곳으로 향했다. 웬만하면 별채를 얻어도 되지만, 담교영은 굳이 그렇게 하지 않았다. 이번 기회에 이런 일에 익숙해지자고 단단히 마음을 먹은 것이다. 그리고 단유강은 그저 그녀가 하는 대로 지켜보기만 했다.

"한데 방은 몇 개를 잡으시겠습니까?"

점소이의 물음에 담교영은 순간 말문이 막혔다. 당연히 두 개라고 해야 하는데 왠지 그 말이 나오지 않았다. 담교영의 시선이 자신도 모르게 단유강에게로 향했다.

"제일 큰 방으로 하나. 침상은 두 개가 있었으면 좋겠는데."

단유강의 말에 점소이가 자신 있게 고개를 끄덕였다.

"제가 우리 객잔에서 제일 좋은 방으로 안내해 드리겠습니다요."

이내 두 사람은 상당히 크고 괜찮은 방에 들어설 수 있었다. 단유강이 주문한 대로 제법 좋은 침상이 두 개나 있는 방이었다.

"대강 요기할 만한 음식을 가져오도록."

단유강은 막 돌아가려는 점소이에게 그렇게 말했다. 점소이는 활짝 웃으며 허리를 꾸벅 숙였다. 어차피 아까 주문한 음식에 대한 돈은 따로 받았다. 주방 쪽에 말만 잘 하면 지금 주문한 음식값은 자신이 챙길 수도 있었다.

점소이가 후다닥 사라지자, 단유강은 침상 하나를 차지하고 앉아 침상 위를 손으로 꾹꾹 눌러보았다.

"호오, 꽤 괜찮은데?"

물론 미고현에 있는 단유강의 침상보다야 훨씬 못하지만 그래도 웬만한 객잔에서는 보기 힘든 고급 침상이었다.

"하아아."

단유강은 옆에서 들려오는 한숨 소리에 고개를 돌려 담교영을 바라봤다. 담교영은 피곤한 얼굴로 침상에 앉아 있었다.

"좀 쉬어둬. 아직 일이 전부 마무리된 게 아닌 것 같으니까."

단유강의 말에 담교영이 의아한 표정을 지었다. 하지만 이내 굳은 표정으로 고개를 끄덕이더니 침상에 털썩 누워 버렸다.

잠시 후, 점소이가 몇 가지 먹음직스런 음식을 들고 왔다. 두 사람은 그것을 남김없이 먹었다. 기대했던 것보다 훨씬 훌륭한 맛이었다. 그나마 조금 마음이 풀렸다.

식사를 모두 마친 후, 담교영은 침상에 다시 누웠다. 쌓였던 피로가 물밀 듯 밀려왔다.

이내 담교영이 누운 침상에서 쌔근거리는 숨소리가 들려왔다. 단유강은 담교영이 자는 모습을 가만히 지켜보다가 자신도 침상에 누워 눈을 감았다.

조용히 방문이 열렸다. 그리고 열린 문틈으로 그림자 몇이 은밀하게 스며들었다. 흑의에 복면까지 쓴 사람들이었는데, 모두 다섯 명이나 되었다.

그들은 소리없이 움직여 침상 앞으로 움직였다. 그리고는 잠자는 사람의 얼굴을 확인했다. 주변은 달빛 한 조각 들어오지 않아 칠흑 같았지만, 그들에게 어둠은 아무런 장애가 되지 않았다.

한 명이 손을 들었다. 목표를 발견했다는 뜻이다. 그가 확인한 침상에는 담교영이 자고 있었다. 그는 손을 움직여 담교영의 마혈을 제압하려 했다.

"건드리지 않는 게 좋을 거야. 그러다가 목이 잘리는 수가 있거든."

사내의 손이 멎었다. 움직임을 멈출 생각은 없었는데도 움직일 수 없었다. 안간힘을 써봤지만 손은 요지부동이었다.

단유강이 부스스 몸을 일으켰다.

"예상했던 대로 금웅보로군. 남궁세가는 이 정도로 치졸하진 않거든."

단유강의 말이 자극이 되었는지 방 안에 있던 흑의인들 중 하나가 냅다 달려들었다. 흑의인의 주먹이 단유강의 코앞에 도달했을 때, 단유강이 귀찮다는 듯 손을 한 번 휘저었다.

퍽!

흑의인은 비명도 지르지 못하고 정신을 잃었다.

콰직!

옆으로 날아간 흑의인이 의자 하나를 부수며 바닥에 널브러졌다. 꽤 소란스러웠지만 담교영은 전혀 깰 생각도 하지 않았다.

단유강이 침상에서 내려와 주위를 둘러봤다. 흑의인이 아직 네 명이나 남아 있었지만 전혀 아랑곳하지 않고 담교영의 침상으로 걸어갔다.

"잘 자는군."

단유강은 그렇게 말하며 씨익 웃었다.

"피 냄새 좀 난다고 깨진 않겠어."

단유강의 말이 어쩌나 섬뜩했는지 흑의인들은 몸을 부르르 떨었다. 그들은 서로 눈치를 살폈다. 단유강이 얼마나 강한지 아직 파악하지 못했지만 동시에 협공을 한다면 어떻게

든 될 것 같았다.

네 사람의 시선이 서로의 의사를 확인했다. 그리고 시선과 마음이 하나로 모였다. 그 순간, 그들은 동시에 단유강을 향해 짓쳐들었다. 어느새 그들의 손에는 날카로운 비수가 들려 있었다.

쉬쉬쉬쉭!

바람을 가르는 소리가 방 안을 울렸다. 검기가 방 안을 온통 헤집었다. 그리고 네 자루 비수가 빛살처럼 날아갔다.

쩌저정!

비수들이 박살 나며 조각조각 부서진 비수의 파편들이 방향을 바꿔 다시 날아갔다.

"크으윽!"

"컥!"

억눌린 신음이 흘러나왔다. 그리고 네 명의 흑의인이 바닥에 떨어졌다.

털썩! 털썩!

손짓 한 번에 간단히 상황을 정리한 단유강은 시선을 내려 담교영의 잠든 얼굴을 다시 한 번 확인했다. 여전히 곤히 자고 있었다.

"아무리 기막(氣膜)으로 소리와 기척을 차단했다지만 너무 잘 자는데?"

단유강은 그렇게 중얼거리고는 피식 웃었다. 그리고 손을 다시 휘저어 바닥에 쓰러진 자들을 정리했다. 창문이 열린다 싶더니 다섯 흑의인이 창을 통해 밖으로 날아갔다.

투두둑!

"끄으으!"

뭔가가 바닥에 떨어지는 소리, 그리고 낮은 신음 소리가 들려왔다. 이곳은 이층이었으니 운신이 자유롭지 못한 자들이 떨어지면 당연히 고통스러울 수밖에 없었다.

단유강은 다시 손을 몇 번 휘젓자 방 안에 있던 진득한 혈향이 바람을 타고 밖으로 나갔다. 그리고 밖의 신선한 공기가 다시 방 안을 가득 채웠다.

이내 창문이 닫혔고, 방 안은 다시 침묵에 빠져들었다.

금웅보의 소보주 금건명은 충혈되어 번들거리는 눈으로 고개를 숙인 채 서 있는 사내들을 노려봤다. 그들은 하나같이 정상적인 몸 상태가 아니었다. 온통 피투성이였고, 운신이 불편해 보였다.

"고작 한 놈에게 당해서 개처럼 쫓겨났단 말이냐?"

사내들, 금웅보의 무사들은 그저 입을 꾹 다문 채 고개를 더욱 숙였다. 최근의 금건명은 상당히 무서웠다. 예전과는 많이 달라진 모습이었다.

예전에는 그래도 그나마 절제라는 게 있었는데, 최근에는 하고 싶은 건 해야 직성이 풀리고, 갖고 싶은 건 무슨 수를 써서든 가져야 만족했다. 그리고 지나칠 정도로 피와 색을 탐했다.

'대체 언제부터 이렇게 되신 건지……'

금응보의 무사들은 착잡한 표정을 지었다. 물론 고개를 숙이고 있기에 금건명이 그것을 보지는 못했다. 만일 무사들의 표정을 봤다면 절대 그냥 넘어가지 않았을 것이다.

"생각보다 한 수가 있는 놈이라 이건가? 흥."

금건명은 코웃음을 쳤다. 그래 봐야 한 놈이다. 하나는 결코 여럿을 이기지 못한다. 더구나 그 상대가 금응보쯤 되는 강력한 문파라면 더더욱 그렇다.

"슬슬 내가 움직여야 하나?"

금건명이 눈알을 데구루루 굴리며 그렇게 말하자 앞에 서 있던 무사들의 등줄기에 오싹 소름이 돋았다. 금건명이 나서면 성공할 수 있을지는 모르지만 결코 깔끔하게 끝나지는 않을 것이다. 하지만 일을 실패하고 돌아온 그들이 금건명을 말릴 수 있을 리 만무했다.

"크흐흐흐흐흐."

금건명의 입에서 기괴한 웃음소리가 흘러나왔다. 금응보의 무사들은 그 소리를 듣고 몸을 부들부들 떨었다.

아직 밤은 깊었다. 금건명은 핏물이 뚝뚝 떨어질 것 같은 눈으로 하늘을 바라봤다. 밤의 어둠이 온통 그의 몸에 내려앉는 것 같았다.

"가자. 가서 그놈의 심장을 씹어 삼킨 후, 그 자리에서 그년을 취하겠다."

금건명이 움직이자 금웅보 무사들이 두려운 눈으로 그 뒤를 따랐다. 온통 피로 범벅이 된 바닥에서 여자를 강간하는 것이 금건명이 최근 즐기는 취미였다. 머릿속으로 그 광경이 떠오르니 구역질이 치밀었다. 그들은 치밀어 오르는 욕지기를 억지로 삼키며 발걸음을 서둘렀다.

단유강이 다시 잠드는 데는 촌각도 걸리지 않았다. 침상에 누워 눈을 감자마자 그대로 잠들었다. 하지만 그는 이내 다시 깨어나 눈을 떴다.

"웬 놈의 살기가 이렇게 지저분해?"

단유강은 조금 짜증을 내며 몸을 일으켰다. 감각을 건드리는 살기 때문에 잠이 몽땅 달아나 버린 것이다. 절제되지 않은 살기였다. 이건 짐승의 살기보다 더했다. 이렇게 지저분한 살기는 실로 오랜만이었다.

"그냥 보내줬으면 곱게 돌아갈 것이지, 미친놈까지 끌고 와? 가만두면 안 될 놈들이군."

살기가 점점 가까이 다가왔다. 이내 그 살기의 주인공이 객잔 앞에 도착했다.

평안객잔에는 단유강과 담교영만 있는 것이 아니다. 남는 객방이 거의 없을 정도로 사람이 많았다. 그리고 그들 중에는 무림인도 당연히 있었다.

그 무림인들이 금건명의 살기를 느끼고 잠에서 깨어났다. 그중에는 남궁세가의 무사들도 있었다.

단유강의 감각에 여기저기서 깨어나는 사람들이 잡혔다.

"하긴, 이렇게 살기가 짙은데 무림인들이 깨어나지 않을 리 없지."

단유강은 자리에서 일어나 창가로 걸어갔다. 창문을 열고 밖을 내다보니 멀찍이서 천천히 걸어오는 사람들이 보였다. 그들 중 다섯은 분명히 이곳에서 단유강에게 당했던 자들이었다.

"저놈이로군. 호오, 이거 흥미로운데?"

멀리 있을 때는 느끼지 못했는데 가까이 다가오니 조금씩 확실해졌다. 내부에 아주 익숙한 기운을 담고 있었다.

"대체 어떻게 그 기운을 얻은 거지? 여기선 상당히 얻기 힘들었을 텐데."

단유강은 그렇게 중얼거리며 밖을 주시했다. 객잔에서 깨어난 무인들이 하나둘 창을 열고 확인하는 것도 느껴졌다.

"일단 좀 지켜볼까? 재미있겠어."

거대하고 거친 살기가 객잔을 덮쳤다.

"소주, 살기를 조금 죽이시는 편이 어떻습니까? 객잔의 무인들이 살기에 놀라 깬 듯합니다. 그들을 자극하지 않으시는 편이……."

금건명이 이를 드러내며 웃었다. 그 웃음에조차 살기가 번득였다.

"나보고 그깟 쥐새끼들에게 꼬리를 내리란 말이냐?"

"그, 그것이 아니라……."

금응보의 무사는 금건명의 말에서 이미 상황이 제어할 수 없는 방향으로 흘러갔다는 걸 깨달았다. 금건명은 평소에는 꽤 냉철하지만 이렇게 한 번 머리가 돌아버리면 누구도 그를 제어할 수 없었다.

"소주, 저곳에는 남궁세가의 사람들도 있습니다."

"큭큭큭, 남궁세가를 내가 두려워해야 할 이유라도 있느냐? 아까 봤던 놈들이라면 걱정할 것 없다. 그런 놈들은 백 명이 몰려와도 단숨에 부숴줄 테니까."

금응보 무사들의 얼굴이 창백하게 질렸다. 오늘따라 금건명의 상태가 더욱 이상했다. 다른 때는 아무리 그래도 이렇게까지 막 나가지는 않았다. 적어도 금응보에 심각한 피해가 갈 만한 행동은 자제했다. 한데 오늘은 그 한계를 돌파할 모양이었다.

'남궁세가와 싸움이 붙는다면……!'

생각만 해도 식은땀이 흘렀다. 남궁세가는 안휘 전체에 영향력을 행사할 정도로 거대한 힘을 가졌다. 당연히 안휘 근처에도 그 힘이 미친다.

금웅보가 위치한 곳은 남창이다. 남창에도 남궁세가의 지부가 있긴 하지만 정보 수집의 목적을 띠고 활동할 뿐이지, 직접적으로 영향력을 행사하지는 않는다. 하지만 이번 일을 계기로 그 움직임이 변할 가능성이 아주 컸다.

'소주, 당신의 이런 행동이 빌미를 제공하는 거란 말이오. 금웅보가 비록 기세를 타서 쭉쭉 뻗어나가고 있긴 하지만, 남궁세가에 비할 수는 없는 법이오.'

금웅보의 무사들은 답답했다. 하지만 그들의 힘으로는 소주를 막을 수가 없었다. 그들의 뇌리에 단유강의 모습이 떠올랐다.

'차라리 그가 나서서 소주를 제압해 준다면……'

그럼 일이 조금 더 간단해질 것이다. 금웅보 무사들이 고개를 들어 평안객잔의 객실 하나를 바라봤다. 단유강과 담교영이 머무는 방이었다. 그리고 그들은 창밖을 내다보고 있던 단유강과 눈이 마주쳤다.

"저……!"

무사 하나가 손을 들어 단유강을 가리키려 했다. 하지만 그보다 객잔 안에 있던 무인들의 움직임이 조금 더 빨랐다.

"멈추시오!"

덩치가 큰 사내가 어느새 객잔 입구에 서서 부리부리한 눈으로 금웅보 무사들을 노려보고 있었다. 금웅보 무사들은 걸음을 멈췄지만, 금건명은 여전히 걸음을 멈추지 않았다.

"멈추라고 한 내 말이 들리지……!"

사내는 말을 끝까지 이을 수 없었다. 어느새 금건명이 그의 코앞까지 다가왔기 때문이다. 어떻게 움직였는지 보지도 못했다. 금건명의 싸늘한 눈빛이 사내의 눈에 닿았다.

서걱!

곧 뭔가가 잘라지는 소리가 들렸다. 그리고 사내의 신형이 비틀리며 무너졌다.

털썩!

진득한 혈향이 피어올랐다. 그러자 평안객잔 안에 있던 다른 무인들이 분분히 몸을 날려 금건명 앞을 막아섰다. 그중에는 남궁세가의 무사들도 있었다.

"다짜고짜 살인이라니, 살려둬선 안 될 마두로구나."

남궁현민이 가장 앞으로 나서며 말했다. 남궁현민의 눈이 이글이글 타올랐다. 남궁현민은 눈앞에 서 있는 사람이 아까 잠시 시비가 일었던 금웅보의 소보주라는 것을 알고 있었다.

"남궁세가는 입으로 검을 휘두르나?"

금건명의 말에 그의 뒤에 서 있던 다섯 무사의 눈이 경악으로 물들었다. 명백히 남궁세가에 싸움을 거는 말이었다. 이젠 정말로 돌이킬 수 없는 강을 건너고 말았다.

그들의 예상대로 남궁현민은 당장 검을 뽑았다.

스릉.

"군이 벌주를 원하는데 애써 말릴 필요는 없겠지."

금건명의 살기와 남궁현민의 투기가 뒤섞였다. 그 파장이 퍼져 나가자 주위에 있던 사람들이 자신도 모르게 뒤로 물러섰다. 그 광경을 본 금건명의 입가가 길게 늘어났다. 그의 미소는 너무나 차가웠다.

"피를 보기 좋은 밤이야. 우선 네 피를 마셔야겠다."

마인들이나 할 법한 얘기를 서슴없이 꺼낸 금건명은 즉시 몸을 날리며 검을 휘둘렀다. 금건명의 검에서 불그스름한 빛이 아롱거렸다.

쩌정!

검과 검이 부딪치며 강렬한 소리를 토해냈다.

남궁현민은 깜짝 놀랐다. 금건명의 검격이 생각했던 것보다 훨씬 대단했기 때문이다. 방심하지 않고 최선을 다해 막았으니 망정이지, 그렇지 않았다면 힘에서 밀려 낭패를 당했을 것이다.

"크하하하! 고작 이 정도냐!"

금건명의 몸이 훌쩍 날아올랐다. 그리고 검을 한껏 치켜들었다.

후아앙!

강렬한 검압이 남궁현민에게 쏟아졌다. 아직 검은 도착도 하지 않았는데 바람이 만들어낸 압력만으로도 남궁현민의 머리카락이 마구 휘날릴 정도였다. 남궁현민은 온 내력을 검에 밀어 넣으며 힘껏 위로 올려쳤다.

꽈앙!

폭음이 울리며 불꽃이 튀었다. 검과 검이 부딪쳤다고는 믿을 수 없을 정도였다.

"크하하하하!"

금건명이 마치 악귀처럼 웃으며 연방 검을 내려쳤다.

쾅! 쾅! 쾅! 쾅! 쾅!

남궁현민은 그것을 피할 수가 없었다. 만일 피하려다가 조금이라도 빈틈이 생기면 그야말로 끝장이었다. 저 무지막지한 검격에 스치기만 해도 살아남기 어려울 듯했다.

"크윽!"

남궁현민의 입가에서 핏물이 흘러나왔다. 이미 심각한 내상을 입었는데 계속 충격이 중첩되니 점점 몸에서 힘이 빠져나갔다.

"이놈! 멈춰라!"

보다 못한 남궁세가의 무사 하나가 그렇게 외치며 몸을 날렸다. 무사의 손에서 날카로운 장검이 쭉 뻗어 나왔다.

금건명은 빙글 몸을 돌리며 크게 검을 휘둘렀다.

쩡!

"커억!"

남궁세가 무사는 달려오던 것보다 더 빨리 뒤로 튕겨 나갔다. 금건명의 검은 그만큼 위력적이었다.

몸을 한 바퀴 빙글 돌린 금건명의 검이 다시 남궁현민을 노리고 날아갔다. 회전까지 가미되어 더욱 위력적이었다.

찌저정!

금건명의 검과 부딪친 남궁현민의 검이 산산이 부서지며 옆으로 날아갔다. 위에서만 내려치다가 갑자기 방향을 바꾸니 제대로 대응할 수가 없었다. 그만큼 내상이 상당히 지독하다는 뜻이기도 했다.

남궁현민의 얼굴이 창백해졌다. 비록 암담하고 두려운 상황이긴 했지만 그는 이를 악물고 나약해지려는 마음에 대항했다.

"기분 나쁜 눈이군. 큭큭큭, 일단 뽑아볼까?"

금건명의 말에 남은 남궁세가 무사들이 노호성을 발하며 일제히 달려들었다.

"멈춰라!"

남궁세가 무사들은 아직도 셋이나 남아 있었다. 그리고 날아갔던 한 명도 어느새 다시 돌아와 싸움에 합세했다.

금건명은 네 명의 협공을 받으면서도 조금도 밀리지 않았다. 아니, 오히려 그들을 압도했다.

남궁세가 무사들은 물론이고, 구경을 하던 무인들 모두 금응보의 저력에 대해 평가를 다시 내렸다. 이 정도의 고수를 키워낼 수 있는 곳이라면 지금까지 사람들이 내렸던 평가는 분명히 재고되어야만 했다.

싸움이 점점 치열해졌다. 어느새 금건명은 남궁세가 무사들뿐 아니라 다른 무인들까지 싸움에 끌어들였다. 하지만 그럼에도 여전히 압도적이었다. 시간이 흐를수록 금건명의 검에 하나둘 부상을 입는 자들이 나오기 시작했다.

단유강은 창가에 서서 계속 그 광경을 지켜보기만 했다. 그리고 그런 단유강의 옆에는 언제 깨어났는지 담교영이 다가와 서 있었다.

"남궁세가와 금웅보로군요. 대체 언제부터 싸운 거죠?"

담교영은 이해할 수 없었다. 갑자기 남궁세가와 금웅보가 싸울 이유가 없었다. 아까 객잔에서 있었던 일로 싸우기에는 명분이 너무 모자랐다.

"예쁜 꽃을 보고 싶은가 보지."

단유강의 의미심장한 말에 담교영이 살짝 얼굴을 붉히며 고개를 저었다.

"놀리지 마세요."

단유강은 씨익 웃었다. 놀리긴 누가 놀렸단 말인가. 자신은 진실을 말했을 뿐이다. 아까도 금웅보 놈들이 담교영을 납치해 가기 위해 이곳을 방문하지 않았던가.

"저 사람, 금웅보의 소보주로군요. 굉장하네요."

"당연하지. 저놈, 인간이 갖기 어려운 기운을 품었거든."

"예?"

담교영이 의아한 표정을 지었다. 그리고 새삼스런 눈으로 금건명을 바라봤다. 금건명은 마치 야수처럼 사방의 무인들을 몰아치고 있었다.

"저러다 다 죽겠어요."

"죽지 않을 거야. 그전에 내가 나설 거거든."

단유강의 말에 담교영은 마음이 차분히 가라앉았다. 그녀에겐 단유강이 나선다면 어떤 상황이라도 풀어낼 수 있을 거라는 믿음이 있었다. 더구나 지금처럼 힘으로 풀어야 하는 상황이라면 더 쉬울 것이다.

"저놈들 수준이 너무 낮아서 변태까지 끌어낼 수는 없겠군. 슬슬 내가 나서야 하나?"

단유강은 그렇게 말하며 목을 이리저리 움직이며 몸을 풀었다. 그리고는 훌쩍 창문을 뛰어넘었다.

가볍게 바닥에 내려선 단유강은 막 검으로 남궁세가 무사하나의 목을 날리려던 금건명을 향해 말했다.

"어이! 이제 그쯤하지?"

금건명은 검을 휘두르려다가 본능적으로 몸을 뒤로 훌쩍 날렸다. 그의 눈에서 혈광이 뻗어 나왔다.

"뭐냐! 네놈은!"

금건명은 가슴에 차오르는 두려움을 인정하기 싫었다. 그저 바라보고 있기만 했는데도 무서웠다. 상대는 그저 비리비리한 놈일 뿐인데 말이다.

"크아악!"

금건명이 괴성을 질렀다. 그리고 두려움을 날려 버리려는 듯 단유강을 향해 달려들며 검을 휘둘렀다.

찌엉!

단유강은 어느새 허리춤의 검을 뽑아 그것을 가볍게 막았다. 그리고 재빨리 눈을 움직여 금건명의 모습을 세심히 살폈다. 단유강의 감각이 활짝 열리며 금건명의 몸에서 흘러나오는 정보가 단유강의 뇌리에 박혀들었다.

쩡! 쩡! 쩡!

단유강은 그러면서도 금건명의 공격을 모두 막아냈다. 금건명의 공격이 점점 더 거세졌지만, 단유강은 처음과 전혀 달라지지 않은 모습으로 가볍게 검을 움직였다.

"크아악! 이놈!"

금건명이 괴성을 지르며 더더욱 거칠게 공격을 퍼부었다. 단유강은 그것을 막으며 금건명의 몸 상태를 꼼꼼히 살폈다. 그렇게 확인하며 어느 정도 결론을 내리자 단유강의 움직임이 달라졌다.

"이제 마지막 확인만 남았군. 부디 아니길 빈다."

단유강은 그렇게 말하며 검을 찔렀다. 단유강의 검은 눈으로 쫓지 못할 정도로 빠르게 금건명의 어깨를 향해 쇄도했다. 금건명은 그것을 볼 수도, 느낄 수도 없었다.

콰직!

"끄아아아아!"

검끝에서 흘러나온 기파(氣波)가 금건명의 몸을 한 번 뒤흔들었다. 순간 금건명의 눈에서 흘러나오는 혈광의 양이 급격히 늘어났다. 주위에서 그 광경을 보던 사람들이 흠칫 놀라 뒤로 물러났을 정도였다.

"가만두지 않겠다!"

금건명이 그렇게 외치며 다시 검을 휘둘렀다. 단유강은 가볍게 그것을 피해내고 다시 검을 찔렀다.

콰득!

이번에는 옆구리였다. 옆구리에 충격을 받으며 갈비뼈 몇 대가 나갔다. 금건명의 얼굴이 고통으로 일그러졌다.

"끄어어어!"

금건명은 뒤로 비칠비칠 물러났다. 그러나 단유강은 여전히 그 자리에서 한 발도 움직이지 않았다. 굳이 쫓아가 결판을 낼 필요는 없었다. 결판을 내고자 했으면 처음 일격으로 끝냈을 것이다. 지금은 먼저 확인할 것이 있었다.

금건명의 얼굴이 악귀처럼 변해갔다. 그의 두 눈에서 섬뜩한 빛이 쏟아져 나왔고, 온몸의 핏줄이 툭툭 불거져 나왔다.

"죽여 버리겠다!"

금건명은 그렇게 외치며 고개를 위로 들어 올렸다. 그리고 온몸에 힘을 주었다. 불끈 쥔 두 주먹이 부들부들 떨렸다.

"크워어어어어!"

마치 맹수가 포효하는 듯한 소리였다. 그리고 그 소리와 함께 금건명의 칠공에서 빛이 쏟아져 나왔다. 그 빛은 순식간에 금건명을 감쌌고, 이내 놀라운 일이 벌어지기 시작했다.

"어, 어찌 저럴 수가!"

"괴, 괴물이다!"

구경하던 사람들이 저마다 뒤로 물러났다. 그 정도로 금건명의 모습은 끔찍했다.

우득! 우드득!

금건명의 몸이 거대해지며 온몸이 거무튀튀하게 변했다. 마치 무쇠로 온몸을 뒤덮은 듯한 모습에 머리에는 길쭉한 뿔까지 자라났다. 그리고 손톱이 길게 뻗어 나왔는데, 뭐든 잘라 버릴 수 있을 듯 날카롭기 그지없었다.

"크워어어어!"

금건명이 다시 포효했다. 벌어진 입안으로 날카로운 이빨이 보였다. 맹수의 것보다 더욱 날카롭고 길었다.

"역시."

단유강이 고개를 끄덕였다. 역시 예상대로였다. 금건명은 이 세상에 있어선 안 되는 기운에 먹힌 것이다. 단유강의 시선이 금건명의 뒤쪽 멀찍이 떨어진 곳에 있는 금웅보 무사들에게 향했다. 그들은 단유강과 눈이 마주치자 찔끔 놀라며 황급히 시선을 피했다.

"저놈들도 뭔가 알고 있군. 뭐, 일단 이놈부터 죽여볼까?"

단유강은 일부러 죽인다는 말에 힘을 주었다. 그 말을 들은 금웅보 무사들의 얼굴에 놀람과 갈등의 빛이 떠올랐다.

단유강은 그들을 보며 피식 웃고는 몸을 날렸다.

펑!

단유강의 주먹이 금건명의 가슴에 작렬했다. 괴물로 변한 금건명은 더욱 빠르고 강해졌지만 단유강에게는 별다른 차이가 없었다.

"꾸워어어어!"

금건명이 괴성을 지르며 바닥을 뒹굴었다. 사람 두 배만 한 크기의 괴물이 데굴데굴 구르는 광경은 상당한 위압감을 주었다. 구경꾼들이 또다시 뒤로 물러섰다.

단유강은 고통에 몸부림치는 금건명에게 천천히 다가갔다. 그리고 발 하나를 쓰러진 금건명의 목 위에 얹었다. 그러자 어떻게 힘을 준 건지 금건명의 움직임이 대번에 멎었다.

"크르르르르."

금건명이 으르렁거렸지만 단유강은 아랑곳하지 않고 고개를 들어 금웅보 무사들을 쳐다봤다. 그런 단유강의 모습에 금웅보 무사들의 눈에 당황이 어렸다.

"가죽이 좋아 보이니 내가 잘 써주마. 꽤 괜찮은 물건들이 나올 것 같은데?"

단유강이 그렇게 말하며 씨익 웃자 금웅보 무사들이 급히 달려나왔다.

"대협! 부디 멈춰주십시오!"

금웅보 무사들이 단유강 앞에 넙죽 엎드렸다.

"부디 한 번만 용서해 주십시오. 그분은 괴물이 아닙니다. 이제 곧 사람으로 되돌아오실 겁니다. 아마 죽더라도 가죽은 얻으실 수 없을 테니 부디 자비를……."

단유강은 그 말을 듣고 턱을 쓰다듬었다.

"흐음, 그 말을 어떻게 믿지? 그렇지 않아도 밤에 몰래 들어와 납치까지 하려던 놈들을 말이야."

금웅보 무사가 고개를 깊이 조아렸다.

"죄송합니다! 어떤 벌이라도 달게 받겠습니다! 하지만 소주만은, 부디 소주만은 살려주십시오! 아니, 조금만 기다려주십시오!"

단유강이 고개를 끄덕이며 발에 힘을 주었다.

"끄으으으."

금건명이 괴로워하며 몸을 비틀었다. 하지만 생각대로 몸이 움직이지 않자 더욱 고통스러워했다.

"조금 더 자세한 얘기가 필요할 것 같은데……."

금웅보 무사가 고개를 넙죽 숙이며 즉시 대답했다.

"대협께서 궁금해하시는 모든 것을 말씀해 드리겠습니다! 금웅보의 명예를 걸겠습니다!"

그제야 단유강이 씨익 웃으며 발을 치웠다. 그리고 급히 몸을 일으키려는 금건명을 향해 손을 한 번 휘저었다.

퍼억!

"끄어어어어!"

금건명은 어디에 어떤 충격을 받았는지 눈을 까뒤집으며 뒤로 넘어갔다.

쿠웅!

금건명이 바닥에 쓰러져 정신을 잃자 놀라운 일이 벌어졌다. 그가 다시 사람으로 돌아오기 시작한 것이다. 물론 옷은 모조리 찢어져 알몸인 상태였다.

"보기 싫으니 가려라."

단유강의 말에 멍하니 그 광경을 보고 있던 금응보 무사가 화들짝 놀라며 자신의 겉옷을 벗어 금건명을 가렸다. 그들은 손짓을 하며 걸음을 옮기는 단유강을 따라 평안객잔 안으로 들어갔다.

한밤중의 소란은 그렇게 대강 마무리되었다. 구경을 하던 사람들도 각자 흩어졌다. 흩어지는 사람들은 오늘 그들이 겪은 기괴한 이야기를 과연 누가 믿어줄까 하는 생각을 하며 각자의 거처로 돌아갔다.

第四章
금건명의 비밀

太龍傳

사방이 핏빛으로 물든 방, 그 한가운데 한 사내가 가부좌를 틀고 앉아 있었다. 바닥은 피로 질척거렸고, 그 피에서 흘러나오는 혈기(血氣)가 끊임없이 사내의 모공으로 빨려들어 갔다.

　그렇게 얼마나 시간이 지났을까. 바닥에 질척거리던 피가 점점 말라붙기 시작했다. 아니, 점점 줄어들고 있었다. 사내가 흡수한 만큼 피가 사라지고 있는 것이다.

　이내 방 안이 새하얘졌다. 벽에 칠해진 피까지 모두 흡수한 것이다. 그 순간, 사내가 눈을 떴다.

　번쩍!

일순 방 안에 혈광이 가득 찼다. 사내는 길게 숨을 내쉬었다.

"후우우우, 들어오라."

사내의 말에 문이 열리고 한 사람이 들어왔다.

"만수평이 교주님을 배알합니다."

만수평은 공손히 사내 앞에 부복했다. 만수평의 이마가 바닥에 닿자 교주가 손을 저었다.

"됐다. 일어나라."

만수평이 슬며시 고개를 들었다.

"대공의 성취를 경하드립니다."

만수평의 감탄에도 교주는 여전히 무표정했다. 이번 성취는 성취 축에도 못 낀다. 이 정도로는 모자란다. 앞으로 어떤 변수도 용납하지 않으려면 훨씬 더 강해져야만 한다.

"보고하라."

교주의 말에 만수평이 공손히 고개를 조아린 후 입을 열었다.

"적련은 더 이상 못쓰게 되어버렸습니다. 단가상단이라는 곳의 저력이 생각보다 뛰어납니다."

"흐음, 단가상단의 뒤에 흑월검마가 있다고 했었나?"

"그렇습니다."

"흑월검마는 지금 뭘 하고 있지?"

"최근 무림맹에서 굉장한 미인이 한 명 나왔습니다."

"무림맹?"

교주가 눈살을 찌푸렸다. 무림맹은 가장 껄끄러운 곳이었다. 천하를 장악하고 있는 곳, 그리고 천하의 힘이 모여 있는 곳이 바로 무림맹이었다. 나중에 교의 가장 큰 적이 될 곳이기도 했다.

"누구라도 한 번 보면 결코 눈을 뗄 수 없을 정도로 대단한 미인이라고 합니다. 한데 그 여자가 지금 흑월검마와 함께 있습니다."

교주가 눈을 빛냈다.

"흑월검마가 무림맹과 손을 잡았다, 이건가?"

흑월검마는 어차피 천망단의 대원으로 있으니 무림맹 소속이었다. 하지만 엄밀히 말하면 무림맹과 같은 편이라고 보기는 어려웠다. 흑월검마가 천망단에 있는 것은 은거의 의미가 더욱 컸기 때문이다. 물론 지금은 진실로 은거를 하고 있는지조차 확신할 수 없지만 말이다.

"아직 거기까지는 확인하지 못했습니다. 하지만 가능성은 충분합니다."

"하면 그 여자는 뭔가?"

"자세한 사항은 아직 조사 중입니다. 겉으로 드러난 바에 의하면, 천망단 대주의 가족인 듯합니다."

"천망단 대주의 가족이라? 그 사천 미고현에 있는 천망단의 대주 말인가?"

"그렇습니다."

"호오, 뭔가 수상하군,"

교주는 잠시 생각에 잠겼다가 물었다.

"그 천망단 대주는 지금 뭘 하고 있느냐?"

"임무를 수행 중입니다."

"임무?"

"무림맹으로부터 모종의 임무를 받아 여행 중입니다."

"모종의 임무라……."

"아직 그 임무가 무엇인지는 확인하지 못했습니다. 하지만 행선지가 황산입니다."

교주의 안색이 변했다.

"황산? 설마 무림맹에서 눈치를 챘느냐?"

현재 황산에서는 교의 핵심 인사들이 모여 뭔가를 진행 중이다. 그리고 그 일의 진행 상황에 따라 향후 교의 행보가 결정된다. 그 정도로 중요한 일을 무림맹에서 눈치챘다면 실로 곤란해질 터였다.

"무림맹 내에서는 아직 황산에 대한 어떤 얘기도 나오고 있지 않습니다. 어쩌면 우연일 수도 있습니다."

교주가 고개를 저었다.

"우연이라도 문제다. 철저히 대비를 해."

"존명."

만수평은 고개를 조아리며 대답한 후, 조심스럽게 보고를 이어갔다.

"백검문이 날아갔습니다."

교주의 얼굴에 살짝 짜증이 어렸다. 그런 사소한 일까지 보고를 들을 이유가 없었다. 알아서 처리하라고 말하려던 교주는 문득 만수평이 그런 사실조차 모를 리 없다는 생각이 들었다. 그래서 얘기를 계속하라는 듯 만수평을 쳐다봤다.

그러자 만수평은 고개를 조아리며 말을 이었다.

"장사의 영향력을 잃었습니다. 청검산장이 장사를 장악했습니다."

교주가 눈살을 찌푸렸다.

"그게 그렇게 중요한 일인가?"

"그 일에 천망단의 대주가 관련되어 있습니다."

그제야 교주의 눈이 커졌다.

"고작 천망단의 대주에게 백검문을 어찌할 수 있을 정도의 힘이 있다고?"

"그 근방에서는 신룡이라는 소문까지 돌고 있을 정도입니다. 물론 소문이라는 것이 상당히 과장되는 면이 있긴 합니다만……."

"그 천망단의 대주라는 자가 지금 황산으로 가고 있단 말인가?"

"그렇습니다. 천망단의 대주와 담교영이 함께 움직이고 있습니다."

"천하제일미?"

교주는 심각한 표정을 지었다. 정말로 무림맹에서 눈치를 채고 고수를 황산으로 보냈을 가능성이 높았다. 하지만 무림 맹의 움직임을 전혀 알아채지 못했다는 것은 정말로 이상했 다.

"어찌할까요? 없애 버리는 것이 가장 나을 듯합니다 만……."

"그놈을 없애면 무림맹에서 가만히 있겠느냐? 그리고 그렇 게 함부로 교의 힘을 내보일 수는 없다."

만수평은 고개를 조아렸다. 교의 힘을 못 쓰는 것에 대해서 는 꽤 불만이 많았지만 교주의 명이 그렇다면 들을 수밖에 없 었다.

"굳이 교의 힘을 쓰지 않아도 충분히 없앨 수 있습니다. 다 른 세력을 이용하면 됩니다."

교주가 고개를 끄덕였다.

"알아서 해라. 단, 티끌만큼이라도 교에 대한 것이 드러나 지 않아야 한다. 알겠느냐?"

"존명!"

쿵!

만수평은 바닥에 이마를 찧은 후, 조심스럽게 일어서서 밖 으로 나갔다. 교주는 그 모습을 바라보며 심각한 얼굴로 생각 에 잠겼다. 아무래도 예감이 좋지 않았다.

"천망단의 대주라……."

교주의 얼굴이 딱딱하게 굳었다. 이런 예감에 휘둘리지 않기 위해선 강해져야 한다. 강해지고 또 강해져서 신이라도 물리칠 수 있는 힘을 가지면 된다. 교주는 자리에서 일어나 방 한가운데로 걸어갔다. 그리고 가부좌를 틀었다.

사아아아아.

사방에서 핏물이 배어 나왔다. 이내 방 안이 온통 핏빛으로 가득 차며 교주의 몸에서 검붉은 아지랑이가 피어났다.

단유강은 침상에 걸터앉아 앞에서 고개를 숙이고 서 있는 금옹보 무사들을 둘러봤다. 금건명은 여전히 정신을 잃은 채 바닥에 누워 있었다. 담교영은 단유강 옆에 다소곳이 앉아 있었는데, 표정에는 호기심이 가득했다.

"저놈, 이거 처음 아니지?"

금옹보 무사들은 대답을 할 수 없었다. 당연히 처음이 아니다. 그동안은 목격자를 모조리 죽여왔고, 또 금건명이 이렇게까지 미친 적이 없었기에 아직까지 들키지 않은 것뿐이었다.

"언제부터 저랬어?"

단유강의 물음에 금옹보 무사 하나가 머뭇머뭇 망설이다가 대답했다.

"삼 년쯤 되었습니다."

"삼 년?"

단유강이 눈살을 찌푸렸다. 생각보다 오래되었다. 그렇게 오랫동안 그 사실을 감춰왔다니, 어찌 보면 상당히 대단한 일이었다.

"어쩌다 이렇게 된 건지는 모르지?"

"정확히는 모르겠습니다. 다만 삼 년 전 황산에 다녀오신 후로 이렇게 되신 것 같습니다."

"황산?"

단유강의 눈이 살짝 커졌다. 그리고 고개를 돌려 담교영을 바라보니 담교영도 놀란 눈으로 단유강을 바라보고 있었다.

'교영이도 놀라는 걸로 봐서 할머니가 뭔가 다른 얘기를 해준 건 아닌 것 같고……. 아무튼 황산에 뭔가 있긴 하군.'

단유강은 속으로 그렇게 생각을 정리한 후 다시 물었다.

"더 자세히 얘기해 봐. 황산에 가기만 했는데 이렇게 되었다고?"

"그, 그게… 당시 황산의 풍광을 즐긴다고 소주께서 보의 몇몇 무사들을 데리고 가셨는데… 소주 혼자 만신창이가 되어서 돌아오셨습니다."

"그 이후에 이렇게 되었다?"

"그렇습니다. 원래는 이런 분이 아니었는데 그 이후로 성정이 많이 잔인해지시고……."

단유강은 그 이후로도 계속 뭔가를 알아내기 위해 심문을 했다. 하지만 더 이상 알아낼 만한 것이 없었다. 더 자세한 걸

알기 위해선 황산으로 직접 가봐야만 했다.

'황산이 애들 놀이터도 아니고……'

황산은 무려 수백 리에 이르는 어마어마한 산이다. 금건명이 그곳 어디에서 이런 일을 겪었는지 모르는 이상 무작정 찾아야 하는데 그건 결코 쉬운 일이 아니었다.

'가는 길에 기감 수련을 단단히 해둬야겠군.'

기감을 갈고닦는 수밖에 없었다. 넓은 공간을 한꺼번에 장악해야 하고, 훨씬 더 세심하고 예민하게 감각을 가다듬어야 한다.

저 괴물들이 갖는 특별한 기운을 감지하려면 그래야 한다. 그것은 마기와 비슷하지만 마기가 아니었다. 또한 요기와도 비슷하지만 요기도 아니었다. 그것은 이 세상에는 없는 기운이었다.

"자아, 대충 얘기는 들었으니까 됐고……. 이제 죗값을 치를 시간이 됐군."

단유강의 말에 금웅보 무사들이 크게 당황했다.

"대, 대협, 애, 얘기가 다르지 않습니까? 아까는 살려주시겠다고……."

"응? 내가 그랬나? 왜 기억이 안 나지?"

단유강은 그렇게 말하며 옆에 앉은 담교영을 바라봤다.

"내가 그런 말을 했던가?"

담교영이 고개를 저었다.

"전 이곳에서만 있었으니 모르죠. 여기에서는 확실히 그런 말을 하신 적이 없으세요."

단유강은 당당한 얼굴로 금웅보 무사들을 바라봤다.

"그것 봐. 아니라고 하잖아."

"아까 분명히 그렇게 말씀하셨습니다!"

금웅보 무사가 억울하다는 듯 외쳤다. 단유강은 고개를 갸웃거렸다.

"아까 너희들은 어떤 벌이라도 달게 받겠다고 했고, 저기 누워 있는 놈은 죽이지 말고 조금만 기다려 달라고 했던 것 같은데. 내 말이 틀렸나?'

금웅보 무사들은 말문이 막혔다. 실제로 그렇게 말했기 때문이다. 단유강은 그 모습을 보고는 손가락 하나를 들어 올리며 말을 이었다.

"참고로 난 어떤 대답도 하지 않았어. 그저 자세한 얘기가 필요할 것 같다고 했을 뿐이지."

"하지만……."

금웅보 무사가 뭔가를 말하려 하자 단유강이 그 말을 끊었다.

"뭐, 일단 죽이지는 않을 거야. 죗값은 치러야겠지만. 아까도 저놈한테 죽은 사람이 하나 있었지?'

금웅보 무사들은 마른침을 꿀꺽 삼켰다. 뭐 하나 쉽게 넘어갈 수가 없을 듯했다.

"그동안 저놈에게 당한 사람들의 가족에게 충분한 보상을 해. 힘들겠지만 어떻게든 다 찾아. 무슨 수를 써서라도. 그게 너희들이 치러야 할 죗값이다."

금웅보 무사들은 입을 다물고 고개를 푹 숙였다. 할 말이 없었다. 자신들이 그동안 해왔던 일들은 결코 용서받지 못할 짓들이었다. 금건명의 일은 어쩌면 핑계에 불과할지도 몰랐다.

"하겠습니다."

"좋아. 그럼 일을 마무리해 볼까?"

단유강은 그렇게 말하며 자리에서 일어났다. 그리고 금건명이 누워 있는 곳으로 걸어갔다.

금웅보 무사들이 놀란 눈으로 외쳤다.

"방금 살려주겠다고 하셨잖습니까!"

단유강은 대수롭지 않다는 듯 대꾸했다.

"누가 뭐래? 내가 죽이러 가는 것 같아?"

"하지만 지금 마무리를 하시겠다고……."

단유강이 피식 웃으며 금웅보 무사들을 쳐다봤다.

"그럼 이놈을 계속 이 상태로 두려고? 앞으로 언제 또 피에 미쳐 날뛸지 모르는데?"

"하, 하면……."

"그냥 지켜보기나 해."

단유강은 그렇게 말하고는 금건명 앞에 털썩 주저앉았다.

단유강의 감각이 활짝 열렸다. 단유강은 금건명의 몸에서 벌어지는 일들을 지그시 관조했다.

"역시 그렇군."

단유강은 금건명의 백회혈에 모여 있는 기운을 발견했다. 그 기운은 그곳에 단단히 뭉쳐 있었다. 변태를 할 때는 그것이 온몸으로 풀려 나가며 몸을 장악하는 모양이었다.

"이런 식으로 될 수도 있군. 그런데 대체 이놈, 이 기운을 어떻게 여기로 받아들인 거지?"

단유강은 고개를 갸웃거렸다. 아직은 이해하기 어렵지만 황산에 가보면 그것에 대해 자세히 알 수 있게 될 것이다. 단유강의 손이 금건명의 백회혈을 살며시 감쌌다.

우우우우웅!

금건명의 머리에서 진동음이 울렸다. 아니, 실제로 머리가 진동하고 있었다. 그것을 바라보던 금융보 무사들의 눈이 화등잔만 해졌다. 막 그러지 말라고 말하려는 순간, 단유강이 서서히 손을 뗐다.

휘류류류류.

기이한 소음과 함께 단유강의 손에서 검은 기운이 회전하고 있었다. 살짝 붉은빛이 감돌았는데, 마치 검은 먹물에 피를 뿌려 놓은 듯했다.

그 기운은 금건명의 백회혈에서 뽑혀 나온 기운이었다. 단유강은 그것을 완전히 뽑아낸 후 자리에서 일어났다. 그리고 자세히 관찰했다. 하지만 일단 몸에서 나온 기운은 인간의 생기를 먹지 못하자 급격히 힘을 잃었다.

푸식!

결국 마치 촛불이 꺼지듯 기운이 깨끗이 사라져 버렸다.

그 광경을 지켜본 금응보의 무사 하나가 조심스럽게 물었다.

"저… 이제 저희 소주는 어떻게 되는 것입니까?"

"어떻게 되긴. 그냥 살아야지. 자기가 지금까지 한 일을 속죄하면서. 원래 그렇게 나쁜 놈은 아니라고 했지?"

"그, 그렇긴 합니다만……. 하면 그 괴, 괴물로 변하는 건……."

"다 해결했어. 원인을 제거했으니 앞으로 그런 일은 없을 거야. 다시 그 기운에 먹히지 않는 한 이제 안전해."

단유강의 말에 금응보 무사들은 안도의 한숨을 내쉬었다. 그리고 동시에 정중히 포권을 취했다.

"은인께 감사드립니다!"

다섯 명이 동시에 감사를 외쳤다. 그 소리는 꽤 컸다. 누워 있던 금건명을 깨울 정도로 말이다.

"끄응."

금건명은 몸을 일으키며 고개를 흔들었다. 머리가 깨질 것처럼 아팠다. 하지만 정신을 아주 맑았다. 마치 흐릿하게 시야를 가리던 안개가 말끔히 사라진 듯한 기분이었다.

"대체 여기가 어디냐?"

금건명은 금웅보의 다섯 무사를 발견하고는 그렇게 물었다. 다섯 무사는 황급히 금건명에게 다가가 부축했다.

"평안객잔입니다."

"평안객잔?"

금건명이 눈살을 찌푸렸다. 전혀 기억에 없는 이름이었다.

"남창에 그런 객잔도 있었나?"

금건명의 말에 금웅보 무사들이 입을 떡 벌렸다. 그들의 시선이 일제히 단유강에게로 향했다.

"당연히 기억이 없지. 지난 삼 년 동안 그놈은 가짜 삶을 산 거야."

금웅보 무사들의 입이 더욱 크게 벌어졌다. 무려 삼 년간의 기억이 사라졌다는 말 아닌가.

단유강은 그들을 보며 단호히 말했다.

"자신이 그동안 무슨 짓을 했는지 상세히 말해주는 게 좋을 거야. 또다시 그 기운에 먹히지 않게 하려면 말이야. 스스로 느낀 만큼 알아서 죗값을 치르도록."

단유강은 그 말을 끝으로 담교영을 바라봤다. 담교영은 단유강의 시선을 받고는 빙긋 웃으며 자리에서 일어났다. 아직 밤이었지만 어차피 오늘은 더 이상 잠자긴 글렀다.

단유강과 담교영은 나란히 걸어 방에서 나갔다. 두 사람이 나간 후에 금웅보 무사들은 난감한 얼굴로 금건명을 바라봤다. 한참을 고민했지만 이내 그들은 결심을 굳히고는 말을 풀어나가기 시작했다.

그들의 말을 듣는 금건명의 표정이 시시각각 변했다.

그렇게 한 사람의 인생을 뒤틀고 그 주변을 휘저은 사건 하나가 끝을 맺었다.

第五章
다시 황산으로

밤의 장막이 서서히 걷히며 어스름한 새벽의 여명이 세상을 어둠에서 건져 내고 있었다.

단유강과 담교영은 마을을 벗어나 일단 남창 쪽으로 방향을 잡고 걸어갔다. 일단 적당한 곳에서 배를 타고 남창을 지나 파양호를 거쳐 북서쪽으로 올라가면 바로 안휘성 황산으로 갈 수 있었다.

배를 타면 편하지만 지금은 배를 띄울 시간이 아니었다. 강을 따라 좀 더 이동한 후, 날이 밝으면 배를 타고 편안히 갈 생각이었다.

그렇게 걷는 동안 날이 밝았고, 제법 그럴듯한 마을을 발견할 수 있었다. 외곽으로 강이 지나는 마을이었기에 배를 대는 선착장도 있었고, 이런저런 편의 시설도 꽤 많았다.

"적당한 배가 있으면 좋겠네요."

담교영이 약간 들뜬 얼굴로 말하자, 단유강이 빙긋 웃었다. 아마 거의 문제가 없을 것이다. 지난번과 마찬가지로 상단의 배를 얻어 타고 갈 수도 있을 테니까.

'예쁘긴 예쁘단 말이야.'

흑심을 품고 다가오는 사람들도 많겠지만, 단유강은 크게 상관하지 않았다. 그 어떤 상황이 닥치더라도 담교영을 보호할 자신이 있었다.

"일단 밥부터 먹을까?"

"좋아요."

담교영이 웃으며 대답했다. 단유강의 배려로 밤에 잠도 그럭저럭 편히 잤기에 피로도 없었다. 마침 배도 고팠는데 식사 생각을 하니 기분이 좋아졌다.

"저기가 좋을 것 같아요."

담교영은 마침 근처에 보이는 객점을 가리켰다. 겉보기에 상당히 괜찮아 보이는 곳이었다. 단유강도 별생각 없이 고개를 끄덕이고 그쪽으로 향했다.

그렇게 두 사람이 막 걸음을 뗐을 때, 뒤에서 그것을 말리는 소리가 들려왔다.

"저라면 그곳으로는 가지 않겠습니다."

단유강은 눈에 이채를 띠며 돌아섰다. 목소리가 상당히 귀에 익었다. 확인해 보니 역시 면식이 있는 사람이었다. 그는 남궁현민이었다.

남궁현민은 단유강과 담교영이 돌아서서 자신을 바라보자 두 사람을 향해 정중히 포권을 취했다.

"구명지은(救命之恩)에 감사드립니다."

남궁현민의 뒤에 서 있던 네 명의 남궁세가 무사도 남궁현민을 따라 포권을 취했다.

"구명지은에 감사드립니다."

담교영은 살짝 당황한 표정으로 그들을 바라보다가 단유강을 쳐다봤다. 그러나 단유강은 어깨만 한 번 으쓱했을 뿐이었다.

남궁현민은 단유강과 담교영의 반응은 전혀 신경 쓰지 않고 앞으로 한 발 다가가 말을 걸었다.

"이 근처에 제가 잘 아는 곳이 있습니다. 괜찮으시다면 제가 대접해 드리고 싶습니다만……."

단유강은 흔쾌히 허락했다. 대접해 준다는 것을 굳이 거절할 이유가 없었다.

남궁현민은 단유강이 허락하자 기쁜 표정으로 두 사람을 안내했다.

"이리로 오십시오. 아마 후회하지 않을 겁니다. 이 근방에서 최고의 맛을 자랑하는 곳입니다."

단유강과 담교영은 남궁현민을 따라갔다. 그들의 뒤로 남
궁세가 무사들이 조용히 움직였다.

　식사는 꽤 맛있었다. 미고현에서 먹던 것보다는 조금 못했
지만 그래도 어디 가서 흔히 맛보기 쉽지 않은 맛이었다.
　남궁현민은 식사를 하는 동안 내내 가벼운 화제로 대화를
이끌어갔다. 분위기가 식지 않도록 대화를 끌어가는 능력이
상당했다.
　식사가 끝나고 차를 마시며 남궁현민은 지나가듯 물었다.
　"한데 두 분은 어디로 가시는 중이십니까?"
　"황산으로 가고 있어요."
　황산이라는 말에 남궁현민이 눈을 빛냈다.
　"그거 우연이로군요. 저희도 마침 황산으로 가는 중이었는
데."
　"그런가요?"
　담교영은 약간 떨떠름했지만 표정으로 드러내진 않았다.
남궁현민은 담교영이나 단유강의 마음을 짐작한다는 듯 말을
덧붙였다.
　"사실 저희들은 모종의 임무를 받아 이곳에 왔습니다. 이
제 남창으로 가서 조사를 마무리하고 그다음 황산으로 가봐
야 합니다."
　남궁현민이 너무나 자세히 얘기를 하자 담교영이 의아한

표정을 지었다.

"세가의 중요한 임무일 텐데, 그렇게 외인에게 함부로 얘기해도 되나요?"

"하하, 어차피 알게 되실 텐데요. 사실 어제 겪었던 금웅보의 사람과 관계된 일입니다."

단유강이 피식 웃었다. 절대 그럴 리가 없기 때문이었다. 남궁세가 사람들이 그 마을에 있던 이유는 금웅보 때문이 아니었다.

"하면 금웅보 사람들을 쫓아가야지, 왜 이쪽으로 오셨소?"

단유강의 물음에 남궁현민은 기다렸다는 듯 대답했다. 마치 미리 그 질문에 대한 답을 준비해 놓은 것 같았다.

"그러려고 했습니다만, 벌써 사라졌더군요. 그런 일을 벌이고 계속 그곳에 머물 수는 없었겠지요."

담교영은 살짝 고개를 끄덕였지만 단유강은 그저 남궁현민을 가만히 바라보기만 했다. 남궁현민은 지금 거짓을 말하고 있었다.

금건명을 비롯한 금웅보 무사들은 아직도 그 마을을 떠나지 않았다. 그곳에서 죽인 사람과 그들에 의해 피해를 입은 자들의 보상 문제를 해결하기 전에는 결코 떠나지 않을 것이다.

"두 분도 저희와 함께 움직이시는 것이 어떻습니까? 저희는 남창에 가서 잠시 금웅보에 들렀다가 바로 황산으로 떠날 생각입니다. 아마 서로 꽤 도움이 될 듯싶습니다만……."

"우리는 남창에 들를 계획이 없소."

단유강은 그 말을 끝으로 자리에서 일어났다. 담교영은 갑작스러운 단유강의 행동에 놀라 황급히 따라 일어났다. 단유강은 놀란 눈으로 자신을 바라보고 있는 남궁현민을 향해 포권을 취했다.

"식사는 아주 맛있었소. 그럼 건승을 비오."

단유강과 담교영이 밖으로 나갈 때까지 남궁현민은 멍한 눈으로 그 두 사람을 바라봤다.

"꼴이 아주 우습게 됐군."

"어떻게 할까요?"

무사 하나가 조용히 묻자, 남궁현민은 잠시 생각에 잠겼다가 입을 열었다.

"은밀히 감시해. 그리고 뒷조사도 좀 하고. 대체 어디서 온 자들인지 좀 알아야겠어."

"명대로 이행하겠습니다."

무사 두 명이 그렇게 대답하고 조용히 사라졌다. 이제 남은 무사는 둘, 그중 하나가 남궁현민에게 물었다.

"금웅보의 소보주는 어떻게 할까요?"

"마찬가지다. 일단 감시해. 그리고 다른 방법으로 접근해서 알아내. 대체 그게 어떻게 된 일인지 말이야."

"명대로 이행하겠습니다."

그 무사도 사라졌다. 이제 남은 무사는 하나, 남궁현민은 그에게도 지시를 내렸다.

"세가에 보고해야겠어. 지급(至急)으로 알려. 그리고 지원을 더 받아내. 이건 우리 세가가 다른 오대세가를 압도할 수 있는 기회야."

"명대로 이행하겠습니다."

남궁현민은 혼자 남았다. 그는 눈을 지그시 감고 천천히 차를 마셨다. 겉보기에는 여유가 넘쳤다. 하지만 머리는 맹렬히 회전하고 있었다. 이내 그가 눈을 떴다. 그의 눈에서 야망이 빛났고, 입가에는 미소가 맴돌았다.

"대주님, 왜 거절하셨어요?"

담교영의 물음에 단유강은 간단히 대답했다.

"마음에 안 들어서."

"어떤 점이요?"

"꿍꿍이를 잔뜩 감추고 있는 점이. 또 거짓을 말하는 점이."

담교영이 눈을 동그랗게 떴다.

"그가 거짓을 말했나요?"

"몇 가지. 대수롭지 않은 거였지만 거짓을 일삼는 자와 함께 다니면 여러모로 피곤한 일이 벌어지거든."

담교영은 고개를 끄덕였다. 단유강의 말에 일리가 있었다.

그리고 지금도 충분히 좋은데 굳이 다른 사람이 여기에 끼어 드는 것도 싫었다. 어찌 되었든 그녀로서는 잘된 일이었다.

두 사람은 배를 구하기 위해 선착장으로 갔다. 선착장에는 여러 척의 배가 정박 중이었는데, 다들 떠날 준비를 하고 있었다.

단유강과 담교영은 배를 구하려고 여기저기 알아봤지만 모든 배가 두 사람의 탑승을 거부했다. 둘의 탑승을 거부하지 않은 배는 딱 한 척뿐이었다. 문제는 그 배가 남궁세가의 것 이라는 점이었다.

"곤란하게 되었네요."

담교영이 난처한 얼굴로 단유강을 바라봤다. 단유강은 손 가락으로 턱을 만지작거리면서 생각에 잠겨 있었다.

"남궁세가의 짓이로군."

"예? 그게 무슨 말씀이세요?"

"우리가 배를 구할 수 없도록 손을 써둔 거야. 생각보다 잔 머리 굴리는 걸 좋아하는 놈이로군."

"설마요……."

담교영은 그렇게 말하며 선착장을 둘러봤다. 단유강에게 그런 말을 들어서인지 이곳에 있는 사람들이 왠지 두 사람의 눈치를 살핀다는 느낌을 받았다. 담교영의 얼굴이 미미하게 굳었다.

두 사람이 그렇게 서 있을 때, 남궁현민이 또다시 다가왔다.

"여기서 또 이렇게 뵙는군요. 배를 구하러 오셨습니까?"

담교영은 왠지 남궁현민이 얄미웠다. 조금 짜증도 났다. 옆에 와서 이죽거리며 약 올리는 것 같아 기분이 좋지 않았다.

"괜찮으시다면 저희가 준비한 배로 함께 가시겠습니까? 꽤 크고 좋은 배입니다. 준비도 철저히……."

"됐소. 우리는 알아서 갈 테니까."

단유강의 말에 남궁현민이 슬쩍 웃었다. 그 웃음이 마치 비웃음처럼 보여 담교영은 울컥할 뻔했다.

"배는 포기하고 육로로 가실 생각이십니까?"

남궁현민의 말을 듣고 담교영은 확신했다. 오늘 자신들이 배를 구하지 못한 것은 남궁현민의 작품이 틀림없었다. 담교영은 한 마디 쏘아주려 했다. 하지만 단유강이 좀 더 빨랐다.

"물길을 타고 갈 생각이오."

남궁현민이 빙긋 웃으며 물었다.

"물길로 어떻게 말입니까? 설마 물 위를 뛰어서 가실 생각은 아닐 테고……."

남궁현민은 슬슬 단유강이 넘어오리라 생각했다. 일단 배에 태우고 나면 조금 더 밀고 당기기를 해서 단유강이 알고 있는 사실을 토해내게 만들 생각이었다. 그는 자신이 있었다. 하지만 남궁현민의 생각은 딱 거기까지였다.

"그것도 괜찮은 생각이군."

단유강의 말에 남궁현민은 눈살을 찌푸렸다. 생각했던 것과 조금 다른 반응이 나온 것이다.

'농담으로 받아쳐? 대체 무슨 생각이지? 내 비위를 거슬려서 좋을 게 없을 텐데.'

단유강이 아주 강하다는 건 안다. 하지만 아무리 강하다 하더라도 한계라는 게 있다. 물 위를 달려가는 절정의 경공을 가졌다 하더라도 그렇게 이동할 수는 없다. 내공이 무한하지 않은 이상에는 말이다.

"별로 재미없는 농담이로군요."

남궁현민은 그렇게 말했다. 그리고 단유강을 똑바로 쳐다봤다. 이제부터가 진짜 시작이었다. 하지만 단유강은 그의 예상을 또 한 번 박살 냈다.

"난 농담을 한 적이 없는데?"

단유강은 그렇게 말하며 담교영을 번쩍 안아 들었다. 담교영은 갑자기 단유강이 자신을 안아 들자, 깜짝 놀라며 자연스럽게 두 팔로 단유강의 목을 휘감았다.

남궁현민이 놀란 눈으로 그 광경을 지켜봤다.

이내 단유강은 몸을 훌쩍 날려 강으로 뛰어들었다.

촤악!

단유강의 발이 수면을 박차자, 몸이 앞으로 쭉 나아갔다. 뒤로 쫙 튀어나간 물이 강 밖으로 높이 솟구치며 고스란히 남궁현민이 있는 곳에 쏟아졌다.

남궁현민은 그 물을 피할 생각도 못했다. 그는 물에 젖은 생쥐 꼴로 멍하니 단유강이 멀어져 가는 광경을 바라볼 뿐이었다.

단유강은 마치 평지에서 경공을 펼치듯 쭉쭉 앞으로 나아가 순식간에 사라졌다. 배로는 절대 낼 수 없는 속도였다.

"이런 말도 안 되는……."

남궁현민은 그렇게 중얼거릴 수밖에 없었다. 그리고 문득 궁금해졌다. 대체 저 사내의 정체가 무엇인지 말이다. 담교영이 청검산장주의 딸이라는 건 알고 있다. 하지만 단유강에 대해서는 아직 전혀 몰랐다.

"청검산장이 새로 끌어들인 고수인가?"

남궁현민은 고개를 세차게 저었다. 뭐 하나 확신할 수 있는 게 없었다. 이럴 때 섣부른 단정을 하면 전혀 얼토당토않은 허구의 정보를 만들어내게 된다. 지금은 다시 정확한 정보를 긁어모아야 할 때였다.

"후우, 조만간 알게 되겠지."

남궁현민은 일단 여기까지만 하기로 했다. 하지만 아쉬운 건 어쩔 수 없었다. 강대한 무력을 지니고 금응보의 소보주가 가진 비밀을 알고 있는 단유강과 누구도 따라올 수 없을 만큼 아름다운 담교영까지 함께 사라졌으니 말이다.

담교영은 단유강의 품에 안긴 채 살며시 고개를 들어 단유강을 바라봤다. 매끈한 선을 그리고 있는 턱이 보였다. 갑자기 가슴이 두근거렸다.

두 사람은 정말로 빠른 속도로 나아가고 있었다. 단유강은 남궁현민 때문에 치밀어 오른 짜증을 이렇게 풀고 있었다.

그렇게 얼마나 달렸을까, 저 멀리 배 한 척이 보였다. 꽤 큰 배였는데, 단유강은 단숨에 거기까지 달려가 훌쩍 몸을 날렸다.

텅!

배의 후미를 덮쳐 갑판 위로 올라선 단유강은 일단 담교영을 내려준 후, 주위를 둘러봤다. 배의 후미라서 그런지 사람이 한 명도 없었다.

"이렇게 함부로 배에 타도 될까요?"

"뭐, 싫다고 하면 더 달리면 되지."

단유강의 명쾌한 대꾸에 담교영은 입을 다물었다. 맞는 말이었다. 어차피 여기까지도 달려왔다. 보아하니 앞으로 몇 시진을 더 달려도 끄떡도 없을 것 같았다.

'정말 끝을 알 수 없는 분이야.'

대체 얼마나 강한 건지 모르겠다. 한데 정작 본인은 전혀 만족하지 못하고 아직도 스스로가 약하다고 생각한다. 담교영은 고개를 절레절레 저었다.

두 사람은 그렇게 앞쪽으로 걸어가다 얼마 지나지 않아 사람들을 발견할 수 있었다.

"웬 놈들이냐!"

두 사람을 발견한 사람이 가장 먼저 내뱉은 말이었다. 그의 허리에는 폭이 넓고 길이가 짧은 도가 덜렁거리고 있었다.

"호오! 이건 굉장한 미녀 아닌가! 으하하하! 이거 횡재한 기분인데?"

사내가 떠드는 소리가 워낙 컸던지라 그 소리를 듣고 사람들이 우르르 몰려왔다. 하나같이 처음 만난 사내와 비슷한 모습이었다.

"수적?"

담교영이 자신도 모르게 중얼거렸다. 이들은 딱 수적에 어울리는 모습을 하고 있었다.

"으하하하! 잘 알고 있구나! 알았으면 일단 가진 것부터 싹 내놓아라! 나머지는 천천히 즐겨주마."

사내는 그렇게 말하며 옆을 보고선 외쳤다.

"어이! 채주님을 모셔와! 일단 채주님부터 시식을 해야지!"

수적들이 음흉한 웃음을 흘리며 단유강과 담교영을 포위했다. 두 사람의 허리에 매달린 검을 확인했기에 그들도 절대 방심하지 않았다.

단유강의 얼굴에 기분 좋은 미소가 번졌다.

"이거, 운이 정말로 좋군. 아쉬운 소리 하지 않아도 되잖아. 하하하하!"

담교영이 단유강의 미소를 바라보며 고개를 절레절레 저었다. 그리고 수적들을 불쌍한 눈으로 쳐다봤다.

단유강은 선실 꼭대기에 올라서서 주위 풍광을 즐겼다. 배는 바람을 타고 미끄러지듯 나아가고 있었다. 그리고 수적들은 갑판 위를 정신없이 오가고 있었다.

"좋아, 이런 식이면 남창까지는 순식간이겠군."

"남창에 들르시게요?"

담교영의 물음에 단유강은 고개를 갸웃거렸다. 아직 거기까지는 결정하지 않았다. 남창에는 들러도 그만, 그렇지 않아도 그만이었다.

"뭐, 보급을 하려면 그러는 게 좋지 않을까?"

"그야 그렇지만……."

그래도 이 배는 수적의 배다. 그런 큰 도시에 머문다는 게 어쩐지 꺼림칙했다.

"깃발도 뗐고, 수적들도 다 정리했으니 괜찮을 거야."

이 배에 걸려 있던 깃발에는 황룡채(黃龍寨)라는 거창한 이름이 적혀 있었다. 이름과는 달리 이들에게는 배도 한 척뿐이었고, 수적들도 지금 배에 타고 있는 인원이 전부였다.

단유강은 그들의 무기를 모두 모아서 선실에 넣었다. 그냥 그렇게 방치해 뒀지만 아무도 가져갈 엄두를 못했다.

단유강은 가끔 농땡이를 피우거나 거슬리는 행동을 하는

수적을 향해 검을 휘둘렀는데, 단유강의 검에서 뿜어져 나온 검기는 마치 채찍처럼 꿈틀거리며 수적들의 등이나 머리를 후려쳤다. 그러나 분명히 검기로 맞았는데도 그저 고통만 잔뜩 안겨줄 뿐, 옷이나 몸에는 생채기 하나 나지 않았다.

그런 신위를 보여주는 사람이 선실 꼭대기에 서서 눈을 부라리고 있는데 감히 허튼 생각을 할 사람은 아무도 없었다.

단유강은 담교영에게 걱정 말라는 듯 한 번 웃어주고는 자리에 주저앉았다. 그리고 검을 꺼내 검기를 쭉 뽑아냈다. 그러자 마치 실처럼 검기가 풀려 나왔다.

"웃차!"

단유강이 검을 휘두르자, 실처럼 풀려 나온 기다란 검기가 쭉 날아가더니 강물 속으로 쑥 들어갔다. 그럼에도 물방울 하나 튀지 않았다. 그렇게 검기를 아래로 드리운 채 앉아 있으니 영락없이 낚시를 하는 모습이었다.

담교영은 황당한 얼굴로 그것을 지켜봤다. 검기로 낚시를 한다는 얘기는 들어본 적도 없었다.

'아무리 그래도 그렇지. 저걸로 물고기를 낚을 수는 없을…….'

담교영은 생각을 이어나가지 못했다. 단유강이 검을 든 손을 슬쩍 튕긴다 싶더니 검기가 쭉 위로 당겨 올라왔다.

촤아악!

그 끝에는 놀랍게도 커다란 잉어 한 마리가 매달려 있었다.

잉어는 벗어나려 몸부림을 쳤지만 검기의 실은 절대 잉어를 놔주지 않았다.

단유강은 눈앞까지 끌어올린 잉어를 가볍게 낚아챘다.

"오호, 월척이군. 오늘 저녁에는 잉어찜을 먹을 수 있겠어. 하하하하."

단유강은 웃으며 다시 낚싯대, 아니, 검기를 드리웠다.

그날 단유강은 무려 일곱 마리나 되는 고기를 낚았다. 실로 대단한 솜씨였다. 담교영은 대체 어떻게 이런 일이 가능한지 이해할 수가 없었다.

"배를 대라!"

황룡채 수적들이 요란하게 배를 댔다. 그들로서도 사실 이렇게 일반 선착장에 배를 대보는 것은 처음이었다. 수채가 있긴 했지만 지금은 그곳으로 갈 수 없었다.

그들이 도착한 곳은 남창이었다.

남창은 강서 교통의 요지로, 자연히 셀 수 없을 정도로 많은 상인들이 들락거려 상권이 엄청나게 발달한 곳이었다. 선착장에도 수많은 상선들이 정박 중이었다.

단유강은 배가 채 정박하기도 전에 가볍게 뛰어내렸다. 담교영 역시 마찬가지였다.

수적들이 배를 대다가 그 광경을 보고 슬며시 눈치를 살폈다. 어쩌면 이대로 도망갈 수 있을지 모른다는 생각이 들었다. 그들이 그렇게 마음을 먹은 순간, 단유강이 귀신처럼 몸을 돌렸다.

"허튼짓은 용납 못한다."

단유강의 눈에서 쏟아지는 광망에 수적들은 그대로 몸이 굳어져 버렸다. 그의 눈빛은 수적들의 마음 깊숙한 곳에 공포를 심어놓았다. 결국 수적들은 억지로 굳은 몸을 풀며 황급히 배를 선착장에 정박시킬 수밖에 없었다.

수적들이 마른침을 꼴깍꼴깍 삼키며 단유강의 뒷모습을 바라봤다.

"채, 채주님, 이제 우린 어떻게 해야 하는 겁니까?"

부채주의 물음에 황룡채의 채주 노적심은 확 인상을 썼다.

"그걸 내가 어떻게 알아!"

"하면 여기서 그냥……."

"그냥 뭐? 해치우자고?"

부채주가 화들짝 놀라 뒤로 펄쩍 뛰었다.

"헉! 무슨 그런 끔찍한 말씀을 하십니까. 누구 죽는 꼴을 보고 싶으셔서!"

노적심의 얼굴이 있는 대로 일그러졌다.

"성질 긁지 말고 그냥 찌그러져서 잠이나 자라."

"저… 우리도 내려서 좀 쉬어야 하지 않겠습니까? 술도 좀 마시고 계집질도 좀 하고……. 그래야 힘이 날 것 같은데……."

노적심이 코웃음을 쳤다.

"그럼 가서 그래도 되냐고 물어보든가."

"전 처음부터 배에서 내리고 싶지 않았습니다."

부채주는 손사래까지 치며 그렇게 말하고는 후다닥 선실 쪽으로 도망갔다. 노적심은 그 광경을 보면서 한숨을 푹 내쉬었다.

"후우, 대체 내가 전생에 무슨 죄를 지어서……."

노적심은 그렇게 중얼거리다가 얼굴을 붉히고는 신경질적으로 몸을 돌렸다. 생각해 보니 현생에 지은 죄가 꽤 많았다. 수적질을 하면서 지은 죄를 다 합하면 이런 고초를 당하는 것쯤은 그다지 큰 벌이 아니다.

"재수가 없으려니. 쳇."

노적심은 그렇게 투덜거린 후, 선실로 들어갔다. 감히 배에서 내릴 생각도 할 수 없었다. 저 괴물이 어디서 몰래 엿보고 있는지 어찌 알겠는가.

"어제 일만 생각하면 소름이 다 돋네. 젠장."

어제는 밤을 틈타 몰래 도망가려고 한 수적 몇 명이 있었다. 그들은 각각 다른 방향으로 몰래 물에 들어가 헤엄쳐 육지로 향했다.

물론 노적심도 그 사실을 까맣게 몰랐다. 알았다면 그냥 두지 않았을 것이다. 감히 채주도 도망가지 않는데 일개 부하가 몰래 도망간다는 건 말이 되지 않았다.

노적심이 그 사실을 알게 된 건 단유강이 노적심 앞에 그들을 내팽개친 후였다. 모두 다섯 명이나 됐는데, 단유강은 어떻게 알았는지 그들을 몽땅 잡아왔다.

나중에 단유강이 그들을 잡아오는 과정을 목격한 부채주에게 들은 얘기는 더 황당했다.

'갑자기 선실에서 나오더니 강을 향해 몸을 훌쩍 날리지 뭡니까? 그래서 뭔가 하고 봤더니, 글쎄 수십 장을 껑충껑충 뛰어다니더라니까요. 그리고 다시 껑충 뛰어서 배에 올랐는데, 다섯 놈이나 우르르 쏟아지지 뭡니까?'

강물이 무슨 육지도 아니고, 그렇게 껑충껑충 뛰어다닌다는 게 말이나 되는가. 게다가 한 번에 수십 장을 뛰어 사람을 낚아채다니, 이미 인간의 영역이 아니었다.

그 일을 겪은 이후, 황룡채의 수적들은 아무도 배에서 도망갈 생각을 하지 못했다. 그것은 배가 정박해 있는 지금도 마찬가지였다. 물에서도 도망가지 못했는데 땅에서 어떻게 도망갈 수 있겠는가.

"후우우, 한숨만 나오는구나."

노적심은 연방 한숨을 내쉬며 선실로 들어갔다. 일단 잠이라도 자둘 생각이었다. 아마 조만간 또 시달려야 할 테니까 말이다.

단유강과 담교영은 남창을 휘젓고 다니며 앞으로 필요할

만한 것들을 잔뜩 사 모았다. 둘 모두 워낙 눈에 띄는 외모라 사람들의 시선을 가득 받았지만, 단유강이야 원래 그런 것에 신경 쓰지 않는 사람이었고, 담교영도 이제는 제법 익숙해져서 아무렇지도 않은 표정으로 다녔다.

한창 그렇게 이것저것 물품을 구입하고 있을 때, 담교영은 문득 불안한 생각이 들었다.

"그런데 그자들, 도망가지 않을까요?"

"아마 못 갈걸? 뭐, 도망가도 별 상관은 없어."

단유강이 너무나 대수롭지 않게 말하자 담교영은 의아한 생각이 들었다. 지금은 배에서 상당히 멀리 떨어진 곳까지 왔다. 만일 그들이 마음만 먹으면 얼마든지 도망칠 수 있었다. 적당한 곳까지 배를 끌고 간 후에 배를 버리고 도주하면 찾기도 어려울 것이다.

단유강은 담교영을 바라보며 씨익 웃었다.

"사람을 지배하는 방법은 여러 가지가 있어. 그중에서 가장 빠른 시간 안에 확실히 지배하는 법이 뭔지 알아?"

담교영은 난데없는 질문에 의아한 표정을 지었다. 그게 지금 상황이랑 무슨 관계가 있단 말인가.

"글쎄요?"

"공포야."

담교영이 묘한 표정으로 단유강을 바라봤다. 말인즉슨, 단유강은 지금 그 수적들을 공포로 지배하고 있다는 뜻이었다.

"가장 어렵고 시간이 많이 걸리지만 확실한 방법은 인의(仁義)고."

단유강은 담교영이 고개를 끄덕이자 몇 마디를 덧붙였다.

"공포로 지배하는 건 부작용이 크거든. 하지만 지금 같은 상황에서는 아주 효과적이지. 그놈들, 절대 도망 못 가."

단유강의 말은 왠지 믿음직했다. 만일 다른 사람이 이런 식으로 말했다면 웃기지 말라고 핀잔을 줬을 것이다.

"지금은 그런 걱정은 하지 말고 빨리 물건이나 사자. 아무리 공포로 지배한다고 해도 시간을 오래 끌어서 좋을 건 없으니까."

"예."

담교영은 고개를 끄덕이며 대답한 후, 서둘러 움직였다. 아직 살 게 많았다. 남창에서 곧장 파양호를 넘어 안휘성으로 넘어갈 계획이었으니 필요한 게 상당히 많았다.

그렇게 필요한 물건을 잔뜩 사서 수레에 가득 싣고 다시 선착장으로 돌아오고 나니, 시간이 꽤 많이 지난 뒤였다. 그리고 배는 그대로 있었다.

"정말로 도망 안 갔네요."

담교영은 웃으며 배로 향하려 했다. 그러다가 문득 옆에서 다가오는 사람을 발견했다.

"여기서 또 뵙는군요."

남궁현민이었다. 이번에는 다른 남궁세가 무사들은 보이

지 않았다. 대신 뱃사람으로 보이는 사내 몇을 함께 대동하고 있었다. 남궁현민 또한 여기까지 배를 타고 온 모양이었다.

담교영이 자신도 모르게 눈살을 찌푸렸다. 정말로 끈질긴 사람이었다.

"배는 구하셨습니까?"

남궁현민의 물음에 단유강이 고개를 끄덕였다.

"뭐, 그럭저럭."

단유강의 말투가 마음에 안 드는 듯 남궁현민의 표정이 살짝 굳었다. 단유강의 말은 마치 그를 아랫사람으로 여기는 듯했다. 얼마 전에는 전혀 그러지 않았다.

'그 일 때문에 미움을 산 모양이로군. 그나저나 아무리 그렇다 하더라도 남궁세가가 무섭지도 않단 말인가?'

남궁현민은 자신의 속마음을 감추고 미소를 머금었다.

"다행이군요. 그나저나 혹시 대협께선 청검산장의 분이십니까?"

남궁현민은 직접적으로 물었다. 분위기를 보아하니 이게 가장 빠른 길이었다. 다른 뒷조사는 세가 차원에서 알아서 진행하고 있을 테니 굳이 신경을 쓸 필요는 없었다. 지금 물은 것은 지극히 개인적인 호기심에서였다.

남궁현민의 물음에 대답한 것은 단유강이 아니라 담교영이었다.

"이분은 천망단의 대주님이세요."

"천망단?"

남궁현민의 표정이 기묘해졌다. 천망단이라니, 너무나 얼토당토않았다. 고작 천망단의 대주가 어떻게 저런 대단한 무공을 지닐 수 있단 말인가.

"믿어지지 않는군요."

믿을 수 있을 리 없었다. 담교영은 남궁현민의 심정을 충분히 이해했다. 단유강의 진면목을 아는 사람이라면 누구나 그 사실에 대해 놀람을 감추지 못할 것이다.

"믿기 어렵겠지만 사실이에요. 아무튼 다시 만나서 반가웠어요. 저희는 바빠서 이만."

담교영은 그렇게 대화를 강제로 마무리하고는 걸음을 옮겼다. 단유강은 씨익 웃으며 남궁현민을 한 번 쳐다봐 주고는 담교영 옆에서 느긋하게 걸어갔다.

수레가 덜그럭거리며 두 사람을 따라갔다.

남궁현민은 굳어진 얼굴로 두 사람이 가는 방향을 바라봤다. 이내 두 사람이 배에 오르자, 그 배를 자세히 눈에 담았다. 앞으로는 저 배를 쫓아가야만 했다.

"그래, 어서 날 그 힘의 비밀 앞에 데려다 주거라. 내 그 힘을 얻어 우리 남궁세가를 천하제일의 자리에 우뚝 세울 테니까."

남궁현민은 한참이나 그렇게 서서 단유강과 담교영이 탄 배를 노려보다가 바람 소리를 내며 걸음을 내딛었다.

"가자!"

남궁현민은 서둘러 자신의 배에 올라탔다. 이곳 남창에서 해야 할 일이 몇 가지 있었지만, 그건 나중으로 미루거나 다른 사람에게 떠넘기기로 했다. 지금은 그런 걸 처리하며 여유를 부릴 시간이 없었다.

남궁현민을 태운 큰 배가 서서히 포구를 빠져나갔다. 그리고 멀찍이 떨어져서 앞서 가고 있는 배를 조용히 뒤따르기 시작했다.

第六章
파양호의 괴물

太龍傳
태룡전

황룡채의 배가 파양호로 접어들었다. 파양호는 상당히 넓은 호수였다. 호숫가에는 드넓은 습지가 펼쳐져 있어 갈대도 무성했다.

파양호로 접어들자 수적들이 갑자기 긴장하기 시작했다.

단유강은 그것을 느끼고 의아한 눈으로 주위를 둘러봤다. 드넓은 호수가 사방에 펼쳐져 있었다. 멀찍이 배가 보이기도 했지만 그건 단유강의 눈에나 보이는 거지, 수적들의 눈에는 보일 리 없었다. 그 외에는 별다른 점이 없었다.

"왜들 저러는 거지?"

"제가 가서 물어보고 올게요."

담교영은 단유강의 답을 기다리지도 않고 훌쩍 몸을 날려 갑판으로 내려섰다. 그리고 몇몇 수적들에게 지금 상황에 대해 물었다.

단유강은 담교영의 그런 행동을 보고는 고개를 절레절레 저었다. 담교영의 아름다운 외모 덕분에 수적들은 그녀를 대할 때면 마치 천상의 선녀를 대하듯 했다. 그런 여인이 물어보니 성심성의껏 대답하는 게 당연했다.

담교영은 수적들과의 대화가 끝나자 고개를 끄덕인 후, 다시 몸을 훌쩍 날려 단유강 옆에 섰다. 마치 나비가 너울거리며 날아오르는 것처럼 아름다운 모습이었다.

"알아냈어요."

단유강이 호기심 어린 눈으로 고개를 끄덕였다. 고작 갑판 위에서 하는 대화가 단유강의 귀에 안 들릴 리 없기에 단유강은 담교영과 수적들이 하는 대화를 고스란히 들었다. 하지만 담교영의 입으로 직접 다시 듣고 싶었다. 자신을 위해 애쓴 담교영에 대한 약간의 배려이기도 했다.

"파양호에 괴물이 나타난대요."

"괴물이라……."

"벌써 십여 척이나 되는 배가 당했나 봐요."

"어떤 괴물인지는 모르고?"

"괴물에 당한 배를 멀찍이서 본 사람이 있는데, 마치 거대한 손이 배를 꽉 움켜쥐고 물속으로 끌고 들어가는 것 같았대요."

단유강은 의미심장한 눈으로 턱을 쓰다듬었다.

"손이라……."

"뭐, 정확한 건 아니에요. 너무 멀리 떨어져 있어서 확실하게 식별할 수는 없었다고 하더라고요. 어쨌든 그래서 여기 파양호에 배를 띄울 때는 다들 두려워하는 것 같았어요."

"그렇군."

단유강은 곰곰이 생각에 잠겼다. 괴물이 나타난다는 소문이 은근히 돌고 있는데도 아무런 조치가 취해지지 않는다는 건 아직 그 소문에 대한 진위가 확실히 밝혀지지 않았다는 뜻이다. 즉, 괴물을 직접 겪은 사람은 아무도 살아남지 못했다는 뜻이다.

'목격자의 말은 완전히 신뢰할 수 없으니까.'

단유강의 입가에 미소가 떠올랐다.

"꼭 한 번 보고 싶군, 그 괴물."

남궁현민은 선수에 서서 눈에 내력을 집중했다. 저 멀리 파양호로 접어드는 배가 보였다. 너무 거리가 멀어 배에 탄 사람들을 세세히 볼 수는 없었지만 그래도 그 배에 단유강과 담교영이 타고 있다는 건 확실했다.

"아직 이름도 못 들었으니……."

남궁현민은 답답했다. 조사를 지시했으니 조만간 정보를

손에 쥘 수 있겠지만, 그 정보를 당장에라도 보고 싶었다.

"파양호를 지나서 정박하면 어디까지 진행이 되었나 알아 봐야겠군."

남궁현민이 그렇게 중얼거리는 사이 그가 탄 배도 어느새 파양호로 접어들고 있었다. 배가 파양호로 접어들었지만, 남 궁현민을 비롯한 배의 선원들은 아직 파양호에 괴물이 나온 다는 소문을 듣지 못한 터라 별다른 불안감이나 긴장감이 없 었다.

배 자체가 상당히 먼 곳에서 왔고, 중간에 배를 탄 남궁현 민은 그런 소문에 관심을 두는 사람이 아니었다.

"생각보다 배가 없군."

남궁현민은 그렇게 중얼거리며 멀리 떨어진 곳에서 열심 히 나아가는 황룡채의 배를 바라봤다. 황룡채의 배는 점점 더 속도를 올리고 있었다. 배가 점점 멀어져 가자 남궁현민은 살 짝 눈살을 찌푸리며 선원들에게 명령을 내렸다.

"속도를 높여라!"

선원들은 남궁현민의 명령에 따라 일사불란하게 움직였 다. 이내 배의 속도가 더욱 높아졌다. 남궁세가가 보유한 배 의 성능은 상당히 뛰어났다. 일단 속도를 높이자 점점 황룡채 의 배와 가까워졌다.

"쯧, 이러다가 뒤쫓고 있다는 걸 들킬지도 모르겠군. 뭐, 상관은 없지만."

어차피 남궁세가는 안휘성에 있다. 남궁현민이 그들을 뒤따라간다고 해서 크게 이상할 건 없었다.

그렇게 한 시진 정도 가니 보통 사람의 눈에도 배가 보일 정도로 가까워졌다.

"이러다가 앞지르는 거 아닌지 모르겠군."

남궁현민은 피식 웃었다. 그리고 그 순간, 갑자기 배가 한 차례 요동쳤다.

우지끈!

뭔가가 부서지는 소리가 들렸고, 남궁현민은 요동치는 배 위에서 다리에 힘을 주며 굳건히 버텼다.

"무슨 일이냐!"

"뭔가가 있습니다!"

선원의 막연한 대답에 남궁현민은 눈살을 찌푸렸다. 그리고 그 순간 배가 다시 한 번 요동쳤다.

"무슨 일인지 알아봐라!"

남궁현민의 말에 선원들이 분주히 돌아다녔다. 그리고 몇몇 선원이 용감하게 강물로 뛰어들었다. 일단 배에 뭔가가 달라붙어 배를 흔드는 듯했기 때문이다.

남궁현민은 배의 중앙 선실 꼭대기에 올라가 사방을 살폈다. 일단 무엇 때문에 이러는지 이유를 알아야만 했다. 그렇게 남궁현민이 선실 꼭대기에 올라가서 가장 처음 본 광경은 배 주위가 붉게 물드는 모습이었다. 강물에 뛰어든 자들이 흘린 피였다. 시체조차 떠오르지 않았다.

콰드득! 우지끈!

또다시 뭔가가 부러지고 뒤틀리는 소리가 났다. 배는 지금까지보다 훨씬 거세게 요동쳤다. 남궁현민은 더 이상 이대로 보고만 있을 수 없다고 판단했다.

"하아압!"

남궁현민이 몸을 날렸다. 그의 손에는 어느새 검이 들려 있었고, 검에 맺힌 검푸른 검기가 날카로운 기세를 흩뿌리며 강물로 쏟아져 들어갔다.

퍼엉!

사방으로 강물이 튕겼다. 남궁현민은 검기가 꿰뚫은 곳으로 떨어지며 매끄럽게 물속으로 스며들었다.

강물 속으로 들어가 배가 있는 쪽을 바라본 남궁현민은 자신의 눈을 믿을 수 없었다. 그곳에는 거대한 뭔가가 있었다. 마치 팔이 달린 잉어와 같은 모습이었는데, 그 잉어의 거대한 손이 배를 움켜쥐고 있었다.

'괴, 괴물!'

남궁현민은 다급히 검을 휘둘렀다. 비록 물속이었지만 검기의 위력은 그대로였다.

스아아악!

물살을 가르며 검기가 쏟아져 나갔다. 그 검기는 고스란히 괴물의 몸에 틀어박혔다.

꾸워어어어!

검기에 맞은 괴물이 괴성을 질렀다. 하지만 놀랍게도 몸에는 상처 하나 나지 않았다. 괴물의 시선이 남궁현민에게로 향했다.

남궁현민은 침을 꿀꺽 삼키며 슬그머니 뒤로 물러났다. 괴물의 눈빛에 어린 광포함에 기가 질린 것이다.

끄워어어어어!

괴물이 또다시 괴성을 지르며 팔을 뻗었다. 괴물의 팔은 생각했던 것보다 훨씬 길었다. 그리고 엄청나게 빨랐다.

'큭!'

남궁현민은 괴물의 팔을 가까스로 피했다. 물속이라 운신이 불편했기에 하마터면 머리가 날아갈 뻔했다. 남궁현민은 다급히 헤엄을 쳤다. 있는 내력, 없는 내력을 모조리 끌어와 팔다리를 움직였다.

괴물은 잠시 남궁현민을 노려보다가 다시 배로 관심을 돌렸다. 괴물의 양팔이 배를 꽉 끌어안았다.

쫘드드득!

배가 비명을 지르며 뒤틀렸다. 이대로라면 반 각도 지나지 않아 산산조각 날 듯했다.

남궁현민은 도망가다가 괴물이 쫓아오지 않자 헤엄을 멈추고 돌아섰다. 그의 눈에 괴물의 입에 삐죽삐죽 튀어나와 있는 날카로운 이빨이 보였다. 아마 배를 부수고 물속으로 쏟아지는 사람들을 잡아먹을 속셈인 듯했다.

'크윽.'

남궁현민은 자신의 무력함에 피눈물을 흘렸다. 그렇게 잠시 바라보고 있다 보니 숨이 가빠와 남궁현민은 일단 위로 올라갔다.

"푸하!"

차가운 공기가 폐부 가득 들어오니 정신이 조금 맑아졌다. 남궁현민은 다급히 배를 바라봤다.

"절망적이군."

자신의 힘으로는 뭘 어떻게 해볼 도리가 없었다. 그나마 자신이라도 목숨을 건진 게 천만다행이었다.

그렇게 안타까움 반, 안도 반의 심정으로 배를 바라보고 있을 때, 갑자기 뭔가가 남궁현민의 발을 꽉 잡았다.

"컥!"

남궁현민은 갑자기 자신을 끌어당기는 엄청난 힘에 속절없이 물속으로 끌려들어 가야 했다. 다시 물속으로 들어간 남궁현민은 자신의 발을 잡은 것이 대체 무엇인지 확인했다. 그것은 작은 괴물이었다.

배를 잡은 팔 달린 잉어와 똑같이 생겼지만 크기는 어린아이만 한 괴물들이 잔뜩 있었다. 그중 하나가 남궁현민의 발목을 붙잡은 채 끌어당겼고, 나머지 괴물들이 날카로운 이를 드러내고 지느러미를 움직여 남궁현민에게 달려들고 있었다.

남궁현민의 눈이 경악으로 물들었다. 남궁현민은 검을 휘둘러 일단 자신을 잡은 괴물의 손목을 잘랐다.

서걱!

검기까지 운용했기에 간단히 자를 수 있었다. 괴물은 고통스럽게 몸부림치다가 분노한 눈으로 남궁현민에게 달려들었다. 남궁현민은 자신이 아는 가장 강력한 수법으로 검을 휘둘렀다.

쉬리리리리릭!

수많은 검기 다발이 괴물들을 향해 쏟아져 나갔다. 남궁현민은 그 결과를 확인하지도 않고 다시 위로 올라갔다. 숨이 찼기 때문이다. 남궁현민은 일단 물위로 올라온 후 정신없이 헤엄을 쳤다. 이대로는 승산이 없었다. 괴물의 수가 너무 많았다.

"젠장!"

남궁현민은 다시 자신의 발목을 잡는 느낌에 몸서리를 쳤다. 하지만 이번에는 물속으로 끌려들어 가지 않았다.

촤악!

남궁현민의 몸이 위로 쭉 올라갔다. 그의 발목에는 괴물 한 마리가 매달려 있었다.

"으라차! 월척이로구나!"

쿠당탕!

남궁현민은 꼴사납게 굴렀다. 그곳은 배의 갑판이었다.

"이, 이게……."

남궁현민은 당황한 얼굴로 사방을 둘러봤다. 그의 눈에 한 여인이 들어왔다.

"다, 담 소저……."

담교영이 미소를 지으며 다가와 가볍게 검을 휘둘렀다.

스각!

남궁현민은 그제야 자신의 발목에 괴물 한 마리가 매달려 있었다는 사실을 떠올렸다. 담교영의 검이 깔끔하게 괴물의 손목을 잘랐다. 남궁현민은 손목이 잘렸음에도 여전히 발목을 붙잡고 있던 괴물의 손을 억지로 벌려 떼고는 벌떡 일어났다.

"소, 소저께서 절 구해주셨군요. 구명지은에 감사드립니다."

남궁현민이 그렇게 말하며 막 포권을 취하려 할 때, 담교영이 조용히 고개를 저었다. 그리고 손가락을 들어 살짝 위를 가리켰다.

남궁현민은 담교영의 손가락이 향하는 곳으로 시선을 돌려 바라보니 선실의 꼭대기, 지붕 위에서 단유강이 검을 낚싯대처럼 드리운 채 느긋하게 서 있었다. 남궁현민의 입이 점점 벌어졌다.

"으라차! 또 월척이구나!"

촤아악!

또다시 갑판 위로 뭔가가 떨어져 내렸다. 남궁현민은 그것이 자신을 괴롭히던 괴물이라는 것을 어렵지 않게 알 수 있었다.

슈각!

담교영의 검이 깔끔하게 움직여 괴물의 숨통을 끊었다.

그 뒤로도 단유강은 순식간에 괴물을 다섯 마리나 낚았다. 그리고 그것은 모조리 담교영이 처리했다.

남궁현민은 그 광경을 멍하니 지켜보다가 퍼뜩 정신을 차리고 다급히 외쳤다.

"제발 도와주십시오! 저희 배에 타고 있는 선원들이 위험합니다! 저쪽에 괴물이……!"

"진정하세요. 지금 그쪽으로 가고 있는 중이니까요."

담교영의 차분한 말에 남궁현민은 입을 다물었다. 남궁현민은 다급히 선수 쪽으로 달려갔다. 그의 눈에 몸체가 거의 비틀어져 더 이상 회생 가능성이 보이지 않는 배가 한 척 보였다. 지금까지 그가 타고 온 남궁세가의 배였다.

"크윽, 늦은 건가?"

남궁현민은 암담한 눈으로 그 광경을 바라봤다. 비틀린 배 아래쪽으로 괴물의 손이 보였다. 괴물의 힘은 엄청났다. 배를 비틀어 부술 정도로 말이다.

"아직 사람은 거의 안 죽은 모양이군. 그나마 다행이야."

남궁현민은 말소리가 들려온 쪽으로 고개를 돌렸다. 단유강이었다. 단유강은 선실 꼭대기 지붕에 서서 검을 회수하는 중이었다. 그는 납검 후, 목을 몇 번 비틀어 몸을 풀더니 그대로 날아올랐다.

남궁현민은 눈을 크게 떴다. 방금 전 단유강의 움직임은 이해할 수가 없었다. 단유강은 준비 동작이 전혀 없이 그대로 날아올랐다. 이건 새라도 할 수 없는 동작이었다.

단유강의 몸은 어느새 남궁세가의 배 위에 가볍게 내려서 있었다.

"이번엔 잉어냐?"

단유강은 손을 아래로 쭉 뻗더니 마치 뭔가를 낚아채듯 위로 휙 쳐올렸다.

촤악!

곧 배 밑에서 배를 감싸고 있던 괴물의 손 하나가 그대로 위로 딸려 올라왔다. 단유강은 손을 뻗어 그것을 꽉 잡았다.

"으라차차!"

단유강이 또다시 몸을 날렸다.

끼이이익!

배가 비틀어지며 기울었다. 그리고 그대로 뒤집혔다. 이미 단유강은 하늘 높이 날아오른 상태였는데, 그의 손에는 괴물이 들려 있었다. 단유강은 괴물을 하늘 높이 던졌다.

슈아아악!

그 거대한 괴물이 마치 공처럼 하늘을 날았다. 단유강은 괴물을 날린 직후 그대로 물속으로 스며들었다. 물방울 하나 튀지 않을 정도로 깔끔한 입수였다.

촤촤촤촤촤착!

물살이 마구 갈라졌다. 단유강이 떨어진 자리를 중심으로 소용돌이가 만들어졌다. 그 소용돌이는 점차 붉게 물들어갔다.

그리고 위로 올라갔던 괴물이 소용돌이의 중심으로 떨어졌다.

콰드드드드드득!

소용돌이에 빠진 괴물은 그대로 갈려 나갔다. 순식간에 호수가 피로 물들었다.

촤악!

단유강이 다시 신형을 위로 솟구쳤다. 하늘 높이 날아오른 단유강은 가볍게 황룡채의 배에 내려섰다.

놀랍게도 단유강은 조금도 물에 젖지 않았다.

남궁현민은 그 모든 광경을 지켜보며 턱이 빠질 정도로 입을 벌렸다. 지금까지 살아오면서 이렇게 놀란 적은 맹세코 처음이었다.

단유강은 그런 남궁현민을 한심하다는 눈으로 바라봤다.

"뭐 해? 안 건져?"

"예? 무, 뭘……."

남궁현민은 너무 놀라고 당황스러워 단유강이 자신에게

말을 놓고 자신은 말을 높이고 있다는 사실조차 인지하지 못했다. 그는 그저 단유강이 손가락으로 가리키는 곳을 바라볼 뿐이었다.

점점 침몰해 가는 배가 보였고, 그 주변에 떠 있는 사람들이 보였다. 남궁세가의 배를 몰던 선원들이었다.

남궁현민은 그제야 단유강이 한 말의 뜻을 알고는 고개를 끄덕였다. 어느새 황룡채의 배가 물에 떠 있는 사람들 근처에 도착했다. 남궁현민은 줄을 준비한 후, 그들을 하나하나 건져냈다.

파양호를 잠시 들썩이게 했던 괴물의 소문은 그것으로 끝났다.

기이한 소문 하나가 바람처럼 떠돌기 시작했다.

강서성에 있는 마을 한곳에서 괴물이 나타났는데, 그 괴물을 누군가가 물리쳤다는 소문이었다.

괴물에 대한 소문도 각양각색으로 떠돌았다. 원래는 무림인인데 갑자기 괴물로 변해서 사람들을 마구 학살했다든지, 땅속에서 괴물이 튀어나왔다든지, 아니면 황산에서 온 괴물이라든지 하는 것처럼 소문이 이리저리 변형되어 떠돌았다.

그리고 그 괴물을 해치운 자가 이번에는 파양호에 출몰하는 괴물까지 처리했다는 소문이 돌았다. 파양호의 괴물은 꽤 소문이 퍼진 상태였기에 그 파급력이 더 컸다. 하지만 그래

봐야 근방의 소문일 뿐이었다.

더구나 연달아 괴물이 나타나는 바람에 누군가 황산에서 괴물을 몰고 왔다든가, 파양호에서 괴물을 만들어냈다든가 하는 헛소문까지 함께 돌고 있었다.

어찌 보면 허황된 소문이라 유야무야 사라질 가능성이 높았다. 사람들도 그저 잠시 흥미를 보였을 뿐, 크게 신경 쓰지 않았다. 하지만 그것에 대해 반드시 신경을 써야만 하는 자들도 있었다.

"소문의 진위를 확실히 파악해라."

만수평은 자신의 앞에 쭉 늘어선 흑의인들을 향해 인상을 쓰며 그렇게 말했다. 그 소문은 만수평의 입장에서 보면 정말로 보통 일이 아니었다.

"대체 어떻게 그런 소문이 돌 수 있단 말이냐. 얼마나 철저히 보안을 유지했는데!"

다른 때라면 별로 신경을 쓰지 않았을 것이다. 하지만 소문에 황산이 들어간다는 사실이 문제였다. 즉, 황산에서 괴물이 나타났다는 소문 때문에 만수평이 이렇게 신경을 쓰고 있는 것이다.

"그곳이 드러날 가능성은 거의 없지만, 그래도 만에 하나라는 것이 있으니 조심해야 돼. 어떻게든 알아내라. 그리고 만일 그 소문이 정말로 사실이라면 괴물을 처리했다는 자에 대해 상세히 조사해라."

만수평의 명에 흑의인들이 고개를 꾸벅 숙여 보이고는 안개처럼 흩어졌다. 만수평은 그들이 사라지자 옆으로 고개를 돌렸다. 그러자 그곳에서 혈의(血衣)를 입은 사내들이 땅에서 솟구치듯 나타났다.

"어떤 구멍이 있었는지 가서 확인해라. 만일 구멍이 발견된다면 막아라."

만수평의 말이 끝나자 혈의인들이 연기처럼 뭉클거리더니 땅으로 꺼졌다. 만수평은 반대쪽으로 고개를 돌렸다. 이번에는 백의(白衣)를 입은 사내들이 나타났다.

"소문을 조작하고 막아라. 엉뚱한 소문을 흘려 황산에서 나타난 괴물에 아무도 관심을 두지 않게 만들어라."

백의인들이 사라졌다.

만수평은 그제야 고개를 절레절레 저으며 한숨을 내쉬었다.

"교주님께서 아시기 전에 처리를 해야 할 텐데, 대체 어떤 놈이…… 으드득."

만수평은 이를 갈았다. 수십 년을 투자한 계획이었다. 그동안 들인 돈과 인력은 헤아릴 수조차 없다. 그렇게 막대한 투자를 했는데 작은 실수 하나 때문에 계획을 물거품으로 만들 수는 없었다.

"그나저나… 비문위와 비검운은 대체 어디서 뭘 하고 있는 거지?"

만수평은 눈살을 찌푸리며 중얼거렸다. 비문위와 비검운은 만수평과 조금 다른 방향으로 일을 진행 중이었다. 만수평을 비롯한 그들은 교주의 직속이었다. 교주와 독대를 할 수 있는 위치이기도 했는데, 교주의 직속 수하는 그들 외에도 두 명이 더 있었다. 그리고 그들은 그들 나름대로 움직였다.

비문위와 비검운은 함께 연수해서 일을 진행했다. 한 명은 무림에 혼란의 씨앗을 심는 역할이고, 다른 한 명은 강시의 제조를 맡았다. 두 사람은 그것을 동시에 진행했는데, 만수평은 그것이 마음에 들지 않았다.

"쯧쯧, 너무 지나쳐. 아마 조만간 꼬리를 잡히고 말 거야."

무엇보다 무림맹이 너무 조용한 게 마음에 걸렸다. 무림맹은 결코 호락호락하지 않다. 지나칠 정도로 움직임이 없는 것이 마치 폭풍전야 같았다.

"어쩌면… 꼬리를 잡았을지도 모르지. 한꺼번에 몰아칠 준비를 하는지도 몰라."

만수평은 심각한 표정으로 중얼거렸다.

"나도 나름대로 준비를 해야겠군."

황룡채의 배는 파양호를 지나 안휘성으로 들어섰다. 이제 조만간 배에서 내려 육로로 가야만 했다. 일단 안휘성에 들어선 이상 황산까지는 금방이었다. 물론 보통 사람의 기준은 아니었지만.

남궁현민은 배를 타고 가는 내내 단유강과 담교영의 눈치를 살폈다. 눈앞에서 그런 무위를 봤으니 조심스러운 게 당연했다. 단유강은 감히 그가 넘볼 수 없을 정도로 강했다.

"이제 곧 도착하겠네요."

조금만 더 가면 선착장이 있는 작은 마을에 도착할 수 있었다. 단유강과 담교영은 거기서 내려 황산으로 향하기로 했다.

남궁현민은 두 사람과 조금 떨어진 곳에서 그들의 대화를 들으며 앞으로 어떻게 해야 할지 고민했다. 남궁세가는 여기서 그리 멀지 않다. 물론 하루 이틀 거리에 있는 건 아니었지만 그래도 비교적 가까웠다.

'세가에서 과연 움직였을까?'

남궁현민은 처음 배에 타기 전부터 세가에 연락을 취해뒀다. 금건명에 대한 일을 낱낱이 보고했고, 그것을 이용해 세가가 힘을 얻을 가능성에 대해서도 짚어뒀다.

'보고는 제대로 했으니 움직이겠지. 일단 세가와 합류하기만 하면 더 이상 무서울 게 없다.'

남궁현민은 그런 생각을 하며 점점 가까워지는 마을을 바라봤다.

단유강은 배에서 훌쩍 뛰어내렸다. 그리고 황룡채 수적들을 향해 손을 흔들어주었다. 황룡채 수적들은 속으로 기쁨의

함성을 지르며 단유강에게 마주 손을 흔들어주었다.

"이거, 너무 좋아하는 거 아냐?"

단유강이 살짝 불만 어린 투로 말하자, 담교영이 빙긋 미소 지었다.

"그동안 꽤 고생이 심했을 거예요."

"그나저나 과연 약속을 지킬까?"

"지킬 거예요."

"하긴, 그런 건 또 아주 철저한 놈들 같아 보이긴 하더라. 뭐, 여기까지 태워줬는데 수적이라는 이유로 다 죽여 버릴 수는 없으니까."

담교영은 단유강의 섬뜩한 말을 듣고도 그저 웃기만 했다.

황룡채는 더 이상 수적질을 하지 않기로 약속했다. 수채가 수적질을 안 하면 먹고살 방도가 없다. 그래서 단유강은 그들에게 간단한 무공을 알려줬다. 단유강의 입장에서는 보잘것없고 단순한 무공이지만, 실제로는 제법 쓸 만한 무공이었다.

당분간 황룡채는 활동을 접고 숨어서 무공을 익히는 데 온 힘을 다할 것이다. 그리고 무공이 어느 정도 궤도에 오르면 다시 활동을 시작할 것이다. 제대로 된 이름을 내건 방파를 세워서 말이다.

"그나저나 황룡채가 과연 살아남을 수 있을까?"

단유강은 흥미로운 얼굴로 황룡채의 배가 멀어지는 광경을 바라봤다.

단유강과 담교영이 그렇게 서 있을 때, 남궁현민은 초조한 얼굴로 누군가를 기다리고 있었다. 살아남은 선원들은 벌써 보냈다.

얼마나 시간이 지났을까, 황룡채의 배가 더 이상 보이지 않을 정도로 멀어졌다. 그리고 그 순간 남궁현민이 기다리던 사람들이 도착했다.

"숙부님!"

남궁현민의 안색이 밝아졌다. 이곳에 온 사람은 남궁세가 무력 부대 중 하나인 창궁단의 단주 남궁적산이었다.

창궁단은 남궁세가에서 가장 많은 수로 이루어진 무력 부대였다. 하나 수가 많다고 해서 무공이 약한 건 절대 아니었다. 남궁세가의 다른 무력 부대에 비하면 구성원의 무위에 조금 손색이 있는 건 사실이었지만, 그래도 다른 세가나 무가의 무력부대에 비하면 상당한 수준이었다. 게다가 그 수도 사백 명에 달한다. 창궁단만으로 웬만한 문파 하나를 지워 버릴 수도 있을 정도로 강력한 무사단이었다.

남궁현민은 남궁적산의 뒤로 늘어서 있는 이백여 명의 무사들을 보며 뿌듯한 표정을 지었다. 창궁단에서 무려 이백 명이나 차출해 데려온 것이다.

"무사해 보이는구나. 한데 혼자 있는 게냐?"

남궁적산의 물음에 남궁현민의 표정이 살짝 굳었다.

"오는 길에 괴물을 만나 배가 부서졌습니다."

"괴물?"

남궁적산이 어이가 없다는 듯 남궁현민을 쳐다봤다.

배에 타고 있던 선원들을 모두 돌려보내긴 했지만 아직 소식이 남궁세가나 다른 사람들에게 들어갔을 리 없었다. 더구나 남궁적산은 이곳으로 오는 중이었을 테니 설사 세가에 소식이 들어갔다 하더라도 그 사실을 알고 있을 리 없었다. 남궁적산이 이곳으로 온 것은 미리 계획된 일이기 때문이었다.

"잉어의 몸에 긴 팔을 가진 괴물이었습니다. 힘이 어찌나 좋은지, 배를 끌어안고 비틀어 박살을 내버리더군요."

남궁현민의 말은 마치 농처럼 들렸다. 남궁적산은 살짝 눈살을 찌푸렸다. 하지만 뭐라고 추궁하지는 않았다. 사실 그가 이곳에 이렇게 나온 이유도 괴물과 관련되어 있기 때문이다.

"황산으로 가야 한다고 했느냐?"

"그렇습니다."

남궁현민은 그렇게 대답하고는 다급히 고개를 돌렸다. 막 길을 떠나려는 단유강과 담교영의 모습이 눈에 들어왔다.

"숙부님, 저 사람들과 동행해야 합니다."

남궁적산은 고개를 돌려 단유강과 담교영을 바라봤다. 그의 눈이 휘둥그레졌다.

"호오, 저 여자에게 관심이 있었던 게로구나."

남궁적산은 쉰에 가까운 나이였다. 그런데도 슬그머니 욕심이 생길 정도로 대단한 미인이었다.

"담교영 소저입니다."

"담교영? 천하제일미 말이냐?"

"그렇습니다."

남궁적산이 크게 고개를 끄덕였다.

"과연."

남궁현민은 다급히 말했다.

"숙부님, 더 늦기 전에 서두르셔야 합니다."

"쯧쯧, 사내 녀석이 좀 진중한 맛이 있어야지."

남궁적산은 그렇게 혀를 차주고는 담교영을 향해 성큼성큼 걸어갔다.

담교영은 그가 다가오는 기척을 느끼고 고개를 돌려 가볍게 목례를 했다. 남궁적산이 부드럽게 웃으며 두 사람 앞에 섰다.

"무슨 일이신지요?"

"나는 남궁세가에서 창궁단의 단주를 맡고 있는 남궁적산이라고 하네."

남궁적산은 그렇게 말하며 담교영과 단유강의 표정을 살폈다. 창궁단주라는 위명은 강호에서 상당히 높았다. 무공을 익힌 자라면 누구라도 선망하는 인물인 것이다. 더구나 이렇게 젊은 사람들 사이에서는 더더욱 그랬다. 남궁적산도 그런 비슷한 반응을 기대했다. 하지만 단유강과 담교영의 반응을 그의 기대를 무참히 짓밟았다.

"담교영입니다. 한데 무슨 일이신지요?"

담교영은 다시 한 번 차분하게 물었다. 남궁적산의 미간이 살짝 꿈틀거렸다. 기분이 별로 좋지는 않았지만 그렇다고 대놓고 드러낼 정도로 수양이 얕지는 않았다.

"자네들도 황산으로 간다는 얘기를 들었네. 해서 함께 갔으면 하네. 서로 도움이 될 수 있지 않겠는가."

남궁적산의 얘기는 권유처럼 보이지만 실상은 강요나 다름없었다. 남궁적산도 그런 의도로 말을 꺼냈다. 하지만 그의 의도는 다시 한 번 처참히 뭉개졌다.

"죄송합니다. 저희는 따로 가겠습니다."

담교영의 너무나 당당한 대답에 남궁적산은 잠시 멍한 표정을 지었다.

"왜 그러는 겐가? 내가 불편해서 그러는가? 하지만 어차피 가는 길도 같은데 굳이 따로 갈 이유가 없지 않은가. 우리 창궁단에서 모든 편의를 봐주겠네."

남궁적산은 불편한 마음을 속으로 억누르며 그렇게 말했다. 조카가 그렇게 기대하는 여인을 그냥 보낼 수야 없지 않은가.

담교영도 남궁적산이 이렇게까지 저자세로 나오는데 계속 거절하기가 난감했다. 그래서 단유강을 바라봤다. 단유강은 모든 것을 담교영에게 맡긴다는 표정으로 그녀를 바라봤다. 말은 안 했지만 충분히 그 마음을 전달받았다.

결국 담교영은 고개를 끄덕이고 말았다.

"알겠습니다. 하면 조금 신세를 지겠습니다."

그제야 남궁적산의 얼굴에 미소가 감돌았다.

"잘 생각했네. 나도 이렇게 헌앙한 젊은 친구들과 함께 간다고 생각하니 기분이 절로 좋아지는군."

그렇게 단유강과 담교영은 남궁세가의 창궁단과 합류했다. 그들은 이곳에서 더 이상 지체하지 않고 곧장 황산을 향해 길을 떠났다.

남궁적산은 일이 성사된 직후 남궁현민의 얼굴에 떠오른 은은한 미소를 확인하고는 빙긋 웃었다.

"청춘이로구나. 허허허."

第七章
황산에서

태룡전

황산까지 가는 길은 평탄했다. 덤벼드는 산적도 없었고, 중간에 만나는 사람도 거의 없었다. 마을에 들렀을 때도 아무도 접근하지 않아 편안히 쉴 수 있었다. 남궁세가의 무사가 이백 명이나 함께하는데 다가올 사람이 있을 리 만무했다.

　하지만 딱 거기까지였다. 담교영은 그와는 다른 방향으로 피곤함을 느꼈다.

　"참 노골적이기도 하다."

　단유강은 피식 웃으며 그렇게 중얼거렸다. 남궁세가의 이백 무사들은 틈만 나면 담교영을 훔쳐보느라 정신이 없었다.

　담교영의 외모는 날이 갈수록 점점 더 아름답게 변해갔다.

우문혜로부터 배운 휘안공의 영향이었다. 휘안공의 성취가 늘어나자 피부에서 은은한 빛이 뿜어져 나오는 듯한 착각마저 일었다.

그렇게 아름다운 사람이 함께 가는데 한창때의 남자들이 관심을 가지지 않는다면 오히려 이상한 일일 터였다. 남궁세가의 무사들은 예외없이 담교영에게 좋은 감정을 가지고 있었다. 하지만 누구도 나서서 접근하지 않았다. 바로 남궁현민 때문이었다.

"이제 조만간 황산에 도착합니다."

남궁현민은 그렇게 말하며 날카로운 눈으로 단유강을 살폈다. 황산에서도 계속 단유강과 함께하며 금건명이 가졌던 그 힘의 비밀을 어떻게 해서든 알아낼 생각이었다.

'물론 내 생각이 틀린 걸 수도 있지만.'

어떻게 보면 남궁현민의 지금 행동은 상당히 무모했다. 확실하지도 않은 사실을 토대로 세가의 무사를 이백 명이나 움직이지 않았는가. 이런 일을 계획한 남궁현민도 남궁현민이지만 그 계획을 이렇게 전폭적으로 밀어주는 남궁세가도 결코 보통은 아니었다.

"한데……."

남궁현민은 조심스럽게 말을 꺼냈다. 지금까지는 호기심을 꾹 눌러 참았지만 이제 황산에 거의 다 온 마당이니 슬슬 마음을 꺼내 보일 때가 되었다.

"두 분께서는 무슨 일로 황산에 가시는지요? 유람을 나오신 걸로는 보이지 않아서 말입니다."

남궁현민의 말에 단유강이 대수롭지 않다는 듯 대답했다.

"임무다."

"임무?"

단유강은 아주 자연스럽게 하대하며 말을 이었다.

"황산에 한번 가서 주변을 살펴보라는 임무가 떨어졌거든. 그래서 왔지."

남궁현민은 머릿속이 잠시 헝클어졌다. 단유강의 표정이나 눈빛으로는 진위를 판단할 수 없어 담교영의 얼굴을 살폈다. 하지만 거짓을 말하는 걸로는 보이지 않았다.

'금건명의 일로 온 게 아니란 말인가? 임무? 대체 어디서 받은 임무지?'

"하면 청검산장에서 황산에 관심을 가지고 있다는 뜻입니까?"

이번에는 담교영이 나섰다. 담교영은 빙긋 웃으며 고개를 저었다. 그녀의 미소에 남궁현민은 잠시 넋이 나갈 뻔했지만 억지로 정신을 붙들었다.

"청검산장이 아니라 무림맹이에요. 우리는 무림맹의 명령으로 이곳에 왔답니다."

"무림맹 말입니까?"

남궁현민의 눈이 살짝 커졌다. 남궁세가도 무림맹의 기둥

중 하나다. 수많은 남궁세가 출신의 무사들이 무림맹에서 활동하고 있으며, 지금도 무림맹과 긴밀한 관계를 유지하며 서로 도움을 주고받는 사이였다.

당연히 남궁현민도 무림맹의 상황이나 정세, 인물에 대해 상세히 알고 있었다. 하지만 그가 알기로 청검산장은 아직도 무림맹 산하로 들어서지 않았다.

담교영은 남궁현민이 무슨 오해를 하고 있는지 잘 알고 있었다. 그녀는 살며시 미소 지으며 설명을 덧붙였다.

"그러고 보니 아직 제대로 된 소개를 하지 않아 저희들에 대해 모르실 수도 있겠네요. 저희는 무림맹 천망단 소속이에요. 이분은 칠십오대의 대주님이고, 전 대원이죠. 참, 제가 천망단의 대원이라는 건 널리 퍼져서 좋을 게 없으니 다른 분들께는 비밀로 해주세요."

담교영의 말이 망치처럼 남궁현민의 뒤통수를 쾅쾅! 후려쳤다. 남궁현민은 그녀의 말에 정신을 차릴 수 없었다.

'그러니까, 저 무시무시한 무공을 소유한 사람이 고작 천망단의 대주고, 이 천하제일미 담교영이 그 밑에서 일하는 대원이라고? 그게 말이 되는 소리야?'

남궁현민은 불신 가득한 눈으로 두 사람을 번갈아 쳐다봤다. 왠지 둘의 얼굴이 참으로 뻔뻔하게 느껴졌다. 물론 담교영은 그런 표정을 지어도 아름다웠다.

"후우, 그러니까 두 분께서는 무림맹의 명으로 황산을 둘러보러 오셨군요."

담교영이 웃으며 고개를 끄덕이자, 남궁현민은 본격적으로 궁금했던 것을 물었다.

"하면 무림맹에서도 이번 금웅보의 소보주처럼 괴물로 변하는 사람들에 대한 조사를 하고 있는 것입니까?"

이것은 두 사람의 임무에 대해 직접적으로 묻는 것이기 때문에 대답을 해주지 않아도 상관없었다. 아니, 그런 질문을 했다는 것 자체가 무례라고 판단해도 할 말이 없었다. 남궁현민도 그 사실을 잘 알기에 질문을 하면서도 속으로 상당히 긴장했다.

하지만 담교영은 긴장감을 말끔히 없애주는 해맑은 웃음과 함께 대답해 주었다.

"아뇨. 아마 무림맹은 모르고 있을 거예요. 저희도 별다른 임무가 있는 것이 아니라 그저 황산 근방을 한번 둘러보라는 포괄적인 임무를 받았을 뿐이에요."

남궁현민은 그 말을 믿을 수 없었다. 무림맹에선 그런 포괄적인 임무는 절대 내리지 않는다. 임무는 항상 명확해야 한다. 그래야 제대로 수행할 수 있고, 설사 실패하더라도 제대로 대응을 할 수 있기 때문이다.

"믿기 어렵겠지만 정말이에요. 사실 저희 뒤를 봐주시는 분이 좀 대단하시거든요."

담교영은 그렇게 말하며 단유강을 살짝 바라봤다. 단유강이 어이가 없다는 얼굴로 담교영을 쳐다보자 담교영은 애교를 가득 담아 한쪽 눈을 찡긋 감았다. 보통 사람이 봤다면 애간장이 다 녹아 흐물흐물해졌겠지만 상대는 단유강이었다.

단유강은 고개를 절레절레 저었다. 대단한 뒷배가 있다는 건 맞다. 우문혜는 정말로 대단한 사람이다. 하지만 그녀가 얼마나 대단하고 왜 대단한지 정확히 아는 사람은 그리 많지 않다. 당연히 담교영도 모른다.

"하면 그냥 유람을 나오신 거나 다름없다는 말씀이십니까?"

"굳이 따지자면 그렇게 말할 수도 있겠지만, 그래도 임무는 임무예요."

남궁현민은 상당히 어이가 없었다. 그러면서도 한편으로는 지금 담교영이 하는 말을 믿어야 할지 말아야 할지 갈피를 잡을 수 없었다.

'거짓을 말하는 것 같지는 않은데…….'

남궁현민은 조금 굳은 얼굴로 다시 물었다.

"하면 금웅보 소가주가 괴물로 변한 일과는 전혀 무관하다는 말씀이십니까?"

담교영은 다소 난감한 표정을 지었다. 이런 일에 경험이 거의 없어 마음이 고스란히 얼굴에 드러나 버린 것이다. 남궁현민은 그 표정을 놓치지 않았다. 그의 눈빛이 번득였다.

'뭔가가 있다.'

남궁현민은 집요한 눈빛으로 다시 물었다.

"그 일에 대해 뭔가 알고 계시는 게 있습니까?"

사실 남궁현민은 반쯤 도박하는 심정으로 이곳에 온 터였다. 그는 금건명 일행과 단유강이 헤어진 이후, 다시 금건명을 찾아가 자세한 사항을 알아봤다. 금건명과 금웅보 무사들은 남궁현민에게 저지른 짓이 있는지라 순순히 대답해 주었다.

남궁현민은 그 얘기를 듣고 황산에 뭔가가 있다고 확신했다. 더 자세한 사항을 알고 싶었지만 거기까지가 한계였다. 하지만 남궁현민은 단유강이 뭔가 더 중요한 사실을 알고 있을 거라고 짐작했다.

그래서 계속 단유강과 담교영에게 접근한 것이다. 물론 담교영의 미모가 접근 이유에 상당 부분 포함되어 있긴 했지만 말이다.

"전 아는 게 없어요."

담교영의 말에 남궁현민은 반사적으로 단유강을 바라봤다. 단유강은 뚱한 표정으로 남궁현민을 쳐다봤다.

"내가 왜 그걸 얘기해 줘야 하지?"

"예?"

남궁현민은 당황했다. 하지만 이내 차분한 얼굴로 말을 이었다.

"무슨 일인지는 모르지만 저희 세가가 전폭적으로 도와드리겠습니다. 제 호기심을 해결해 주시는 대가로 그 정도면 꽤 괜찮지 않겠습니까?"

"뭐, 나쁘지 않은 조건이긴 하지만, 도움은 필요없는데?"

남궁현민의 표정이 살짝 굳었다. 뭔가 다른 방법을 모색해야 할 듯했다. 그리고 아직 시간은 있었다. 곧 황산에 도착하겠지만, 도착한다고 모든 일이 해결되는 것은 아닐 테니까 말이다. 황산은 넓다. 혼자서 샅샅이 살피고 돌아다니는 게 거의 불가능할 정도로 말이다.

남궁현민은 정중히 고개를 숙였다.

"아쉽지만 어쩔 수 없군요. 생각이 바뀌시면 언제든 말씀해 주십시오. 기다리고 있겠습니다."

남궁현민은 그렇게 말하고는 조금 떨어진 곳에서 이쪽 상황을 흥미롭게 지켜보고 있는 남궁적산에게 다가갔다.

단유강은 남궁현민과 남궁적산을 의미심장한 눈으로 잠시 바라봤다.

그렇게 남궁세가 일행과 단유강, 담교영은 황산 초입에 들어섰다.

단유강과 담교영은 황산의 아름다운 경치를 구경하며 느긋하게 이동했다. 이곳에서는 굳이 남궁세가 사람들과 동행할 이유가 없었지만 굳이 그들을 떼놓으려 애쓰지 않았다.

'목적이야 뻔하니까.'

단유강은 그들의 목적이 무엇인지 대강 눈치를 챘다. 남궁현민과 그렇게 오래 대화를 했는데 알아채지 못한다면 단유강이 아니다.

단유강과 남궁세가의 목적은 비슷하지만 달랐다. 일단 괴물이 등장하게 된 근원을 찾는 것까지는 같지만, 단유강의 목표는 그것을 막는 것이고, 남궁세가의 목표는 그 힘을 이용하는 것이다.

'그렇게 둘 수는 없지.'

단유강은 황산에 들어서면서부터 기이한 느낌을 받았다. 그 느낌은 익숙하면서도 불쾌했다. 덕분에 단유강은 금건명이 어떻게 괴물이 된 것인지 확신할 수 있었다.

그 느낌을 따라가면 언젠가는 목적지에 도착할 수 있을 것이다. 마음만 먹으면 금방이라도 그곳을 찾을 수 있다. 하지만 단유강은 그렇게 빨리 찾아낼 생각이 아예 없었다.

"이야, 저 폭포는 정말 대단하군."

단유강의 말에 담교영이 행복한 미소를 지었다.

"정말 대단하네요. 이렇게 여유롭게 풍광을 즐기는 건 처음인 것 같아요."

담교영은 단유강과 더욱 가까이 붙어 경치를 구경했다.

그 광경을 뒤에서 지켜보고 있던 남궁세가 무사들은 단유강을 향해 이를 갈았다. 그들의 눈에는 단유강이 담교영에게 계속 치근대는 걸로 보였다. 그들이 담교영을 마음에만 두고 포기한 이유가 남궁현민 때문인데, 정작 남궁현민은 그 광경을 멍하니 지켜보고만 있으니 답답하기 그지없었다.

그렇게 얼마나 이동했을까, 단유강이 갑자기 눈빛을 빛냈다. 그리고 조금 방향을 틀었다.

뒤따라가는 사람들은 갑자기 방향을 바꾼 단유강을 의아한 표정으로 쳐다봤지만, 남궁현민은 번득이는 눈으로 단유강과 담교영을 살폈다.

'드디어 제대로 찾아가는 건가?'

남궁현민은 분명히 단유강이 뭔가를 알고 있을 거라고 생각했다. 그게 금건명이 제정신을 차리기 전에 얘기를 들었을 수도 있고, 원래부터 단유강이 알고 있을 수도 있었다. 남궁현민은 전자라고 생각했지만 중요한 건 그게 아니었다.

'좋아, 이제야 좀 면목이 서겠군.'

이렇게 세가의 무사들을 잔뜩 끌어들였는데 아무런 성과도 얻지 못하면 상당히 입지가 좁아지게 된다. 물론 겉으로 표시가 나지는 않겠지만, 암암리에 후계자 싸움에서 밀려날 공산이 컸다. 남궁현민에게는 지금 이 상황 자체가 도박이었다.

그러나 남궁현민에게는 불행하게도 단유강이 방향을 튼 이유는 괴물을 만드는 기운을 찾아가기 위함이 아니었다. 그쪽에서 상당한 인기척이 느껴졌기 때문이다. 물론 단유강만 느낄 수 있을 정도로 아주 먼 곳이긴 했지만 말이다.

그렇게 한동안 이동하자 가장 먼저 남궁적산의 표정이 변했다. 남궁적산은 슬며시 오른손을 위로 들어 올렸다. 남궁적산의 수신호를 받은 남궁세가 무사들의 안색이 급변했다. 느슨해졌던 긴장의 끈을 팽팽하게 조였고, 날카로운 기세를 조금씩 끌어올렸다.

남궁현민 역시 그 신호에 반응을 했다. 그리고 긴장된 눈으로 주위를 살피며 조심스럽게 걸어갔다.

남궁세가 무사들이 그런 반응을 보였음에도 단유강은 조금 전과 전혀 다름없는 표정과 자세로 성큼성큼 걸어갔다.

남궁적산은 그 모습을 바라보며 혀를 찼다.

"쯧쯧, 그냥 둘 수도 없고……."

단유강은 그들의 입장에서 보면 중요한 사람이다. 그런 사람을 위험 속에 내버려 둘 수는 없었다. 그리고 단유강 옆에 있는 담교영 역시 중요한 사람이다. 남궁적산은 남궁현민의 짝으로 담교영을 벌써 점찍었다.

"멈추게!"

남궁적산이 내력을 담아 외쳤다. 단유강은 걸음을 멈추고 슬쩍 뒤돌아 남궁적산을 바라봤다. 마치 아무것도 모른다는 듯 의뭉스런 표정이었다.

"이리로 잠시 와보게. 조금 문제가 생겼네."

단유강은 담교영을 한 번 바라보고는 고개를 끄덕였다. 두 사람은 함께 남궁적산이 있는 곳까지 걸어갔다.

"여기서 잠시 기다리게."

남궁적산은 그렇게 말하고는 성큼성큼 걸어갔다.

스릉.

검까지 뽑은 남궁적산은 근처에 있는 커다란 바위들을 향해 검을 휘둘렀다.

스가가각!

바위에서 돌 조각이 튀었다. 그리고 그와 동시에 바위 뒤에서 수많은 사내들이 분분히 위로 솟구쳤다.

"쳐라!"

사내들은 다짜고짜 공격을 시작했다. 복장을 보면 전형적인 산적들이었다. 하지만 실력은 어중이떠중이 산적과는 비교도 할 수 없을 정도로 뛰어났다.

채채채채채채챙!

여기저기서 검과 검이 부딪치며 금속성을 울렸다. 남궁세가 무사들은 순식간에 사내들을 포위하고 적절한 검진을 이루며 빈틈없이 싸움을 전개해 나갔다.

산적들은 금세 수세에 몰렸다. 그들 하나하나의 실력은 남궁세가 무사들보다 분명히 뛰어났지만, 남궁세가 무사들이 검진을 구성해 공격하니 속수무책으로 당하기만 했다.

남궁적산은 허허롭게 웃으며 전황을 살폈다. 얼굴은 웃고 있었지만 눈빛은 더없이 날카로웠다.

"황산에 산적 떼가 있었던가?"

황산도 엄밀히 따지자면 남궁세가의 영역이다. 이곳에서 산적이 출몰한다는 건 남궁세가가 제대로 관리를 하지 않았다는 뜻이다. 물론 둘레가 수백 리에 달하는 황산 전체를 관리한다는 건 거의 불가능한 일이었지만 말이다.

"보통 놈들이 아니로구나."

남궁적산은 산적들의 실력에 감탄했다. 지금은 비록 수와 검진에 밀려 제 실력을 발휘하지 못하고 있지만, 산적들의 실력은 정말로 대단했다. 그런 대단한 실력을 가진 산적들이 무려 서른 명이나 나타났다는 것은 어떻게 생각해도 조금 이상한 일이었다.

'게다가 이곳은 인적이 드문 곳 아닌가.'

근처에 산채가 있다면 말이 되지만, 이들이 이곳에서 지나가는 사람을 기다렸다는 건 말이 되지 않는다. 아무리 산적이라도 사람들이 웬만큼 지나다니는 길을 막아야 먹고살 수 있다. 이런 한적한 곳에서 진을 치고 있다가는 굶어 죽기 딱 좋다.

'뭔가가 있군.'

점점 남궁현민이 했던 말에 신빙성이 더해지고 있었다. 처음에는 쓸데없는 짓을 하고 있다고 여겼는데, 지금에 와서는 그런 생각을 할 수 없었다.

남궁현민의 말대로 세가의 힘을 키울 수 있는 방안을 얻지 못한다 하더라도 이곳에서 뭔가가 벌어지고 있고, 그것을 알아낸다면 창궁단을 움직인 대가로는 충분했다.

산적들은 끊임없이 밀리면서 상처를 입었지만 결정적으로 큰 부상을 입거나 죽은 자가 없어서 싸움은 계속되었다. 남궁적산은 그것이 못마땅했다.

"뭣들 하느냐! 어서 끝내지 않고!"

남궁적산의 호통에 창궁단이 더욱 거세게 공격을 퍼부었다. 산적들은 금방이라도 쓰러질 것처럼 위태로웠다. 그 순간, 갑자기 커다란 웃음소리가 들려왔다.

"으하하하핫!"

강렬한 내공이 깃든 웃음이었다. 창궁단 전원이 비틀거렸다. 순간적으로 가벼운 내상을 입은 것이다. 실로 무시무시한 공력이었다.

남궁적산의 안색이 급변했다. 그는 웃음소리가 들려오는 쪽을 바라봤다. 사람 키 두 배만 한 커다란 바위 위에 덩치 큰 사내 하나가 서서 아래를 노려보고 있었다. 부리부리한 눈에 가시처럼 뻣뻣한 수염이 덥수룩하게 나 있는, 전형적인 산적이었다.

"산적 두목이 나오셨군."

누군가가 나직이 중얼거렸다. 바위 위에 있던 산적은 목소리의 주인공을 찾아 눈을 희번덕거리며 고개를 이리저리 돌렸지만, 이상하게도 목소리의 주인을 찾을 수 없었다.

"난 산적 두목이 아니라 악대웅이다! 나와 정정당당히 맞설 용기가 있는 자는 이리 나서라!"

악대웅이라는 말에 모두의 안색이 창백해졌다. 악대웅은 십대고수였다. 십대고수 중 유일하게 창을 쓰는 자였고, 산적 같은 자신의 외모에 열등감을 가진 사람이기도 했다. 그는 외모의 열등감을 무공 수련으로 극복해 낸 경우였다.

남궁적산은 크게 긴장하며 한 발 앞으로 나섰다. 그리고 악대웅을 향해 정중히 포권을 취했다.

"섬전창(閃電槍) 악 대협께서 이곳에 계시리라고는 생각도 못했소이다. 난 남궁세가에서 창궁단을 맡고 있는 남궁적산이라 하오."

악대웅이 고개를 가볍게 끄덕였다.

"들어본 적이 있는 이름이군. 네가 나와 상대하겠는가?"

남궁적산은 급히 대답했다.

"뭔가 오해가 있는 듯하오. 우리는 악 대협과 싸울 생각이 전혀 없소. 우리는 지금 세가의 임무를 수행 중이오."

세가에서 내린 임무를 수행하는 도중에 사사로이 대련을 하거나 쓸데없는 싸움을 하는 건 당연히 안 된다. 악대웅은 알아들었다는 듯 고개를 끄덕였다.

"좋아, 그 정도야 충분히 이해해 줄 수 있지. 하면 성의를 표시하고 지나가라."

성의를 표시하라는 말에 남궁적산은 어이가 없었다. 이건 완전히 산적이나 다름없지 않은가. 섬전창 악대웅이 산적이라는 얘기는 금시초문이었다.

'게다가 저 사람들······.'

산적처럼 생긴 서른 명의 사내 역시 심상치 않았다. 악대웅은 홀로 다니는 사람이었다. 소속된 곳이 없기에 십대고수이지만 비교적 두렵지 않은 사람이기도 했다. 한데 지금 보니 그렇지만도 않은 모양이었다.

악대웅이 훌쩍 몸을 날렸다.

쿠웅!

바닥이 은은히 울렸다.

악대웅은 남궁적산 바로 앞에 떨어져 내린 후, 씨익 웃으며 그를 바라봤다. 어느새 악대웅의 손에는 긴 장창 한 자루가 들려 있었다.

"내 규칙은 간단하다. 나랑 싸워서 이기든가, 아니면 황금 천 냥을 내놓든가."

남궁적산이 눈을 부릅떴다. 황금 천 냥이라니. 황금 천 냥이면 은자가 이만 냥이다. 그런 거금을 들고 다닐 리도 없거니와, 설사 있다 하더라도 고작 산적 통행세로 고스란히 바칠 생각도 없었다.

"조금 심하다는 생각이 드오."

남궁적산이 은은히 기세를 끌어올리며 눈을 빛내자, 악대웅이 창을 한 바퀴 빙글 돌리며 바닥을 찍었다.

쿠웅!

산이 뒤흔들리는 듯한 충격이 사방을 휩쓸었다. 남궁적산의 안색이 창백해졌다. 그리고 창궁단 역시 핼쑥해진 얼굴로 악대웅과 그 뒤에 늘어선 서른 명의 산적을 쳐다봤다. 아무래도 그냥 넘어가기는 틀린 듯했다.

　'많은 피가 흐르겠군.'

　남궁현민은 딱딱하게 굳은 얼굴로 그렇게 생각하며 슬쩍 고개를 돌렸다. 그의 시선에 담교영이 들어왔다. 아무리 위험한 순간이 와도 담교영만은 무사히 보내주고 싶었다. 하지만 아무래도 어려울 듯했다.

　남궁현민이 시선을 돌리는 걸 악대웅이 놓칠 리 없었다. 악대웅은 눈동자를 굴려 남궁현민이 잠깐 바라봤던 곳을 쳐다봤다. 그리고 눈이 휘둥그레졌다.

　"저런 미녀가 함께 있었나? 내가 왜 못 알아봤지?"

　악대웅은 이를 드러내며 웃었다. 그리고 담교영을 가리키며 말을 이었다.

　"저 여자도 놓고 가라. 데려가고 싶으면 황금 천 냥을 더 내놓든가."

　억지도 이런 억지가 없었다. 남궁적산의 얼굴이 붉으락푸르락해졌다. 남궁적산은 속으로 재빨리 전력을 비교했다.

　상대는 십대고수다. 그중에서도 열 번째나 아홉 번째에 거론되는 인물이긴 하지만, 그래도 십대고수는 십대고수다. 이곳에 있는 누구도 상대할 수 없을 정도로 강했다.

'거기다가 창궁단 두셋을 한꺼번에 상대할 수 있을 정도의 고수가 서른이라······.'

창궁단은 무려 이백이다. 다만 현재의 지형이 그 이백이라는 수의 이점을 모두 살리기 어렵다는 문제가 있다. 하지만 그 정도는 어떻게든 해볼 수 있을 것이다.

'진짜 문제는······.'

악대웅이 가장 큰 문제였다. 그를 상대할 사람이 없었다. 남궁적산은 마음이 무거워졌다. 아무래도 이곳에서 뼈를 묻게 될 듯했다. 남궁적산은 이를 악물고 검을 뽑으려 하는 순간이었다.

"그럼 황금 이천 냥이면 물러가겠다는 말이네?"

갑자기 들려온 소리에 남궁적산은 바람 소리가 날 정도로 빠르게 고개를 돌렸다. 그의 시선이 빙글빙글 웃고 있는 단유강에게 머물렀다.

단유강은 남궁적산 앞으로 나서서 악대웅을 똑바로 쳐다봤다.

"황금 이천 냥이면 그냥 보내주겠느냐고 물었는데?"

악대웅은 가소롭다는 듯 단유강을 쳐다봤다. 하지만 이내 가볍게 고개를 끄덕였다.

"바로 그 말이다. 황금 이천 냥을 지금 즉시 주면 바로 사라져 주마."

단유강이 고개를 갸웃거렸다.

"지금 사라졌다가 다시 나타나서 또 돈을 요구하면? 그럼 또 이천 냥을 줘야 하는 건가?"

단유강의 말에 악대웅이 뜨끔한 표정을 지었다. 하지만 이내 인상을 구기며 단유강을 노려봤다.

"황금 이천 냥을 가지고 있긴 한 거냐?"

단유강이 품에서 전표 두 장을 꺼냈다. 한 장에 은 이만 냥짜리 전표였다. 그것을 확인한 악대웅의 눈빛이 달라졌다.

"그걸 주면 바로 사라져 주지."

단유강이 씨익 웃었다.

"그리고 조금 있다가 다시 나타나고? 그런 식으로 돈 좀 벌어보시겠다?"

악대웅은 더 이상 참을 수 없었다. 단유강은 자신을 완전히 날강도 취급하고 있었다. 물론 지금 상황을 보면 날강도가 맞긴 했지만.

"그 주둥이를 완전히 뭉개주마!"

악대웅의 외침에 단유강이 한 발 뒤로 물러섰다.

후웅!

단유강이 방금 전까지 서 있던 자리를 악대웅의 창이 훑고 지나가며 무시무시한 풍압이 사방으로 뻗어나갔다.

악대웅은 믿을 수 없다는 눈으로 단유강을 바라봤다. 방금 전의 일격은 미리 예측하지 못했다면 절대 할 수 없는 행동이었다.

"창 좋아 보이네. 나도 창 좀 다룰 줄 아는데."

단유강은 그렇게 말하며 악대웅을 향해 싱긋 미소를 지어 줬다.

"이천 냥 받고 황산에서 나가줄래, 아니면 나랑 여기서 창으로 한판 붙을까?"

평소라면 단유강의 도발에 당장 넘어갔을 것이다. 하지만 악대웅은 지금 온몸을 장악한 불길한 예감과 싸우고 있었다.

"어떻게 할 거지?"

단유강이 다시 물었다. 악대웅은 이를 악물었다. 자신은 십대고수다. 창 하나만 들면 천하에 무서울 것이 하나도 없는 사람이었다. 그런 자신이 이런 기생오라비 같은 애송이에게 겁을 먹고 물러난다는 것이 말이나 되는가.

악대웅이 막 도발에 응하려는 찰나, 그의 뒤에 서 있던 산적들 중 하나가 급히 악대웅에게 다가가 귓속말을 했다. 귀에 대고 전음까지 썼기 때문에 아무도 그 말을 들을 수 없었다.

악대웅은 그의 말을 듣고 나서 침중한 표정을 지었다. 그는 단유강과 남궁적산을 몇 번이나 번갈아 노려보다가 이내 고개를 절레절레 저었다.

"후우, 좋다. 이천 냥에 물러나 주지."

단유강이 씨익 웃으며 전표를 넘겼다.

"탁월한 선택이야."

단유강에게 전표 두 장을 받은 악대웅은 훌쩍 몸을 날려 어딘가로 사라져 버렸다. 그리고 그의 부하로 보이는 서른 명의 산적들 역시 악대웅의 뒤를 따라 사라져 갔다.

남궁적산은 어찌나 식은땀을 많이 흘렸는지 이러다가 탈진하는 거 아닌가 하는 생각이 들 정도였다.

"후우, 고맙네. 덕분에 무사히 위기를 넘겼군."

"아닙니다. 제가 한 게 뭐 있나요. 그저 돈을 건넨 것뿐인데."

"아닐세. 자네가 아니었으면 사단이 나도 단단히 났을 걸세. 게다가 황금을 이천 냥이나 쓰지 않았나."

단유강이 씨익 웃었다.

"저 혼자 부담할 것도 아닌데요, 뭘. 인원수로 나눠서 적절히 분담하죠? 저도 땅 파서 돈 번 것 아니니까요."

단유강은 당당하게 그렇게 말한 후, 속으로 계산을 했다.

"가만있자… 인원이 총 이백네 명이고, 황금을 이천 냥 썼으니, 한 사람당 은으로 백구십일곱 냥씩 부담하면 되겠군요. 남궁세가 쪽에서 삼만구천칠백구십네 냥을 제게 주시면 되겠습니다."

남궁적산이 멍한 눈으로 단유강을 바라봤다. 설마 이렇게 당당히 돈을 요구할 줄은 몰랐다. 하지만 생각해 보면 절대 과한 요구는 아니었다. 어쨌든 덕분에 아무도 피해를 입지 않았으니 말이다. 남궁적산은 결국 무겁게 고개를 끄덕일 수밖에 없었다.

"알았네. 나중에 세가로 돌아가면 챙겨주겠네."

단유강이 빙긋 웃으며 돌아섰다.

"그럼 슬슬 다시 가볼까요?"

돌아서서 걷기 시작하는 단유강의 눈이 반짝 빛났다. 단유강은 절대 악대웅이 이대로 사라질 리 없다고 판단했다. 물론 당장 나타나지는 않을 것이다.

'하지만 결국 나타나겠지. 대체 누가 십대고수를 그렇게 마음껏 부리는 거지? 냄새가 나, 아주 지독한 냄새가.'

어느새 날이 점점 어두워지고 있었다. 황산은 넓었고, 단유강은 지나칠 정도로 여유로웠다. 아무래도 하루 이틀 안에 일이 끝날 것 같지 않았다.

남궁적산과 남궁현민은 불안한 눈으로 단유강과 담교영의 뒷모습을 바라봤다.

"젠장! 대체 왜 싸우지 못하게 한 거요!"

악대웅이 분통을 터뜨렸다. 자신의 비위를 살살 긁던 단유강을 처리하지 못하고 온 게 못내 불만이었다. 하지만 악대웅 앞에 서 있는 혈의인은 단호했다.

"어쨌든 돈은 벌지 않았소? 그곳에서 남궁세가와 싸워 그들을 들쑤실 필요는 없소. 당신이 해야 할 일은 그저 시간을 끄는 것뿐이오."

혈의인의 말에 악대웅이 이를 부드득 갈았다.

"남궁세가를 들쑤시는 거랑 그놈을 처리하는 게 무슨 관계란 말이오? 그놈은 남궁세가 놈도 아니지 않소!"

혈의인이 고개를 저었다.

"보아하니 그놈, 남궁세가 사람은 아니지만, 그 일행에서는 꽤 중요한 위치였소. 아마 건드렸으면 이렇게 간단히 끝나지는 않았을 거요."

악대웅의 눈이 분노로 물들었다. 혈의인은 그런 악대웅을 조용히 구슬렸다.

"굳이 서두를 필요가 없지 않소? 그놈에게는 창도 없었소. 그러니 그놈이 쓸 창 하나를 준비해서 나중에 남궁세가 놈들이 돌아간 이후, 따로 찾아가 싸우면 되지 않겠소?"

그제야 악대웅의 표정이 좀 풀렸다.

"좋소, 일단 당신의 말을 따르겠소."

악대웅은 그렇게 말하고는 돌아서서 몸을 훌쩍 날렸다. 악대웅의 뒤로 스물아홉 명의 산적이 우르르 따라갔다.

혈의인이자 서른 번째 산적인 사내가 그 모습을 차가운 눈으로 바라봤다.

"고작 십대고수의 말석에서 헤매는 주제에 자신감이 지나치군. 나중에 기회를 봐서 강시의 재료로 삼아야겠어. 근골이 좋아 꽤 괜찮은 강시가 나오겠군."

혈의인은 그렇게 중얼거린 후, 몸을 돌렸다. 오늘 중으로 만나야 할 사람들이 아직도 둘이나 더 남아 있다. 그들은 모두 시간을 벌기 위해 그가 끌어들인 문파나 사람들이었다.

"쯧, 그나저나 아깝게 됐군. 그 천망단의 대주 놈을 처리할 기회였는데 말이야. 뭐, 어차피 결국은 악대웅이 처리해 주긴 하겠지만. 아무래도 거슬려서 안 되겠어, 남궁세가부터 어떻게 해야지."

혈의인이 그 말을 남긴 채 어둠 속으로 스며들었다. 을씨년스런 바람이 모두가 사라진 공터를 한바탕 할퀴고 지나갔다.

第八章

암혈(暗穴) 上

일행은 다시 이동을 시작했다. 단유강은 여전히 여유로웠고, 남궁세가 사람들은 점점 더 초조해졌다.

"오늘은 이쯤에서 쉬어야겠군."

단유강은 그렇게 중얼거리며 걸음을 멈췄다. 이미 보통 사람이라면 돌아다니기도 힘들 정도로 어두웠다.

남궁적산은 단유강이 못마땅한 듯 눈살을 찌푸렸다. 밤에 산을 타는 것은 위험한 짓이다. 하지만 그건 보통 사람의 경우에 해당하는 말이다. 무공을 웬만큼 익힌 사람들이라면, 아니, 내공을 어느 정도 쌓았다면 밤길도 훤하게 볼 수 있었다.

'쯧, 조금 더 이동하다가 쉬어도 될 것을.'

하지만 어쩔 수 없었다. 칼자루를 쥔 것은 단유강이었으니까. 남궁적산이 보기에도 단유강은 분명히 뭔가를 알고 있었다. 하지만 지금은 단유강의 비위를 살살 구슬려 목적지까지 가는 수밖에 없었다. 아무리 남궁세가의 창궁단이라지만 황산에서 뭔가를 찾는 건 불가능에 가까웠다.

"적당히 쉴 준비를 해라."

남궁적산의 명에 창궁단이 분주히 움직였다. 사실 지금 멈춘 곳은 야영을 하기에 그리 적당한 곳이 아니었다. 한두 명이라면 모를까, 이백 명이 넘는 인원이 머물기에는 곤란한 곳이었다.

결국 창궁단은 듬성듬성 흩어져서 자야만 했다. 남궁적산은 조금 불안한 마음이 들었지만 그냥 내버려 뒀다. 그렇다고 해서 남궁세가만 따로 움직일 수는 없지 않은가.

이내 모두 적당한 곳에 잠자리를 마련하고는 각자 알아서 끼니를 해결하기 시작했다. 대부분 육포나 건량을 씹으며 허기를 때웠다.

단유강은 남궁세가 사람들이 여기저기 흩어지는 모습을 바라보다가 느긋하게 손을 몇 번 휘저었다. 그러자 근처에 있던 나뭇가지들이 순식간에 단유강의 손으로 빨려들어 왔다. 너무나 빠른 동작이었기에 아무도 그것을 보지 못했다.

나뭇가지를 잔뜩 모은 단유강은 그것을 한곳에 쌓은 후, 손가락을 가볍게 비볐다.

화륵.

지푸라기 하나가 순식간에 타올랐다. 단유강은 그것을 적절히 이용해 모닥불을 만들었다.

갑자기 불길이 타오르자 시선이 집중되었다. 못마땅한 눈빛이 대부분이었지만 단유강은 전혀 신경 쓰지 않았다.

"자아, 슬슬 시작해 볼까?"

단유강은 어디서 났는지 잘 손질한 토끼 한 마리와 꿩 한 마리를 모닥불 위에 올려놓고 굽기 시작했다. 식욕을 자극하는 냄새가 사방에 진동했다.

모두의 시선이 단유강에게로 모였다. 그들은 설마 이렇게 대놓고 불을 피우는 사람이 있을 거라고는 생각도 못했다.

"이보게, 이 상황에서 불을 피우는 건 좋지 않네."

결국 남궁적산이 나섰다. 단유강은 그 말을 듣고 뚱한 표정으로 남궁적산을 쳐다봤다.

"불이 번지지 않게 조치는 다 취했습니다."

단유강은 그렇게 대꾸하고는 다시 고기를 굽는 데 열중했다. 남궁적산은 답답한 표정을 지었다.

'이리도 경험이 없는 녀석을 계속 쫓아다녀야 하는 건가?'

속이 터질 것 같았지만 답답함을 꾹 눌러 참은 남궁적산은 좋은 말로 설명을 시작했다.

"자네도 아까 겪지 않았나. 섬전창 같은 고수가 여기까지 왔었네. 그가 할 일이 없어서 이런 곳에서 산적질을 할 리가 있겠는가? 분명히 뭔가가 있네. 즉, 언제 또 어떤 자들이 나타나더라도 이상할 게 없는 상황이란 말일세. 그런 자들에게 우리 여기 있소, 하고 나서서 알려줄 필요는 없지 않겠는가?'

"그게 저랑 무슨 상관입니까? 전 그저 황산을 둘러볼 뿐입니다. 그렇게 불안하시다면 다른 곳으로 가시면 되잖습니까? 왜 굳이 절 따라오셔서는……."

단유강은 다시 고기에 집중했다. 남궁적산은 어이가 없어 멍하니 입을 벌렸다.

'이런 대접을 받는 건 처음이군. 허어, 그러니까 따라오지 말고 꺼지라, 이건가?'

남궁적산이 살짝 살기를 피워 올리며 단유강을 노려봤다. 그의 살기가 마치 비수처럼 단유강에게 쏟아졌지만, 단유강은 아무렇지도 않게 그것을 받아넘겼다.

'이놈, 현민이에게 듣긴 했지만 생각했던 것보다 더 대단하구나.'

자신의 살기를 이렇게 쉽게 받아넘길 수 있는 사람은 그리 많지 않다. 남궁세가의 창궁단을 이끌기 위해서 필요한 능력은 상상을 초월한다. 그중 가장 중요한 능력은 바로 무공이다. 단유강은 그런 남궁적산이 흘린 살기를 아무렇지도 않게 받아넘긴 것이다.

'또래에서는 적수가 없겠군.'

남궁적산은 은근히 감탄했지만 딱 거기까지였다. 생각보

다 뛰어나긴 하지만 자신과 비교할 수는 없었다. 남궁적산이 판단하기에는 그랬다.

"끄응, 알아서 하게. 나중에 후회하지나 말게."

남궁적산은 결국 그렇게 말하고 돌아섰다. 지금 강경하게 부딪쳐 봐야 얻을 게 없었다. 단유강은 그렇게 돌아서는 남궁적산의 등을 보며 빙긋 웃었다.

"후회 한번 해봤으면 좋겠네."

단유강은 그렇게 조용히 중얼거리며 불 위에 올려놓은 고기를 빙글빙글 돌렸다. 기름이 줄줄 흐르며 노릇노릇하게 고기가 익어갔다.

그것을 바라보며 냄새를 맡는 남궁세가 무사들의 입에 침이 고였다. 아무래도 육포와 건량만으로는 만족스럽게 요기를 때우기가 힘든 법이다. 그런 와중에 먹음직스런 고기를 봤으니 절로 침이 흘렀다.

"자아, 다 됐다. 이건 교영이 거."

단유강은 잘 익은 꿩을 꼬치에 꿴 채로 담교영에게 넘겼다. 담교영은 살짝 수줍은 미소를 머금으며 그것을 받아 들었다.

"고마워요."

담교영은 조심스럽게 고기를 한입 베어 물었다. 별다른 양념을 치거나 한 것도 아닌데 놀랄 정도로 맛있었다. 담교영의 눈이 한껏 커졌다.

"정말로 맛있어요."

단유강이 그것을 보며 씨익 웃었다.

"많이 먹어두라고. 산의 밤은 꽤 고생스럽거든. 든든하게 배를 채워두는 게 좋아."

단유강은 그렇게 말하고는 토끼 고기를 순식간에 먹어치웠다.

두 사람이 식사를 하는 동안 남궁세가 무사들은 침만 꼴깍 꼴깍 삼키며 그 모습을 지켜봤다. 단유강은 속으로 투덜거렸다.

'이건 뭐, 거지도 아니고. 남 먹는 걸 뭘 이렇게 열심히 쳐다봐? 소화 안 되게.'

속으로 그렇게 중얼거리긴 했지만 제갈무군에 버금갈 정도로 뻔뻔한 단유강이 고작 그 정도에 소화가 안 될 리 없었다. 하지만 담교영은 단유강과 조금 달랐다. 결국 담교영은 가볍게 체하고 말았다.

결국 단유강은 담교영이 잠들기 전까지 손을 주물러 주었다. 손을 통해 기운을 불어넣어 소화기관이 활성화되도록 해 주었다. 덕분에 담교영은 편안한 속으로 잠들 수 있었다. 단유강은 그렇게 잠든 담교영을 잠시 쳐다보다가 그녀를 그렇게 만든 남궁세가 사람들을 노려봐 준 후, 잠자리에 들었다.

모닥불의 열기가 단유강과 담교영을 따뜻하게 감쌌다.

어둠 속에서 움직이는 자들이 있었다. 모두 열다섯이었는

데, 그들은 흑의에 새카만 복면까지 뒤집어쓴 채 은밀하면서
도 빠르게 이동했다.

가장 앞에서 달리던 사람이 번쩍 손을 들어 올렸다. 그러자
나머지가 일제히 움직임을 멈췄다. 마치 한 몸인 것처럼 일사
불란했다.

"죽일 필요는 없다. 그저 시간만 끌면 된다."

앞에 선 사내의 말에 모두 결연한 눈빛으로 고개를 끄덕였
다.

"절대 죽거나 잡히지 마라."

그 말을 신호로 사내들은 동시에 몸을 날렸다. 빠르게 움직
이면서도 일체의 소리나 기척이 없었다. 그들은 순식간에 남
궁세가 무사들이 자고 있는 곳에 뛰어들었다.

남궁세가 무사들은 무방비 상태로 누워 있지 않았다. 열 명
씩 돌아가며 번을 섰다. 워낙 띄엄띄엄 떨어져 있었기에 최소
한 그 정도의 인원이 필요했다.

하지만 그곳에 뛰어들어 온 열다섯 명은 그 열 명의 이목에
걸려들지 않을 정도로 뛰어났다. 번을 서던 열 명은 그들이
중심부에 완전히 자리를 잡고서야 간신히 그들의 존재를 알
아챘다.

"적이다!"

몇 사람이 동시에 그들을 발견하고 외쳤다. 그 소리에 선잠
을 자던 무사들이 우르르 일어났다. 그리고 정신없이 검을 쥐

고 흑의인들을 향해 달려들었다.

흑의인들은 전혀 당황하지 않았다. 그들은 모두의 시선이 자신들에게 향할 때까지 끈질기게 기다렸다.

채채채채채채챙!

검과 검이 격돌했다. 흑의인들은 창궁단의 공격을 아주 가볍게 막아냈다. 최소한 섬전창과 함께 나타났던 산적들보다 뛰어난 실력을 가진 자들이었다.

남궁적산이 다급히 그들을 향해 달려갔다. 자칫 창궁단이 크게 다칠까 염려되었기 때문이다. 남궁적산이 보기에 창궁단이 그들을 제대로 상대하고 있는 것 자체가 대단한 일이었다.

"이놈들!"

쩡!

남궁적산의 강렬한 검격을 흑의인 중 하나가 힘겹게 막았다. 그들의 무위가 비록 대단하다고는 하지만 남궁적산에 비하면 한참이나 모자랐다.

일단 남궁적산이 싸움에 가세하니 상황이 달라졌다. 흑의인들에게서 여유가 사라졌다. 게다가 그들을 포위한 창궁단이 검진을 펼치기 시작하면서 상황은 더욱 악화되었다.

흑의인들은 비록 힘겹게 싸우고 있었지만 아무런 위기감이 없었다. 그들의 눈에는 전혀 두려움이 없었다. 남궁적산은 흑의인들을 몰아치면서도 그것이 의아했다.

남궁적산의 궁금증은 즉시 풀렸다. 흑의인들의 소매에서 어른 주먹만 한 철구(鐵球)가 떨어졌다. 남궁적산은 그것을 향해 검을 휘둘렀다. 하나의 철구가 둘로 갈라졌지만, 나머지는 도저히 막을 수 없었다.

번쩍!

섬광이 일었다. 어찌나 밝은지 그것을 본 사람들은 순간적으로 눈이 멀어버렸다. 그것은 남궁적산도 예외가 아니었다.

남궁적산은 크게 당황했다. 섬광에 눈만 먼 것이 아니라 감각까지 둔해졌다. 남궁적산은 그제야 독에 대한 대비가 전혀 없었음을 깨달았다.

슈가가가가각!

사방으로 검기가 휘몰아쳤다. 남궁세가 사람들은 눈이 멀고 감각이 둔해져 함부로 검을 휘두르지 못했다. 즉, 지금 검을 휘두른 자들은 흑의인들이라는 뜻이었다.

"컥!"

"크악!"

사방에서 비명이 울렸다. 남궁적산은 다급해졌다. 내공을 열심히 굴려 시력을 활성화시키려 애썼고, 체내에 혹시라도 있을지 모르는 독을 모으려 노력했다.

남궁적산의 노력은 꽤 이른 시간에 결실을 맺었다. 시력이 돌아오기 시작했고, 체내에 있던 미량의 독을 손가락 끝에 모아 밖으로 배출해 감각을 되찾았다.

"멈춰라! 이놈들!"

남궁적산은 그렇게 외치며 흑의인들을 향해 몸을 날렸다. 그때까지 흑의인들은 남궁세가 무사들 사이를 무인지경으로 헤집고 다니며 마구 검을 휘둘러 댔다.

쩡!

남궁적산의 검에 흑의인 하나가 정신없이 뒤로 물러났다. 그리고 그 순간, 흑의인을 이끄는 자가 외쳤다.

"여기까지다!"

그의 외침과 동시에 흑의인들이 사방으로 흩어졌다.

남궁적산은 아차하며 처음 공격했던 흑의인을 쫓아갔다. 남궁적산의 경공이나 보법도 대단한 수준이었기에 흑의인을 따라잡는 건 그리 어렵지 않았다. 하지만 그 순간 남궁적산의 등을 노리고 암기 하나가 날아왔다.

남궁적산은 몸을 비틀며 검을 휘둘러 암기를 쳐냈다.

팅!

암기가 남궁적산의 검에 맞아 바닥으로 떨어졌다. 하지만 그 짧은 순간 흑의인은 어둠 속으로 녹아들어 갔다. 남궁적산은 허탈한 표정으로 흑의인이 사라진 어둠을 한동안 바라보기만 했다.

피해는 상당했다. 다행인 건 아무도 죽지 않았다는 점이었다. 하지만 창궁단 이백 중에서 백 명이 넘는 사람들이 크고 작은 부상을 입었다. 더 이상 산행이 불가능할 정도로 다친 사람도 꽤 많았다.

　남궁적산은 침중한 표정을 지었다. 아무리 밤이었고 기습을 당했다고는 하지만 적은 하나도 잡지 못하고 이렇게 당하기만 했다는 사실이 너무나 분했다. 아니, 부끄러웠다.

　'남궁세가의 창궁단이⋯⋯.'

　남궁적산은 착잡한 얼굴로 여기저기 흩어져서 각자 간단한 치료를 하고 있는 창궁단원들을 바라봤다. 지금은 결단을 내려야 할 때였다.

　남궁적산이 무거운 표정으로 서 있자, 남궁현민이 조심스럽게 다가갔다. 남궁적산은 남궁현민이 다가오자마자 입을 열었다.

　"돌아간다."

　남궁현민의 눈이 커졌다.

　"예?"

　"더 이상 진행할 여력이 없다."

　"하지만 숙부님, 이곳에는 분명히 뭔가가 있습니다. 숙부님께서도 그것을⋯⋯."

　남궁적산이 손을 들어 남궁현민의 말을 끊었다.

　"나도 안다, 분명히 황산에 뭔가가 있다는 것쯤은. 상황이 이 지경이 됐는데도 모르면 바보지. 하지만 지금 이 상태로는 안 된다. 더 이상 무리하면 돌이킬 수 없는 피해를 입을 수 있다."

남궁현민이 억울한 표정을 지었다.

"하지만 지금까지 한 고생이 아깝지 않습니까?"

"돌아가자고 했지, 그만두겠다고는 하지 않았다."

"그 말씀은……."

"인원을 더 확충해야겠다. 일단 세가로 돌아가 재정비를 하고 다시 와야겠다. 이번에는 준비가 너무 미흡했어. 좀 더 제대로 된 준비가 필요해."

남궁현민은 자신도 모르게 고개를 끄덕였다. 확실히 남궁적산의 말이 옳았다. 지금 남궁세가는 너무 준비가 부족했다. 사실 이런 일이 벌어질 거라고는 예상치 못했다.

'그래도…….'

남궁현민은 슬쩍 고개를 돌려 단유강과 담교영을 바라봤다. 두 사람은 처음과 같은 상태로 여전히 자고 있었다. 그 소란 속에서도 깨지 않은 모양이었다. 남궁현민은 내심 혀를 내둘렀다.

'보통이 아니군. 어쨌든 아까워. 이대로 돌아가고 싶지 않아.'

남궁현민은 한참을 고민했다. 그리고 결론을 내렸다. 자신은 끝까지 단유강과 담교영을 쫓아가기로 말이다. 여기까지 와서 돌아가고 싶지 않았다. 그리고 남궁세가에서 다시 전열을 가다듬은 후, 그들의 이정표가 될 사람도 필요하지 않겠는가.

"숙부님, 전 남겠습니다."

남궁적산의 눈썹이 한차례 꿈틀거렸다. 그는 못마땅한 얼굴로 남궁현민을 바라봤다. 하지만 남궁현민은 흔들림없는 눈으로 남궁적산을 응시하며 말을 이었다.

"제가 저들을 따라가며 은밀히 표식을 남기겠습니다. 무작정 황산을 다 뒤질 수는 없지 않습니까?"

남궁현민의 말에 결국 남궁적산도 고개를 끄덕일 수밖에 없었다. 아무리 남궁세가가 대단하다고 하지만 무작정 황산을 모두 뒤지고 다닐 수는 없었다. 게다가 찾는 것이 정확히 무엇인지도 모르는 상황 아닌가.

"어쩔 수 없구나. 난 날이 밝는 대로 창궁단을 이끌고 세가로 돌아가겠다. 나머지는 모두 네게 맡길 테니, 부탁한다."

남궁현민이 빙긋 웃었다.

"염려 마십시오. 실망시켜 드리지 않을 겁니다."

남궁현민의 자신만만한 대답에 남궁적산의 얼굴이 조금 풀어졌다. 남궁적산은 대견한 눈으로 남궁현민을 바라보며 고개를 끄덕여 주었다.

"다들 돌아가실 모양이에요."

담교영이 귓속말로 말하자 단유강은 당연하다는 듯 고개를 끄덕였다.

"다친 사람이 많으니까. 앞으로 험한 산을 타야 하는데 저렇게 많은 짐을 데리고 갈 수는 없지. 또 앞으로 어떤 일이 벌어질지 모르는데 말이야."

"아무래도 그렇겠죠."

담교영은 그렇게 말하면서 의아한 표정을 지었다. 단유강에게 어제 일에 대한 얘기를 듣긴 했다. 하지만 대체 누가 감히 남궁세가를 습격한단 말인가.

'그 소란 속에서 한 번도 깨지 않고 잤다니…….'

담교영은 어제 그렇게 소란스러운 와중에도 숙면을 취했다. 평소의 그녀라면 결코 있을 수 없는 일이었다. 게다가 이곳은 산중 아닌가. 아무래도 집에서 자는 것보다 잠자리가 더 불편할 수밖에 없다. 담교영은 왠지 부끄러워졌다.

단유강은 살짝 얼굴을 붉힌 담교영의 어깨를 살며시 감싸 안았다. 담교영이 놀라 단유강을 바라보자 단유강이 의미심장하게 씨익 웃었다.

담교영은 그제야 어떻게 된 일인지 짐작할 수 있었다. 분명히 어제 단유강이 자신을 위해 뭔가를 해준 것이다.

"고마워요."

담교영의 말에 단유강의 미소가 조금 더 짙어졌다.

"그나저나 어제 습격했다는 사람들은 대체 누굴까요?"

"글쎄."

단유강은 어제 담교영의 주위를 기막(氣膜)으로 감싸며 습격한 사람들을 유심히 살폈다. 그들은 대단한 실력을 가지고 있었다. 하지만 단유강이 보기에 그들은 그렇게 정면으로 싸우는 것에 익숙한 자들이 아니었다.

"역시 황산에 뭔가가 있긴 있나 봐요. 그렇게 많은 사람들이 모여드는 걸 보면요."

단유강이 고개를 끄덕였다. 확실히 뭔가가 있긴 하다. 하지만 모여드는 사람들이 과연 그 뭔가를 얻기 위해 오는가 하는 문제는 달리 생각해야 한다.

그리고 어제 만났던 섬전창 악대웅이나 밤에 습격했던 복면인들은 남궁세가 사람들을 한 명도 죽이지 않았다. 목숨을 걸고 싸우는 것보다 그렇게 죽이지 않고 힘을 조절해 싸우는 게 당연히 몇 배나 더 힘들다.

'결론은 한 가지지. 시간 끌기.'

이렇게 해서 그들이 얻을 수 있는 건 시간밖에 없다. 그리고 그들은 나름대로 성공을 했다. 남궁세가의 창궁단이 돌아갈 정도로 타격을 입혔으니 말이다.

'남궁세가에서 재정비해서 다시 몰려오면 아마 모든 상황이 끝나 있겠지.'

그들이 원하는 게 뭔지는 모르지만 그 정도 시간이면 충분하다는 뜻이다. 단유강은 그것이 뭔지 내심 궁금해졌다.

'설마 그걸 이용하려는 건가?'

순간 단유강의 표정이 살짝 굳었다. 사실 그 가능성을 생각해 보지 않은 건 아니었다. 하지만 아직 불확실했다. 그것의 존재 여부도 그랬고, 그것을 이용할 수 있을 정도가 되는지도 확실치 않았다.

"대주님, 무슨 생각을 그리 하세요?"

"음? 아무것도 아냐."

단유강은 일단 상념을 접었다. 지금은 그런 걸 생각할 필요가 없었다. 지금 필요한 건 서둘러 그것을 찾는 것이었다.

'내가 찾기 전까지 별다른 일이 있으면 안 되는데…….'

한편으로는 불안한 생각도 들었다. 만일 그것이 진짜 존재한다면 그것은 아마 단유강과 문노 때문일 것이다. 그렇다면 그것은 이미 오 년 전부터 존재했다는 뜻이 된다. 무려 오 년의 시간 동안 그것을 누군가 발견해 이용하지 말라는 법이 없다.

'이용하는 게 쉽지는 않겠지만.'

그것을 이용하기 위해선 상당한 힘과 능력이 필요하다. 적어도 세상 사람들이 말하는 우내사존 정도는 되어야 간신히 뭔가를 시도해 볼 수 있는 여지가 생긴다. 그것은 그 정도로 위험했다.

"저들은 저들이고, 우리도 이제 슬슬 또 출발해야지."

단유강의 말에 담교영이 고개를 끄덕이며 웃었다.

"네, 그래야지요."

담교영은 단유강의 표정을 보고 뭔가가 조금 달라졌다고

생각했다. 그것이 무엇인지는 모르지만 자신이 할 수 있는 일은 그저 열심히 따라다니며 단유강이 하는 모든 일을 지켜보는 것밖에 없었다.

단유강과 담교영이 그렇게 두런두런 얘기를 나누는 사이 남궁세가 사람들이 대부분 산 아래로 내려갔다. 그들은 단유강이나 담교영에게 인사도 없이 그냥 사라졌다. 그럴 겨를도 없었고, 할 마음도 별로 없었다.

그렇게 남궁세가 사람들이 모두 사라지고 남은 사람은 남궁현민 한 명뿐이었다. 남궁현민은 세가 사람들이 보이지 않을 때까지 그들을 지켜보다가 이내 몸을 돌려 단유강과 담교영을 찾았다.

단유강과 담교영은 어느새 보일락 말락 할 정도로 멀리 떨어져 있었다. 남궁현민은 화들짝 놀라 급히 경공을 전개해 두 사람을 따라잡았다.

"잠시만 기다려 주십시오!"

남궁현민의 외침에 단유강이 귀찮다는 표정으로 돌아봤다. 남궁현민은 두 사람을 따라잡자마자 급히 말을 꺼냈다.

"저는 앞으로도 두 분과 함께하고 싶습니다."

거의 일방적인 통보나 다름없었다. 하지만 단유강은 전혀 신경 쓰지 않았다. 남궁현민이 일방적으로 말했으니, 자신도 일방적으로 대하면 그뿐이다.

"그러든가."

단유강은 그렇게 말하고는 다시 걸음을 옮겼다. 평소와 마찬가지로 여유가 넘쳐 났다.

남궁현민은 그것을 보며 조금 답답했지만 어차피 계속 봐 오던 거라 그저 고개를 한 번 젓고는 그 뒤를 따랐다.

사실 단유강이 겉으로 보기에는 한껏 여유를 부리는 것 같지만, 실제로는 그렇지 않았다. 한 발 한 발 움직일 때마다 기감을 잔뜩 확장해 여건이 닿는 모든 곳의 정보를 긁어모으고 있었다.

단유강의 기감에 수많은 사실들이 잡혔다. 멀찍이 떨어진 곳에서 그들을 살피는 자들의 기척도 느껴졌고, 분주히 이동하는 수많은 사람들의 기척도 느껴졌다.

그렇게 수많은 기척들 중에서 단유강의 관심을 끌 만한 것이 나타났다.

'이건 살수로군. 어제 그놈들인가?'

단유강은 눈을 빛내며 고개를 돌려 기척이 느껴지는 쪽을 바라봤다. 꽤 멀리 떨어져 있고, 중간에 장애물이 많긴 했지만 그래도 볼 수 있었다. 아니, 눈이 정확히 마주쳤다. 단유강과 눈이 마주친 살수가 흠칫 놀랐다. 단유강은 그것을 보며 씨익 웃었다.

"재미있군. 또 무슨 수작을 부릴 건지 한번 기대해 볼까?"

세가에 도착한 남궁적산은 자신이 겪은 일을 가주에게 알리고, 황산에서 심상치 않은 일이 벌어지고 있으니 세가의 전격적인 지원이 필요하다고 주장했다. 하지만 상황은 그가 원하는 대로 흘러가지 않았다.

"고작 흑검방(黑劍幇)이 우리에게 덤볐단 말입니까?"

"아직 덤빈 것은 아니고, 분위기가 그렇다는 말이네."

남궁적산은 가주인 남궁만천의 말에 두 눈을 부릅떴다.

"흑검방 따위가 뭘 할 수 있겠습니까? 고작 그 때문에 지원을 해주실 수 없다는 건 이해하기 어렵습니다."

"글쎄, 그렇게 간단한 문제가 아니라지 않나."

"대체 뭐가 문제란 말입니까?"

남궁만천이 눈살을 찌푸리며 대답했다.

"흑검방의 힘이 만만치 않네."

남궁적산은 그 말을 이해할 수 없었다. 흑검방은 고작 수십 명이 모여 만든 방파였다. 사실 무림 문파라기보다는 뒷골목 파락호에 더 가까운 자들이었다. 무공을 익혔다고 하지만 제대로 된 무공이 아니라 이것저것 짜깁기한 어설픈 무공이었다.

보통은 이 정도 문파는 남궁세가에서 신경도 안 쓰는 게 정상이다. 남궁적산이나 남궁만천도 그동안은 그저 이름만 알고 있었지, 어떤 문파인지 제대로 알고 있는 사항도 없었다.

"흑검방이 규모를 대폭 늘렸다는 건 알고 있나?"

"그런 일이 있었습니까?"

남궁만천이 씁쓸한 표정을 지었다.

"하긴, 자네라고 별수 있겠나. 나도 잘 몰랐는데. 그놈들이 갑자기 규모를 키웠네. 그리고 우리 세가가 관련된 사업장에 압박을 가하고 있네."

남궁적산이 입을 떡 벌렸다.

"그걸 가만히 보고만 계셨단 말입니까?"

"그럼 어쩌겠나, 그놈들 힘이 만만치 않은데."

그제야 남궁적산은 사태가 심각하다는 것을 깨달았다. 남궁만천은 남궁적산에게 쐐기를 박았다.

"당분간 세가의 무사들을 다른 곳으로 돌리는 건 불가능하네. 더구나 전혀 신경을 쓸 필요가 없는 황산에 투입하는 거라면 난 허락해 줄 수 없네."

남궁적산은 고개를 끄덕였다. 가주의 입장을 충분히 이해할 수 있었다. 아마 자신이 가주라도 그런 결정을 내렸을 것이다.

'하지만 황산의 일은 정말로 아쉬워. 그리고 현민이 이놈이 과연 무사히 돌아올 수 있을지…….'

남궁현민은 졸지에 붕 뜬 존재가 되어버렸다. 세가에서는 황산에 신경을 껐고, 흑검방과의 일 때문에 남궁현민에 대한 건 전혀 신경을 쓸 수 없었다.

남궁적산은 일단 남궁현민을 믿기로 했다. 남궁현민은 남궁세가의 후기지수 중에서도 여러모로 뛰어나다. 지금으로

선 그의 능력을 그저 믿고 기다리는 수밖에 없었다.

　단유강의 걸음이 조금씩 빨라지기 시작했다. 처음에는 그저 조금 빨리 걷나 보다 했는데, 갈수록 속도가 높아지더니, 나중에는 경공을 써도 따라가기가 버거울 정도가 되었다.

　담교영은 비교적 수월하게 단유강을 따라갔지만, 남궁현민은 이를 악물고 그 뒤를 쫓아가야만 했다. 조금이라도 방심하거나 힘을 빼면 순식간에 거리가 벌어졌다. 그렇게 벌어진 거리를 다시 좁히는 건 거의 불가능했다.

　몇 번 호흡을 놓치고 나니, 너무나 멀어져 그저 사람이 저 앞에 가고 있다는 정도만 구분이 될 정도였다.

　"멈추십시오!"

　남궁현민은 남은 내공을 목소리에 모조리 쏟았다. 온 산이 쩌렁쩌렁 울릴 정도로 큰 소리가 났지만 단유강은 마치 그 소리를 못 들은 듯 쭉쭉 멀어져 갔다.

　"이럴 수가……."

　남궁현민은 결국 달리는 걸 멈췄다. 그리고 바닥에 주저앉아 숨을 헐떡였다.

　"허억, 허억. 이 무슨……."

　지금까지 애써 쫓아온 보람이 몽땅 사라져 버렸다. 이렇게 간단히 단유강과 담교영을 놓칠 거라고는 생각도 못했다. 단유강의 실력에 대해서는 어느 정도 실감을 하고 있었기에 그렇다 쳐도, 담교영까지 사라진 건 이해할 수 없었다.

"분명 나보다 못하거나 비슷하다고 여겼는데……."

남궁현민은 남궁세가에서도 촉망받는 후기지수다. 청검산
장도 꽤 유명한 곳이긴 했지만, 무공보다는 천하제일미 담교
영에 의한 유명세가 더 컸다. 담교영이 아무리 청검산장주의
딸이라 하지만 남궁현민에 비할 수는 없었다. 상식적으로는
말이다.

"그나저나 이젠 어쩐다……."

황산은 넓다. 사라진 두 사람을 찾는 건 정말로 어려운 일
이다. 하지만 여기까지 와서 포기할 수는 없었다. 남궁현민은
호흡을 가다듬고 간단하게 운기를 해 기력을 보충했다.

"후우, 그럼 다시 가볼까?"

남궁현민은 근처에 남궁세가 고유의 표식을 하나 남긴 후,
걸음을 옮겼다. 그 표식을 나중에 올 것이 분명한 남궁세가
무사들이 발견할지 그렇지 않을지는 모르지만, 일단 가능성
이 있는 건 다 해야만 했다.

"쯧, 내가 부족해서 그동안 표식을 남길 새도 없었으
니……."

그동안 꾸준히 표식을 남겼다면 남궁세가에서도 찾기가
수월할 것이다. 하지만 단유강이 속도를 올린 이후로는 한 번
도 표식을 남길 수가 없었다. 그저 쫓아가는 것만 해도 버거
웠기 때문이다.

남궁현민은 힘없는 표정으로, 하지만 그래도 아직까지 버리지 않은 한줄기 희망을 담은 눈빛으로 발을 내딛었다.

"대주님, 갑자기 왜 이렇게 빨리 가시는 거예요?"

"왜? 힘들어?"

"아뇨, 그건 아니지만……."

담교영은 대답을 하면서도 스스로에 대해 놀라움을 금치 못했다. 단유강이 얼마나 빠른 속도로 달리고 있는지는 뒤처지다가 완전히 떨어져 나간 남궁현민만 봐도 알 수 있다. 한데 자신은 여전히 단유강과 나란히 달리고 있었다. 그것도 그다지 힘들이지도 않고 말이다.

"그 보법, 할머니한테 배운 거지?"

"보법이요? 아……!"

담교영은 단유강의 말에 자신이 지금 무의식중에 펼치고 있는 경공이 사실은 우문혜에게 배운 보법에서 파생되었다는 걸 깨달았다.

"그거 낙뢰보(落雷步)라는 건데, 잘 익혀두면 꽤 쓸 만해."

담교영은 새삼 우문혜에게 고마운 마음이 들었다. 낙뢰보는 내공의 양보다는 기운을 다루는 방법이 훨씬 더 중요했다. 즉, 그것을 응용하면 이렇게 경공을 펼칠 때, 빠른 속도로 달리면서도 내공 소모는 거의 없게 할 수도 있다는 뜻이다. 지금 담교영이 바로 그렇게 하고 있었다.

"우리 할머니한테 배운 걸 다행으로 생각해. 목숨을 걸고 배운 건 아니지?"

"예?"

담교영이 놀란 눈으로 단유강을 바라봤다. 우문혜가 그럴리 없지 않은가. 담교영이 본 우문혜는 아름답고 자상하며 마음씀씀이도 훌륭한 사람이었다. 그리고 아직까지 순수를 간직한 사람이었다. 적어도 담교영이 보기엔 그랬다.

담교영의 표정을 본 단유강은 고개를 절레절레 저었다. 그녀가 어떤 생각을 하고 있는지 너무나 뻔했기 때문이다. 그리고 그 생각은 단유강이 절대 동의할 수 없는 생각이기도 했다.

"아무튼 조금 더 서두르자. 괜찮겠지?"

단유강의 물음에 담교영이 고개를 끄덕였다. 아직 충분히 여력이 남아 있었다. 솔직히 말하자면, 지금보다 두 배는 더 빨리 달리는 것도 가능했다.

두 사람의 신형이 더욱 빠르게 이동했다. 그렇게 얼마나 달렸을까, 단유강이 천천히 속도를 줄이기 시작했다. 그리고 그런 단유강을 따라 담교영도 속도를 줄였다. 두 사람의 호흡은 마치 느긋하게 걸어온 것처럼 평온했다.

"왜 그러세요?"

담교영은 의아한 눈으로 물었다. 갑자기 속도를 줄인 이유가 궁금했다. 하지만 금방 답을 들을 수는 없었다.

단유강은 신중한 표정으로 기감을 활짝 열고, 사방의 정보를 흡수하고 있었다. 원하던 것은 찾았다. 한데 그 주위에 원치 않던 것들이 잔뜩 있었다.

"좋지 않군."

담교영이 걱정스런 눈으로 물었다.

"무슨 일이 있나요? 혹시 몸이 안 좋으신 건가요?"

단유강의 표정은 담교영이 걱정을 할 정도로 심각했다. 단유강은 담교영이 그렇게 묻자, 왠지 마음이 편해졌다.

"그게 아니라, 떨거지들이 좀 있어서."

"떨거지들이라뇨?"

단유강은 잠시 생각을 정리한 후, 담교영에게 지금의 상황에 대해 설명을 시작했다.

"일단 우리가 왜 황산으로 와야 했는지부터 알아야겠지."

담교영의 눈이 동그래졌다.

"정말로 뭔가 이유가 있었던 건가요?"

담교영은 우문혜가 워낙 대수롭지 않은 태도를 취하는 바람에 정말로 뭔가 심각한 문제가 있을 거라는 생각은 하지 않았다. 우문혜에게 들은 말 중 가장 기억에 남는 건 아이를 만들라는 말이었으니 담교영의 생각도 충분히 이해가 갈 만했다.

"지금 황산에는 구멍이 뚫려 있어."

담교영은 미궁의 입구에 발을 들인 기분이었다. 난데없이 구멍이 왜 나온단 말인가.

"아마 보면 알겠지만, 그냥 평범한 구멍이 아니야. 잘못하면 세상에 심각한 위해를 줄 수 있는 구멍이지. 사실 나도 그런 게 생겼으리라고는 예상치 못했어. 하지만 이젠 모든 가능성을 다 열어놔야 할 것 같아."

담교영이 알쏭달쏭한 표정으로 단유강을 바라봤다. 이 정도 설명으로는 이해하기가 어려웠다. 하지만 한 가지는 확실히 알 수 있었다. 뭔가 심각한 일이 발생했고, 단유강과 자신이 그것을 막아야 한다는 사실이었다.

"구멍을 막는 건 내가 충분히 할 수 있어. 문제는 구멍이 하나가 아닐 가능성이 있다는 거고, 또 이곳에 있는 구멍 근처에 뭔가가 잔뜩 있다는 점이야."

"뭔가가 잔뜩 있다뇨?"

"반은 사람이고, 나머지는 사람이 아닌 것 같아."

담교영의 눈이 화등잔만 해졌다.

"사람이 아니라면… 설마 강시인가요?"

단유강이 쓴웃음을 지었다.

"차라리 강시라면 상대하기가 그다지 어렵지 않지. 뭐, 강시도 있긴 있는 것 같아. 많지는 않지만. 그런데 문제는 강시가 아니라 다른 거야."

담교영은 여전히 이해할 수가 없었다. 하지만 굳은 표정으로 고개를 끄덕여 주었다. 단유강의 심력을 낭비할 수는 없지 않은가.

"어쨌든 그들을 물리쳐야 하는 거죠? 그들은 강한가요?"

"꽤 강해."

"대주님보다도요?"

"그럴 리가 있나. 문노보다도 약한 놈들인데. 한데 문제는 그들의 수가 만만치 않다는 점이야."

담교영은 그제야 단유강이 왜 이렇게 장황하게 말을 했는지 알 수 있었다. 즉, 자신이 방해가 된다는 뜻이었다.

"제가 어떻게 하면 될까요?"

담교영은 자신의 상황과 처지를 있는 그대로 받아들이기로 했다. 그것만이 단유강이 느낄 부담을 최대한 덜어주는 길이었다.

"글쎄, 나도 지금 그걸 고민 중이야."

단유강은 턱을 쓰다듬으며 생각에 잠겼다. 그러면서도 기감은 여전히 닫지 않아 상황을 조금 더 자세히 파악하고자 애썼다. 한참 동안 고민하던 단유강은 결국 결정을 내렸다.

"같이 가자."

"그, 그래도 되나요?"

"사실 여기다가 진(陣) 하나 설치해 놓고 혼자 다녀올 수도 있긴 한데, 교영이가 그걸 보면 여러 가지 느끼고 깨닫는 부분이 있을 것 같아서."

담교영의 눈빛이 살짝 흔들렸다. 단유강이 자신을 위해 위험을 무릅쓴다고 하니 한편으로는 걱정이 되면서도 다른 한 편으로는 가슴이 떨릴 정도로 기분이 좋았다.

"하, 하지만 전 방해만 될 텐데……."

단유강이 고개를 저었다.

"그렇지 않아. 이번 기회에 교영이도 한번 겪어보는 게 좋 을 거야. 여기 있는 놈들은 최하급 중에서도 최하급이거든."

담교영은 단유강의 말을 온전히 이해하지 못했다. 하지만 이곳에 있는 적들은 크게 위험하지 않다는 정도는 알아들을 수 있었다. 물론 그녀의 생각과 실제는 하늘과 땅만큼이나 차 이가 나지만 말이다.

"가자."

단유강이 걸음을 옮겼다. 은밀하면서도 조심스러운 움직 임이었다. 담교영도 단유강을 따라 천천히, 그리고 조심스럽 게 걸음을 옮겼다.

담교영은 자신의 눈을 믿을 수 없었다. 사람이 아니란 말은 들었지만 설마 저런 것이 세상에 있을 줄은 상상도 못했다.

'저런 괴물이 무려 열 마리나…….'

그것은 기괴하게 생긴 괴물이었다. 모습은 사람과 비슷했 으나 그들에게는 이마에 길쭉한 뿔이 나 있었고, 온몸은 마 치 무쇠로 만든 것처럼 거무튀튀했다. 손톱은 한 자는 될 것 처럼 길고 날카로웠으며, 엉덩이에는 채찍 같은 꼬리가 달려 있었다.

"역시 독각철괴(獨角鐵怪)였군."

"독각철괴요?"

"진짜 이름이 뭔지는 몰라. 관심도 없고. 우리 할머니가 지은 이름이야."

담교영은 놀란 눈으로 다시 독각철괴들을 바라봤다. 독각철괴는 이리저리 어슬렁거리고 있었다.

"저놈들이 저기서 뭘 하고 있는 건지 알겠어?"

담교영은 독각철괴의 움직임에 좀 더 집중했다. 그들은 불규칙하게 움직이고 있었지만 아무런 의미가 없는 움직임이 아니었다.

"지키고 있네요."

단유강이 미소 지으며 고개를 끄덕였다.

"잘 봤어. 저곳으로 지나가지 못하게 지키고 있어. 즉, 저길 지나가면 목적지에 도착할 수 있다는 뜻이지."

담교영이 걱정스런 얼굴로 물었다.

"그런데 어떻게 저길 지나가죠? 저들의 움직임이 꽤 교묘해서 들키지 않고 지나가는 건 불가능할 것 같은데……."

"이렇게 하면 되지."

단유강은 그렇게 말하며 독각철괴 앞으로 당당히 걸어나갔다. 담교영은 그 광경을 보며 너무나 당황해서 그대로 얼어붙었다. 내심 단유강이 저런 괴물들 따위에게 당할 리 없다는 생각이 들면서도 걱정이 되고 불안해지는 건 어쩔 수 없었다.

독각철괴들의 움직임은 담교영이 예상했던 것 이상으로 빨랐다. 단유강과 가장 가까이 있던 독각철괴 두 마리가 제일 먼저 달려들었는데, 담교영은 그들의 움직임을 순간적으로 놓쳐 버렸다.

독각철괴는 공간을 단번에 없애며 단유강 앞에 나타나 손을 휘둘렀다. 독각철괴의 날카로운 손톱이 단유강을 휩쓸어 갔다.

쩌저정!

독각철괴의 손톱들이 우수수 부서졌다. 독각철괴는 자신의 손톱이 몽땅 부러졌는데도 전혀 아랑곳하지 않고 머리를 들이밀었다. 뾰족한 독각철괴의 뿔이 마치 숙련된 검객이 검을 찔러 넣는 것처럼 단유강을 향해 뻗어나갔다.

쩌정!

두 마리 독각철괴의 뿔이 동강났다. 그렇게 부러진 뿔은 어느새 단유강의 양손으로 빨려들어 갔다.

"무기도 마련했으니 슬슬 놀아볼까?"

단유강의 몸이 핑그르르 회전했다. 자연스럽게 단유강이 양손에 들고 있던 뿔도 함께 돌았다.

서거거걱!

단유강 옆에 있던 두 마리 독각철괴가 잘게 썰려 나갔다. 독각철괴의 몸에서 피가 사방으로 뿌려졌다. 놀랍게도 독각철괴의 피는 새까맸다.

"웃차!"

단유강은 몸을 훌쩍 날려 자신이 있던 자리에 쏟아진 검은 피를 피했다. 그리고 마침 눈앞에 도착해 손을 휘두르고 있는 세 마리 독각철괴의 몸에 뿔을 찔러 넣었다.

슈슈슈슈슉!

마치 수십 개의 뿔을 동시에 찌르는 듯한 착각이 일었다. 그리고 그 결과로 세 마리 독각철괴의 몸에 수많은 구멍이 숭숭 뚫렸다.

쿠구궁.

독각철괴가 바닥에 쓰러졌다. 그들의 몸에 난 구멍에서 새까만 피가 콸콸 솟구쳤다.

단유강은 이번에도 몸을 날려 그 피를 피했다. 그리고 이번엔 독각철괴보다 먼저 공격에 들어갔다.

쉬이익!

그그그그극!

단유강의 몸이 다시 회전을 시작했다. 마치 작은 용권풍(龍捲風)이 부는 것 같았다. 단유강이 만든 회오리는 순식간에 남은 독각철괴 다섯 마리를 끌어들여 산산이 분쇄해 버렸다.

단유강이 그렇게 독각철괴 열 마리를 처리하는 데 걸린 시간은 그야말로 눈 몇 번 깜빡할 정도에 불과했다. 담교영은 그 놀라운 광경을 보며 벌어지는 입을 다물 수 없었다.

'굉장해……!'

사실 담교영은 얼마 전 장사에서 백검문과 싸울 때 이미 단유강의 실력이 대단하다는 것은 알고 있었다. 자그마치 벽력탄 다섯 개가 동시에 터졌는데도 그에게는 먼지 하나 묻지 않았다. 게다가 그 와중에 자신까지 보호했다. 티끌 하나도 몸에 닿지 않았다.

하지만 지금 보여준 모습은 또 다른 충격이었다. 단유강의 몸이 만들어낸 움직임은 강렬하면서도 아름답기까지 했다. 담교영은 한동안 그 광경이 만들어낸 마력에서 헤어 나오지 못했다.

"뭐 해? 또 가야지."

"아, 예."

담교영은 단유강의 말에 정신을 번쩍 차리고 서둘러 단유강 옆으로 따라붙었다. 단유강은 그런 담교영을 보며 씨익 웃고는 다시 걸음을 옮겼다. 진짜 싸움은 이제부터 시작이었다.

"이게 무슨 소리지?"

공천상은 눈살을 찌푸렸다. 은은한 진동이 느껴졌다. 마치 거대한 무언가가 쿵쿵 뛰는 듯한 느낌이었다.

"설마 그 괴물들이 날뛰는 건 아니겠지?"

공천상은 만수평의 직속 수하 중 한 명이었다. 그는 이곳 암혈을 관리하는 막중한 책임을 지고 있었다. 그 책임의 무게에 걸맞은 능력을 가진 자이긴 했지만 매사 의심이 많은 것이 한 가지 흠이었다.

공천상은 암혈을 통해 얻은 괴물들을 완전히 믿지 않았다. 만수평은 그들을 완벽히 통제할 수 있다고 말했지만, 공천상이 보기에 그건 거의 불가능했다.

괴물들의 능력은 상당히 뛰어났다. 정신 금제를 이용해 괴물을 통제하고 있긴 하지만, 그것은 지능이 떨어지는 짐승들에게나 확실한 방법이었다. 공천상은 지금 자신들이 다루는 괴물들이 생각보다 머리가 좋다는 것을 잘 알고 있었다.

"이놈들이 설마 제혼공(制魂功)에서 벗어난 건 아니겠지?"

제혼공은 괴물들의 정신을 금제하기 위한 섭혼술이었다. 위력이 강력하지는 않지만 통제의 폭이 넓고, 스스로의 의사가 중심이 되기 때문에 상당히 유용했다. 다만, 지능이 뛰어난 대상에게는 실패할 확률이 높았다. 보통 사람 정도만 되도 제혼공에 걸려들지 않을 정도였다. 그러니 공천상이 걱정을 하는 것도 무리는 아니었다.

만일 그가 통제하던 괴물들이 제혼공에서 벗어났다면 문제가 심각해진다. 그 괴물들은 정말로 강력하고 수도 많다. 그들을 모두 처리하는 건 상당히 곤란했다. 공천상의 부하들도 꽤 있었지만 그들만으로 괴물들을 모두 처리할 수는 없었다.

"더구나 그놈들을 모두 죽여 버리면 너무나 아깝지. 문책도 심할 테고."

가장 큰 문제가 바로 그것이었다. 지금은 비록 암혈을 지키는 용도로 쓰고 있지만, 조만간 암혈에서 더 굉장한 괴물들이 등장할 것이다. 그때가 되면 그 괴물들의 힘이 교에서 상당한 비중을 차지하는 게 당연했다.

"그렇게 되면 내 입지도 튼튼해지고 말이야."

그러기 위해서라도 괴물들을 한 마리라도 허투루 죽일 수는 없었다. 공천상은 손짓을 몇 번 해 부하 열을 움직였다. 상황을 정확히 파악해 오라는 지시였다. 공천상의 부하들은 교내에서도 뛰어난 무공 실력을 자랑한다. 암혈의 중요성을 말해주는 부분이었다.

공천상의 부하들이 몸을 날렸다. 공천상은 그들을 가만히 바라보다가 다시 암혈 쪽으로 걸어갔다. 굉장한 놈이 나올 것 같다는 보고를 들은 지 반 각이 지났다. 늦기 전에 가서 그놈을 제혼공으로 제압해야만 했다.

공천상의 몸이 안개처럼 흩어졌다. 공천상이 방금 전까지 서 있던 자리에 진득한 마기가 맴돌았다.

단유강은 자신에게 달려드는 독각철괴 일곱 마리를 산산조각 낸 후, 한쪽을 바라보며 눈을 빛냈다. 드디어 괴물이 아닌 사람이 다가오고 있었다.

"교영, 이리로!"

단유강의 말에 담교영이 즉시 단유강 옆으로 이동했다. 담교영 또한 이제는 독각철괴와 조금씩 싸우고 있었다. 물론 혼자서 한 마리를 상대하는 것도 너무나 벅찼지만, 그래도 꿋꿋이 싸웠다. 그렇게 몇 번 싸우고 나니 정말로 큰 도움이 되었다. 목숨을 걸고 실전에서 경험하는 것만큼 많은 것을 배울 수 있는 길은 지극히 드문 법이다.

"또 오나요?"

"이번에는 사람이야. 독각철괴보다 더 강한 놈들이니까 정신 바짝 차려야 할 거야."

독각철괴도 감당이 안 될 정도로 강한데 그보다 더 강한 자들이 온다니 절로 긴장이 되었다. 담교영은 두근거리는 가슴을 억지로 진정시키며 단유강의 시선이 향하는 쪽을 바라봤다.

이내 열 명이나 되는 흑의인이 나타났다. 그들은 그야말로 순식간에 장내에 도착했다. 그리고 대번에 눈살을 찌푸렸다.

"네놈이 이렇게 만들었나?"

사내들은 단유강을 향해 그렇게 말하고는 허리춤에 매달린 검을 슬며시 쥐었다. 그런 그들의 눈에 단유강 뒤에 서 있는 담교영이 그제야 들어왔다.

"굉장하군."

흑의인 중 한 명이 자신도 모르게 중얼거렸다. 그들은 교에

헌신하는 대가로 원하는 모든 것을 얻을 수 있었다. 여자든 음식이든 보물이든 한 번도 참아본 적이 없었다. 그들이 참아야 할 때는 상급자와 의견이 엇갈렸을 때뿐이다.

열 명의 흑의인이 순식간에 단유강과 담교영을 포위해 갔다. 곧바로 검진(劍陣)을 펼칠 생각이었다. 그들은 단유강이 만들어놓은 참상을 통해 단유강이 생각 이상의 강자라는 사실을 인지했다. 강한 자를 가장 효과적으로 제압하게 위한 방법으로는 검진이 최고였다.

단유강은 자신을 포위하는 흑의인들을 보며 손을 슥 내밀었다. 그들이 검진을 완성하도록 지켜볼 생각이 전혀 없었다.

피슉!

털썩!

흑의인 하나가 가슴을 꿰뚫린 채로 쓰러졌다. 그의 가슴을 꿰뚫은 것은 독각철괴의 뿔이었다. 흑의인들의 눈이 경악으로 물들었다.

단유강은 여전히 그들을 기다릴 생각이 없었다. 단유강의 손이 몇 번 더 움직였다. 너무나도 단순하면서도 느린 동작. 하지만 나타나는 결과는 그렇게 간단하지 않았다.

핏! 핏! 핏! 핏!

손짓 한 번에 정확히 한 명의 흑의인이 쓰러졌다. 그들의 가슴에는 하나같이 독각철괴의 뿔에 꿰뚫려 구멍이 나 있었다.

"이제 뿔도 다섯 개 남았고, 사람도 다섯 남았군."

단유강의 나직한 중얼거림에 흑의인들은 등골이 오싹해졌다. 그것은 실로 오랜만에 겪는 공포였다. 그리고 그 공포가 채 몸에 퍼져 나가기도 전에 또 한 명이 쓰러졌다.

피슉!

털썩!

단유강은 남은 네 개의 뿔을 빙글빙글 돌렸다. 마치 네 개의 단봉을 한 손으로 돌리는 듯했다. 절묘한 묘기였다.

흑의인들은 채 포위를 완성하기도 전에 여섯이나 죽었다. 그들은 긴장한 눈으로 단유강을 노려봤다.

"한 놈은 교영이가 맡아."

단유강의 말에 담교영이 무거운 얼굴로 고개를 끄덕였다. 그렇지 않아도 원하던 바였다. 지금은 실전 경험을 쌓을 수 있는 최고의 기회였다.

"하압!"

담교영이 흑의인 한 명에게 달려들었다. 그리고 그 순간 단유강이 담교영과 나머지 세 흑의인 사이를 가로막았다.

"너희는 이제 슬슬 누울 시간이다."

단유강의 말에 흑의인들이 다급한 표정을 지었다. 그들은 순식간에 눈빛을 서로 교환했다. 그리고 두 명이 단유강에게 달려들었고, 한 명은 뒤돌아 몸을 날렸다. 일단 하나라도 살아남아 보고를 해야만 했다.

"쯧쯧, 지금까지 뭘 본 건지……."

단유강이 혀를 찼다. 그리고 뿔 하나가 빛살처럼 날아가 도망가는 흑의인의 뒤통수를 꿰뚫었다.

단유강은 씨익 웃으며 남은 두 명의 흑의인을 쳐다봤다. 그들은 절망감과 공포에 몸을 부르르 떨었다.

공천상은 암혈로 들어가는 입구에서 혈의인을 발견했다. 공천상의 눈매가 대번에 날카로워졌다.

"무슨 일이냐?"

공천상의 물음에 혈의인이 공손하게 포권을 취했다.

"혈주를 뵙습니다."

공천상의 정식 직책은 암혈주(暗穴主)였다. 교에는 암혈주가 둘 있었고, 그중 하나인 공천상은 그런대로 드러나 있지만 나머지 하나는 교 내에서도 거의 드러나지 않았다.

"무슨 일이냐고 물었다."

"총사께서 암혈의 틈을 지우라 명하셨습니다."

공천상의 눈썹이 꿈틀거렸다.

"틈? 내가 암혈을 잘못 관리해 틈이 생겼다는 뜻인가?"

혈의인이 식은땀을 흘렸다. 공천상의 몸에서 흘러나오는 살기가 만만치 않았다.

"최근 황산에서 괴물이 나타났다는 소문이 돌고 있습니다. 실제로 사람이 괴물로 돌변하는 일이 벌어졌고, 그 소문을 따라 황산으로 사람들의 이목이 집중되고 있습니다."

혈의인은 최근 일어난 금건명의 사태에서부터 파양호의 괴물에 대한 얘기와 소문에 대해 자세히 설명을 했다. 설명이 계속되면 계속될수록 공천상의 얼굴이 점점 일그러졌다.

"좋아, 협조하지. 구멍을 찾아라."

공천상은 한발 물러날 수밖에 없었다. 구멍이 있다면 찾아 메워야 한다. 구멍이 났다는 것은 암혈의 힘을 진(陣)이 이기지 못해 틈이 벌어졌다는 뜻이다. 그 틈을 찾아 메우는 것은 결코 쉬운 일이 아니었다.

공천상이 허락하자 혈의인은 고개 숙여 감사를 표하며 몇 가지 말을 덧붙였다.

"남궁세가에서 다시 이곳에 관심을 가지고 들이닥칠 가능성이 있습니다. 일단 다각적으로 공작을 펼치고는 있지만 만일의 사태에 대비하셔야 합니다."

공천상이 가볍게 고개를 끄덕였다. 그쯤이야 너무나 당연히 해오던 일이다. 하나도 어려울 게 없었다.

"남궁세가를 아예 지워 버리는 게 낫지 않을까?"

"결국에는 그렇게 되겠지만 지금 상황으로는 여의치 않습니다. 교의 힘이 전혀 들어가선 안 되니까요. 남궁세가는 생각보다 저력이 만만치 않은 곳입니다."

"하긴."

혈의인은 공천상이 고개를 끄덕이자 마지막으로 남은 말

을 꺼냈다.

"그리고 천망단의 대주로 보이는 자가 이쪽으로 오고 있습니다."

공천상의 안색이 급변했다.

"뭐라고? 그 얘기를 왜 지금 하는 거냐!"

"이번 소문의 중심에 있는 놈입니다. 별로 헤매지도 않고 이 근처까지 온 걸 보면 원래부터 이곳에 대해 뭔가를 알고 있는 것이 분명합니다."

공천상이 눈살을 찌푸렸다.

"천망단이라고 했나? 그럼 무림맹이로군."

"그렇습니다. 무림맹으로부터 모종의 임무를 받고 이리로 왔다고 합니다."

여러 가지 가능성이 있었다. 하지만 가장 정확히 알아보는 방법은 본인에게 물어보는 것이 최고였다.

"일단 그놈을 잡는 게 좋겠군. 네가 틈을 찾아 없애라. 그동안 난 그놈을 잡아올 테니까."

혈의인은 만족스런 표정으로 포권을 취하고는 암혈로 향했다. 단유강과 담교영이 남궁세가 사람들과 따로 떨어진 것을 확인했다. 더 정확히는 남궁현민이 따로 떨어진 것을 확인했다. 아직 남궁세가를 건드릴 필요는 없다. 하지만 남궁세가와 따로 떨어진 떨거지들은 잡아도 상관없다.

공천상은 혈의인이 완전히 사라지자 섬뜩한 눈빛으로 걸

음을 옮겼다. 이런 일은 부하를 대동할 필요도 없었다. 현 무림에 공천상과 제대로 싸워볼 수 있을 만한 사람은 우내사존뿐이었다.

"머릿속을 완전히 까뒤집고 싶게 만들어주지. 오랜만에 아주 재미있겠어."

공천상의 몸에서 진득한 살기가 흘러나왔다. 피를 안 본 지너무 오래되었다. 이제 그 갈증을 해소할 수 있을 거라 생각하니 절로 흥분되었다. 공천상은 느긋하게 주위를 둘러보며걸음을 옮겼다. 서두를 필요는 없었다. 아직 시간은 많으니까.

第九章

격돌

龍
濤

태룡전

"이제 진짜가 나오는군."

단유강은 걸음을 멈췄다. 멀리서부터 살기가 느껴졌다. 그 살기는 이리저리 배회하고 있었다. 마치 무언가를 찾는 듯. 단유강은 그가 찾는 것이 바로 자신일 거라고 생각했다.

"진짜요?"

"진짜 강한 놈이 나온다는 뜻이야. 아마 이 근방에 있는 놈들 중에서 제일 강한 거 같아."

단유강은 그렇게 중얼거리다가 눈을 빛냈다.

"호오, 그놈도 오는 건가? 이거, 어쩌면 재미있어질지도 모르겠군."

담교영이 약간 불안한 눈으로 단유강을 바라봤다. 단유강은 그녀의 눈빛에 답하기라도 하듯 말을 이었다.

"어제 봤던 창 쓰는 놈 기억나지?"

"섬전창 악대웅 말인가요? 설마 그 사람도 이곳으로 오고 있나요?"

단유강이 고개를 끄덕였다. 악대웅뿐 아니라 악대웅이 이끌고 있던 산적들도 함께 오는 중이다. 그들은 마치 이 근방을 수색이라도 하듯 샅샅이 뒤지고 있었다.

"흐음……."

단유강은 담교영을 바라봤다. 현재 담교영의 실력으로 섬전창을 상대하는 건 불가능했다. 그리고 단유강을 찾아 배회하는 진짜배기 적을 상대하는 건 더더욱 불가능했다. 그 적은 오히려 악대웅보다 훨씬 더 강했다.

남은 건 산적들이다. 물론 그들은 진짜 산적이 아닐 것이다. 악대웅을 따르는 수하들임이 분명했다. 그저 산적처럼 분장을 하고 이곳으로 온 것일 뿐이다. 그들은 상당히 강하다. 남궁세가 창궁단과 맞서 싸우면서도 전혀 다치지 않고 상대를 농락할 수 있을 정도로 말이다.

"그래도 그럭저럭 두세 명은 상대할 수 있겠는데?"

단유강은 고개를 끄덕이며 그렇게 말했다. 담교영의 실력은 꽤 대단했다. 물론 예전의 담교영이라면 불가능했겠지만 담교영은 우문혜로부터 많은 것을 받았다. 그것을 완전히 자

신의 것으로 소화해 내면 아무리 악대웅이라 해도 감히 경시
할 수 없게 될 것이다.

"이번에도 꽤 훌륭한 실전 훈련이 되겠군."

담교영이 영문을 모르겠다는 얼굴로 단유강을 바라보자,
단유강이 씨익 웃으며 설명을 덧붙였다.

"산적들은 교영이가 상대하라는 뜻이야. 어제 봤던 산적
기억나지?"

담교영이 긴장되면서도 단호한 얼굴로 고개를 끄덕였다.

"예, 기억나요. 제가 그들을 상대하면 되는 건가요?"

"맞아. 그동안 난 섬전창과 다른 한 놈을 상대하지."

담교영이 걱정스런 표정을 지었다.

"괜찮으시겠어요?"

"뭐가?"

"섬전창은 비록 말석이긴 하지만 십대고수예요. 그리고 또
한 사람도 진짜 강하다면서요."

단유강이 빙긋 웃었다. 그 웃음은 담교영의 불안한 마음을
단번에 안정시켰다.

"그나저나 창이 하나 있으면 좋겠는데……."

"예?"

"그놈하고는 창으로 겨뤄보기로 했으니까."

담교영이 잠시 황당한 눈으로 단유강을 바라봤다. 설마 이
와중에 그런 생각을 하고 있을 줄은 몰랐다.

"아참……."

단유강은 갑자기 뭔가가 생각났다는 듯 눈을 반짝였다. 그리고 품에서 뭔가를 꺼냈다. 담교영이 보니 그것은 천으로 만든 토시였다. 단유강은 그것을 담교영에게 내밀었다. 담교영은 얼결에 토시를 받아 들며 물었다.

"이게 뭐죠?"

"꽤 도움을 줄 거야."

담교영은 토시를 양팔에 찼다. 토시의 크기는 담교영의 팔뚝을 완전히 감쌀 정도의 크기였다. 토시를 이루는 천의 재질은 놀라울 정도로 얇고 가벼웠다. 너무나 얇아 토시를 차고도 마치 아무것도 하지 않은 것처럼 보였다.

"신기하네요."

"꽤 특별한 걸로 만든 거야. 잃어버리지 말고 항상 차고 있어."

담교영이 기쁜 눈으로 고개를 끄덕였다. 그리고 양팔을 이리저리 돌리며 팔뚝을 감싼 토시를 살폈다. 정말로 신기하게도 꽤 집중을 하지 않으면 보이지도 않았다.

담교영이 신기한 눈으로 토시를 살피자, 단유강이 짓궂은 얼굴로 난데없이 검을 휘둘렀다.

쩡!

담교영이 놀란 눈으로 단유강과 자신의 팔뚝에 닿아 있는 검을 번갈아 쳐다봤다. 그녀의 눈은 점점 커다래졌다.

"어때? 꽤 쓸 만하지?"

정말로 놀라운 일이었다. 그렇게 강력하게 검을 휘둘렀는데 팔에 전혀 충격이 오지 않았다. 고작 천 쪼가리 하나 덧씌웠을 뿐인데 검을 막아낸 것이다.

"잘 봐."

단유강은 다시 검을 휘둘렀다. 이번에는 검에 새파란 검기가 넘실거렸다.

쩡!

이번에도 검은 담교영의 팔뚝에서 막혔다. 사방으로 검기가 튀었다. 하지만 그렇게 튄 검기의 조각들은 모두 밖으로 튀어나갔다. 마치 담교영의 몸에서 바람이 쏟아져 나와 검기의 파편들을 그녀의 몸 바깥쪽으로 밀어내는 듯했다.

"시, 신기해요!"

담교영의 눈에 담긴 경악이 더욱 짙어졌다. 검기까지 입힌 검으로 팔뚝을 때렸는데 그저 팔에 뭔가가 닿았다는 느낌밖에 없었다. 대체 이 얇은 토시가 어떻게 그 모든 충격을 없앨 수 있는지 궁금하기 짝이 없었다.

"이건 아주 기본적인 거고, 실제로는 좀 더 복잡한 효능이 있어. 그건 차츰 쓰면서 알게 될 거야."

담교영은 얼떨떨한 표정으로 고개를 끄덕였다. 이런 대단한 물건을 자신이 가져도 되나 하는 생각이 물씬 들었다.

"아마 곧 벌어질 싸움에서 조금 도움이 될 거야."

담교영은 그제야 자신이 처한 상황을 깨달았다. 자신은 이 제 곧 남궁세가 창궁단을 몰아붙일 정도로 강력한 자들과 싸 워야 한다. 담교영은 결연한 표정으로 고개를 살짝 끄덕였다.

'결코 짐이 되지는 않을 거야. 도움은 못 되더라도 최소한 짐이 되지는 않겠어.'

그녀의 몸에서 실낱같은 예기가 흘러나오기 시작했다. 그 리고 때맞춰 단유강이 고개를 끄덕였다.

"왔군."

담교영이 눈을 들어 앞을 응시했다. 멀리서 다가오는 한 사 람이 보였다. 척 보기에도 무시무시한 기세를 마음껏 흩뿌리 며 걸어오고 있었다.

담교영은 잠시 그를 바라보다가 고개를 옆으로 돌렸다. 그 곳에는 창을 든 사내 하나와 각자의 무기를 꼬나 쥔 서른 명 정도의 사내들이 우르르 몰려오고 있었다. 그들의 몸에서도 흉험한 기세가 넘실거렸다.

"자아, 과연 누구랑 먼저 싸우게 되려나……."

단유강이 한껏 기대하는 표정으로 두 사람을 번갈아 쳐다 봤다.

섬전창 악대웅은 한껏 일그러진 얼굴로 공천상을 노려봤 다. 공천상 역시 악대웅과 비슷한 표정이었다.

"네가 온다는 얘기는 못 들은 것 같은데?"

공천상이 차갑게 말하자, 악대웅이 무시무시한 눈으로 그를 노려봤다.

"나도 네놈이 온다는 얘기는 못 들었다."

공천상은 가소롭다는 듯 웃었다. 악대웅은 결코 자신의 상대가 아니다. 한데도 고작 십대고수라는 허명에 물들어 이따위로 행동하는 걸 보고 있자니 절로 웃음이 났다.

"날 너무 우습게 보는군. 꺼져라, 죽고 싶지 않으면."

공천상의 말에 악대웅이 창을 들어 올리며 이를 드러냈다.

"저놈은 나중에 요리하고 일단 너부터 죽여야겠군."

두 사람 사이의 공기가 당장에라도 터져 나갈 것처럼 요동쳤다. 그들의 몸에서 흘러나온 기운들이 중간에서 얽혀 사방으로 휘몰아쳤다.

악대웅 뒤에 서 있던 스물아홉 명이나 되는 사내가 창백한 얼굴로 몇 발 물러섰다. 그들로서는 감히 두 사람이 내뿜는 기운을 감당할 수가 없었다.

금방이라도 폭발할 것 같은 상황에서 먼저 냉정을 되찾은 것은 공천상이었다. 공천상은 악대웅을 별로 좋아하진 않았지만 그의 이용가치는 충분히 알고 있었다. 그는 지금도, 또 죽어서도 교에 큰 힘이 될 사람이다.

"좋아, 일단 여기에는 왜 왔는지 설명해 봐라."

공천상이 기세를 풀어버리자 악대웅도 기운을 갈무리했다. 하지만 악대웅은 언제라도 출수할 수 있게 창을 쥔 손에 힘을 주었다. 하지만 공천상은 악대웅에게 전혀 신경 쓰지 않고, 멀리 떨어진 곳에서 이쪽을 흥미로운 눈으로 지켜보고 있는 단유강과 담교영에게 더 집중했다. 자칫 그들이 도망가기라도 하면 큰일이었다.

'도망칠 생각은 없는 모양이군.'

공천상이 속으로 그렇게 생각하고 있을 때, 악대웅의 부하중 한 명이 황급히 앞으로 나섰다. 자칫하다간 같은 편끼리 피를 볼 수도 있었다. 그것만은 막아야 했다.

"우리는 이쪽으로 이동하라는 연락을 받고 온 거요."

그의 말에 공천상이 살짝 인상을 찌푸렸다.

"이쪽으로 오라고 했다고? 누가?"

"혈의단에서 그리 말했소."

혈의단은 혈의를 입고 다니는 만수평의 무사단 중 하나다. 지금쯤 그는 암혈을 보호하는 진에 뚫린 구멍을 메우고 있을 것이다. 자신 역시 그가 이쪽으로 보내서 왔다.

'내 실력을 완전히 믿지 못하겠다는 건가? 불쾌하군.'

공천상은 기분이 상했다. 굳이 저런 덜떨어진 놈의 도움을 받을 이유가 없었다.

"이유가 어쨌든 너희들은 돌아가라. 저놈은 나 혼자 처리한다."

공천상의 말에 악대웅이 창을 크게 휘둘렀다.

부웅!

공기를 찢으며 굉음을 일으킨 악대웅의 창은 어느새 다시 바닥에 깊숙이 꽂혔다.

"저놈은 내가 처리한다. 넌 나 다음이다. 차례가 돌아갈 리는 없겠지만 말이야. 크하하하핫!"

공천상은 눈살을 찌푸렸다. 단숨에 악대웅의 목을 날려 버릴까 했지만, 생각해 보니 굳이 그럴 이유가 없었다. 공천상은 가볍게 고개를 끄덕였다.

"좋다. 그렇게 해라."

"잘 생각했어. 으하하핫!"

악대웅은 뭐가 그리 좋은지 크게 웃으며 단유강과 담교영이 있는 쪽을 향해 걸음을 옮겼다. 그리고 몇 발 걷지도 않아 순식간에 단유강 앞에 도착했다. 대단한 신법이었다.

"다시 만났군, 건방진 애송이."

악대웅의 말에 단유강이 빙긋 웃었다.

"이거 약속이 틀린데?"

악대웅이 이를 드러내며 섬뜩한 웃음을 흘렸다.

"왜? 다시 돌려줄까?"

단유강이 고개를 끄덕였다.

"뭐, 원래는 위약금으로 두 배를 받아야 하지만 마음이 바다와 같이 넓은 내가 손해를 좀 감수하기로 하지. 내가 줬던 것만 돌려줘."

단유강의 말에 악대웅이 묘한 표정을 지었다. 악대웅은 지금 상황이 그리 기분 좋지 않았다. 단유강은 너무나 평온했다. 웬만한 사람이라면 조금이라도 두려움을 내비쳐야 정상이다. 그렇지 않다는 건 뭔가 믿을 만한 구석이 있다는 뜻이다.

"뭘 믿고 이리 까부는지 모르겠군. 혹시 남궁세가 떨거지들을 기다리는 건가?"

악대웅이 단유강을 조금 떠보려 했지만 단유강은 그저 손바닥을 내밀었을 뿐이다.

"일단 돈부터."

악대웅이 그 모습에 크게 웃었다.

"크하하하핫! 내가 왜 그런 번거로운 일을 해야 하지? 어차피 네놈이 죽으면 다시 내가 가질 텐데."

악대웅의 말에 단유강이 고개를 절레절레 저었다.

"하아, 어쩔 수 없군. 나중에 회수하는 수밖에."

단유강은 그렇게 말하고는 악대웅의 뒤쪽을 쳐다봤다. 어느새 악대웅의 부하들이 늘어서 있었고, 그 끝에 공천상의 모습도 보였다. 공천상과 눈이 마주친 단유강은 씨익 웃으며 다시 악대웅을 쳐다봤다.

"창 한 자루 남는 거 없나?"

단유강의 말에 악대웅이 기분 좋게 웃었다. 그리고 뒤로 손을 내밀었다. 그러자 그의 부하들 중 하나가 다급히 다가와 창 한 자루를 그의 손에 조심스럽게 올려놓았다.

악대웅은 그것을 받아 단유강에게 휙 던졌다.

"호오, 역시."

단유강은 그럴 줄 알았다는 듯 웃으며 창을 몇 바퀴 회전시켰다. 마치 물 흐르는 것처럼 부드러운 곡선을 그리며 단유강의 손에서 창이 이리저리 회전하며 움직였다.

그 광경에 악대웅의 눈이 휘둥그레졌다. 창을 처음 만지는 사람의 손놀림이 아니었다. 아무리 고수라도 처음부터 창을 저런 식으로 다룰 수는 없었다. 적어도 일정 기간 이상 고련을 해야만 얻을 수 있는 기술이었다.

"창을 다룰 줄 알았군?"

단유강이 씨익 웃으며 창을 멈췄다.

"그러니까 창으로 겨루자고 했지."

단유강이 한 발을 뒤로 하고 자세를 살짝 낮추며 창끝을 악대웅에게 겨눴다. 아주 안정된 자세였다.

악대웅은 크게 만족하며 그 역시 자세를 잡았다. 악대웅의 몸에서 날카로운 기운이 흘러나와 소용돌이치며 그의 창을 감쌌다. 창끝에 기운이 맺히는 순간 악대웅의 몸이 앞으로 쭉 뻗어나갔다.

쾅!

악대웅의 창은 단유강이 내민 창대에 부딪쳐 전진을 멈췄다. 창끝과 창대가 만나는 지점에서 뇌전이 살짝 일어났다 사라졌다.

"호오, 그걸 막다니, 제법이군."

"네 공격은 기대 이하인데?"

단유강의 도발에 악대웅이 이를 악물고 창을 연달아 내질 렀다.

슈슈슈슉!

마치 수십 개의 창을 동시에 찌르는 듯했다. 하지만 단유강 은 그것을 하나하나 모두 막아냈다. 그것도 창끝으로.

쩌저저저저정!

쇠가 깨지는 듯한 소리가 연달아 울렸다. 소리의 횟수가 늘 어나면 늘어날수록 악대웅의 눈이 점점 더 커졌다. 자신의 공 격이 이렇게 간단히 막힌 건 처음이었다.

"믿을 수 없다!"

악대웅이 그렇게 외치며 창을 쥔 손에 꾹 힘을 주었다.

부아앙!

수십 개에 달하는 창의 잔상이 채 사라지기도 전에 악대웅 의 창이 공기를 찢는 소리와 함께 단유강의 허리를 노리고 날 아갔다. 어찌나 그 기세가 험악하고 속도가 빠른지 근처에 있 던 사람들은 그 움직임을 대부분 놓칠 정도였다.

하지만 단유강은 아주 여유있게 그것을 막아냈다.

쩡!

쇠가 깨지는 듯한 소리와 함께 악대웅의 창이 뒤로 튕겨 나 갔다.

악대웅은 주춤주춤 뒤로 물러나며 불신 가득한 눈으로 단유강을 노려봤다. 이번에는 완전히 힘에서 밀렸다. 창술도 창술이었지만 공력만큼은 절대 밀리지 않을 거라 생각했는데 그것이 깨진 것이다.

"네, 네놈은 대체 뭐냐! 정체가 뭐냔 말이다!"

악대웅의 외침에 단유강이 피식 웃으며 손을 까딱였다.

"잔말은 싸움이나 끝내고 하는 게 어때?"

악대웅의 얼굴이 분노로 물들었다. 악대웅은 붉으락푸르락한 얼굴로 단숨에 달려들었다. 그의 창이 마치 뱀처럼 꿈틀거렸다.

촤르륵!

쇠사슬이 출렁대는 듯한 소리와 함께 악대웅의 창이 단유강의 몸을 휘감아 들어갔다. 단유강은 사방에서 조여들어 오는 창의 모습에 눈을 빛내며 자신의 창을 빙글 돌렸다.

쩌저정!

뱀처럼 꿈틀거리던 악대웅의 창이 대번에 힘을 잃고 힘없이 되돌아갔다. 악대웅은 이를 악물고 창을 내지르는 손에 힘을 주었다.

콰콰콰콰!

악대웅의 창이 빠르게 회전을 시작했다. 손아귀 안에서 팽팽 돌아가더니 순식간에 창이 굵어졌다. 회전의 중심축이 약간 비틀어져 있어 회전 궤적이 커졌기 때문에 나타난 현상이었다.

그렇게 굵어진 창이 꿈틀거리며 단유강에게 달려들었다. 이번에는 뱀이 아니라 용이었다. 새까만 창이 달려드는 모습이 마치 묵룡이 용틀임을 하며 입을 벌리고 포효하는 것 같았다.

단유강도 이번에는 제대로 창을 들어 올렸다. 단유강의 창이 새하얗게 달아올랐다.

치이이익!

창에서 흘러나온 열기에 닿은 땀방울이 단숨에 증발해 버렸다.

단유강은 그렇게 달아오른 창을 힘차게 내질렀다. 새하얀 빛을 내뿜는 창이 요동치며 나아가자 마치 백룡이 달려드는 것 같았다.

순식간에 백룡과 묵룡이 얽혔다. 두 마리 용이 서로의 숨통을 물어뜯으려 싸우는 광경은 그야말로 장관이었다.

쩌어어어어!

화아아악!

강렬한 기파(氣波)가 사방으로 퍼져 나갔다. 그 기파에 노출된 사람은 예외 없이 온몸이 찌릿찌릿해졌다. 자신의 몸을 투과해 나가는 강렬한 기의 파동에 구경하던 사람들의 눈이 휘둥그레졌다.

"크으윽!"

악대웅이 신음을 흘리며 뒤로 비틀비틀 물러났다. 그의 입에서는 선혈이 울컥 흘러나왔고, 창을 쥐고 있던 손아귀는 찢어져 온통 피투성이였다. 게다가 상의가 완전히 걸레가 되어 버렸고, 옷이 찢어진 자리 곳곳에 깊은 상처가 보였다.

악대웅은 후들후들 떨리는 다리를 억지로 진정시키며 단유강을 노려봤다. 단유강의 신색은 여전히 평온하기 그지없었다. 평소와 전혀 다를 것 없는 얼굴로 어느새 원래 색을 되찾은 창을 빙글빙글 돌리더니 바닥에 푹 꽂았다.

"어때? 나도 창 좀 쓴다고 했지? 이제 믿겠어?"

단유강은 그렇게 말하며 시선을 돌려 공천상을 쳐다봤다. 공천상은 단유강과 눈이 마주치자 묘한 표정을 지으며 천천히 걸어나왔다.

"이제 그만 비켜라."

공천상의 말에 악대웅이 얼굴을 있는 대로 일그러뜨렸다. 악대웅은 핏발이 선 눈으로 공천상을 노려봤다.

"그렇게 망가진 몸으로 더 싸울 건가?"

악대웅은 공천상을 노려보다가 결국 고개를 돌려 버렸다. 공천상의 말대로 악대웅의 몸은 지금 만신창이였다. 겉만 다친 것이 아니었다. 아니, 오히려 내상이 더욱 심각했다. 외상이야 흉터는 남겠지만 그래도 치료를 하면 다 나을 수 있을 정도의 상처. 하지만 지금 입은 내상은 그렇지 않았다.

마지막 격돌이 문제였다. 마지막에 악대웅이 쓴 수법은 묵룡섬(墨龍閃)이라는 절초였다. 그것은 방어는 일절 생각하지 않고 모든 힘을 공격에 쏟아붓는 극단적인 초식이었다. 물론 위력은 발군이다. 하지만 그 위험성 때문에 버거운 상대가 아니면 절대 함부로 쓰지 않는 초식이었다.

그렇게 방어가 취약한 상태에서 단유강의 창에 묵룡섬이 깨졌고, 그 여파를 고스란히 몸으로 뒤집어썼으니 피해가 이 만저만이 아니었다.

단전이 크게 다쳐 회복이 불투명했고, 몸속 장기들이 충격으로 뒤흔들리는 바람에 크게 다쳤다. 그리고 상당수의 혈맥이 가닥가닥 끊겨 진기의 유통이 원활하지 않았다.

이대로는 그저 짐에 불과했다.

"쯧쯧, 그래도 조금이나마 피해를 줄 거라 기대를 했건만, 옷자락 하나 못 건드리다니."

공천상이 노골적으로 비웃자 악대웅의 얼굴에 피가 몰렸다. 하지만 악대웅은 입을 열지 않았다. 말을 해봐야 더 추해지기만 할 뿐이다.

공천상은 악대웅이 뒤로 물러나자 만족스런 표정을 지었다. 이제야 좀 기분이 풀렸다. 공천상은 단유강을 바라봤다. 단유강은 표정도 자세도 유유자적하기 이를 데 없었다.

"고작 그 나이에 십대고수를 이기다니, 보통 놈이 아니군."

그렇게 띄워줬지만 전혀 두렵거나 걱정이 되지 않았다. 공천상은 적어도 악대웅보다 두 배는 더 강하다. 공천상은 자신의 상대가 되려면 최소한 우내사존은 되어야 한다고 생각했다. 우내사존은 십대고수와는 차원이 다른 강함을 손에 쥐고 있었다.

"너도 입으로 싸울 생각인가 보지?"

단유강이 그렇게 말하자 공천상은 빙긋 웃었다.

"재미있는 놈이군. 보통 사람이라면 그 말에 화를 내며 달려들겠지만 난 좀 다르지. 난 확실한 걸 좋아하거든."

공천상은 그렇게 말하며 악대웅과 그의 수하들에게 고개를 돌렸다.

"거기서 뭘 하는 거지? 계속 구경만 할 건가?"

공천상은 그렇게 말하며 담교영이 있는 곳을 눈짓으로 가리켰다. 그제야 악대웅과 그의 수하들은 공천상이 무슨 말을 하는지 알아챘다. 하지만 담교영을 어찌하자니 왠지 떨떠름했다.

"보아하니 저 여자도 그리 만만해 보이지 않는군. 부디 성공하길 빈다."

공천상이 이죽거리자, 악대웅의 얼굴이 시뻘게졌다.

"좋아, 쉬운 길로 가지. 네놈이라고 해서 저 어린놈을 이기지는 못할 것 같으니까."

악대웅은 그렇게 말하고는 담교영을 향해 몸을 날렸다. 몸 상태가 말이 아니었지만 그래도 이 정도쯤은 충분히 할 수 있다고 판단했다. 악대웅의 뒤로 그의 부하들이 무기를 꺼내 들고 우르르 따라갔다.

단유강과 담교영은 꽤 멀리 떨어져 있었다. 단유강이 악대웅과 싸웠기 때문이다. 싸움의 여파가 미치지 않는 곳으로 모두 물러나 있었기에 떨어질 수밖에 없었다.

단유강은 그렇게 떨어진 곳에서 담교영을 향해 몸을 날리는 악대웅과 그 수하들을 가만히 쳐다봤다.

키이이잉!

단유강의 손에서 창이 맹렬히 회전을 시작했다. 마치 조금 전 악대웅이 보여줬던 묵룡섬과 비슷했다. 그렇게 요동치며 회전하는 창이 새하얗게 달아오르기 시작했다.

공천상은 그 모습을 보고 황급히 단유강에게 달려들었다. 하지만 단유강이 한 박자 더 빨랐다.

콰아아아아!

단유강의 손에서 백룡이 날아갔다. 새하얀 빛과 함께 이리저리 요동치며 날아간 백룡은 그대로 악대웅과 그의 부하들이 있는 곳을 꿰뚫었다.

콰드드드드득!

"케에에엑!"

"크아악!"

연달아 괴성이 울렸다. 새하얀 빛이 되어 멀리 사라져 버린 창은 단숨에 열다섯 명을 행동 불능으로 만들어 버렸다. 여기저기 널브러진 사내들이 바닥을 구르며 고통을 호소했다.

악대웅은 멍한 얼굴로 창이 사라져 간 방향을 바라봤다. 이건 상상 이상이다. 어떻게 이런 수법을 아무렇지도 않게 쓸수 있단 말인가. 악대웅의 멍한 시선이 잠시 단유강에게 머물렀다.

창이 악대웅 일행을 꿰뚫는 순간, 공천상도 단유강을 덮쳐갔다. 그야말로 순식간에 벌어진 일이었다. 하지만 단유강은전혀 당황하지 않고 창을 내던진 손을 휘두르며 몸을 빙글 돌렸다. 단유강의 몸이 한 바퀴 돌아가며 막대한 힘을 실은 손바닥이 공천상의 손과 마주쳤다.

쩌엉!

손과 손이 마주친 소리치고는 너무나 강렬했다. 그리고 그충격으로 만들어진 기파도 굉장했다.

콰아아아!

사방으로 내달리는 기운들이 근처에 있던 나무와 풀을 마구 흔들었다. 단유강과 공천상의 머리카락이 이리저리 휘날렸다. 공천상의 눈에 놀람이 어렸고, 단유강의 눈에는 미소가떠올랐다.

단유강의 손이 눈부신 속도로 움직였다. 공천상의 눈에는마치 손이 일순간 사라진 것처럼 보였다.

슈각!

단유강의 허리춤에서 새하얀 검광이 솟구쳤다. 공천상은기겁했다. 그는 아직 공중에 뜬 상태였다. 막 단유강과 격돌을 했고, 그 반동으로 살짝 공중에 뜬 상태에서 예상치 못하게 검이 치고 올라온 것이다.

"크윽!"

공천상은 이를 악물며 손을 아래로 내렸다. 그의 손에서 혈광이 뿜어져 나왔다.

쩌적!

공천상이 두 눈을 부릅떴다. 새하얀 검광이 그의 손을 가르고 지나간 것이다. 그렇게 손을 가른 검은 공천상의 어깨를 한 치나 갈라놓았다.

"크으으, 어, 어떻게……."

공천상은 믿을 수가 없었다. 그가 손에 두른 것은 혈영강기(血影罡氣)였다. 세상 모든 것을 뭉갤 수 있고, 또 그 어떤 공격도 튕겨낼 수 있는 강력한 힘이었다. 한데 그것이 잘린 것이다.

단유강은 공천상의 말에는 관심도 두지 않았다. 그저 눈을 힐끗 돌려 담교영이 있는 쪽을 쳐다봤을 뿐이었다. 담교영은 꽤 선전하고 있었다. 악대웅의 존재가 조금 마음에 걸리긴 하지만 그래도 아직까지는 별문제가 없어 보였다.

"그래도 조금 서두르는 게 좋겠군."

단유강은 처음 생각과는 조금 다르게 서두르기로 했다. 아무래도 담교영을 저렇게 방치해 놓자니 마음에 걸렸다. 단유강은 단호한 표정으로 공천상을 쳐다봤다.

공천상은 머리가 복잡했다. 대체 어디서 이런 고수가 나타났는지 알 수가 없었다. 게다가 조금 전 악대웅과 싸울 때와는 전혀 달랐다. 마치 악대웅과의 대결에서는 힘을 아끼고 아껴뒀다가 자신에게 터뜨리는 것 같았다.

'이대로는 절대 이길 수 없을 것 같다. 그렇다면 최대한 시간이라도 끌어야 한다.'

지금 혈의단에서 나온 자가 암혈을 감싼 진의 구멍을 메우고 있다. 그것을 마무리하고 나면 그곳을 찾아내는 건 불가능하다. 그러니 구멍을 메울 시간을 벌어야만 했다. 공천상은 자신의 목숨을 걸기로 결정했다.

"흐아아압!"

거친 기합과 함께 공천상의 몸에서 기운이 해일처럼 일어났다. 단전에 있던 모든 공력에다가 선천지기까지 쏟아부은 것이다. 순간적으로 막대한 힘을 얻은 공천상은 단유강을 향해 손을 휘둘렀다.

쐐애액!

초승달 모양의 강기 수십 개가 단유강을 향해 날아갔다. 단유강은 그것을 충분히 피할 수 있었지만 그렇게 하지 않았다. 검을 휘둘러 일일이 부쉈다. 몸을 피하면 담교영에게도 피해가 갈 수 있기 때문이다.

쾅! 쾅! 쾅! 쾅! 쾅!

단유강은 눈살을 찌푸렸다. 공천상이 강기를 끊임없이 날렸기 때문이다. 이런 식이면 계속 제자리에서 강기만 쳐내고 있을 수밖에 없었다. 물론 보통 사람이라면 말이다.

단유강은 보통 사람이 아니었다. 공천상이 연달아 날려 보내는 수십 개의 강기 덩어리를 보며 손바닥을 들어 올렸다. 단유강의 손바닥 앞에 넓은 기막(氣膜)이 순식간에 생겨 났다.

퍼버버버버벙!

기막에 부딪친 강기들이 모조리 폭발했다. 그러면서도 기막은 전혀 사라지거나 위축되지 않았다.

공천상은 당황하며 더욱 무리하게 강기를 날려 보냈다. 하지만 아무런 소용이 없었다. 단유강의 기막은 그 모든 공격을 무위로 돌렸다. 그리고 기막이 점점 공천상에게 다가가고 있었다.

"이익!"

공천상은 이를 악물고 강기를 날렸다. 정말이지 이것도 믿을 수 없었다. 기막을 만드는 건 그리 어렵지 않다. 일정 수준 이상의 내공을 가졌으며, 기의 섬세한 운용이 가능하다면 언제든 만들어낼 수 있다.

다만, 이렇게 강기를 완벽하게 막아낼 정도의 기막을 만드는 건 완전히 별개의 문제다. 지금까지 공천상은 그런 건 거의 불가능하다고 여겼다. 하지만 그 불가능이 현실이 되어 자신의 앞을 가로막고 있었다.

공천상의 눈이 화등잔만 해졌다. '어어!' 하는 사이에 어느새 기막이 공천상을 완전히 감쌌기 때문이다. 이대로라면 강기를 날리는 것도 아무런 의미가 없다.

단유강은 자신이 만든 기막에 갇힌 공천상을 잠시 쳐다보다가 이내 고개를 돌려 담교영을 바라봤다.

"호오."

단유강은 감탄했다. 담교영의 자질은 생각했던 것보다 훨씬 뛰어났다. 열다섯이나 되는 고수들의 공격을 힘겹기는 하지만 어찌어찌 막아내고 있었다. 이건 정말로 대단한 일이었다. 그 고수들 중 하나가 바로 악대웅이었으니까.

담교영은 호흡이 거칠어지지 않도록 최대한 노력했다. 마음은 항상 평정심을 유지하기 위해 애쓰고, 몸의 움직임도 최소한으로 했다.

챙! 챙! 챙! 챙!

사방에서 쏟아지는 검격을 이렇게 일일이 쳐내는 것도 결코 쉬운 일이 아니었다. 그렇게 잔 공격을 막아내다 보면 그 사이에 숨은 강력한 일격이 날아오곤 했다.

그 강력한 일격은 악대웅의 것이었다. 악대웅은 몸 상태가 나빠 싸움에 전적으로 개입할 수가 없었다. 그래서 빈틈을 노려 창을 내질렀다. 그게 악대웅이 할 수 있는 전부였다. 하지만 그것만으로도 충분히 위력적이고 위협적이었다.

담교영은 악대웅의 창이 빈틈을 노리고 쏟아져 올 때마다 흐름이 끊어져 고생을 했다. 그렇게 한 번 흐름이 끊어지고 나면 다시 자신의 흐름으로 되돌리는 데 막대한 힘과 시간이 필요했다. 그리고 흐름이 자신의 것이 아닌 경우 빈틈이 더욱 많아져 악대웅의 창이 더 자주 비집고 들어왔다.

이래저래 담교영에게 불리한 상황이었지만 그녀는 차분하게 싸움에 임했다. 담교영은 자신의 옆구리를 노리던 검을 팔뚝으로 쳐내며 사방으로 검기를 쏘아냈다.

'이게 아니었다면 벌써 끝났을 거야.'

담교영은 새삼 단유강이 고마웠다. 단유강을 떠올리자 마음 한구석이 따뜻해졌다. 그녀의 검이 더욱 날카로운 궤적을 그리며 움직였다.

토시의 방어력과 우문혜로부터 배운 소소한 무공들, 그리고 그동안 겪은 실전 경험을 토대로 얻은 모든 것들을 쏟아부었지만 담교영의 상황은 점점 위태로워졌다.

"큭!"

담교영은 어깨를 스치는 화끈한 통증에 짧은 비명을 질렀다. 악대웅의 창이었다. 다른 자들도 놀라울 정도로 강했지만, 빈틈을 파고드는 악대웅의 공격은 정말로 무서웠다.

'하지만… 하지만 나도 강해졌어.'

담교영은 이를 악물고 다시 검을 휘둘렀다. 자신 역시 예전의 담교영이 아니었다. 그 짧은 시간 동안 이렇게나 강해졌다. 창궁단 이백 명과 맞붙어도 전혀 밀리지 않던 자들에다가 비록 심하게 부상을 입어 제 실력을 발휘하진 못한다지만 십대고수에 속한 악대웅까지 한꺼번에 상대하는데도 아직까지 버티고 있었다.

'물론 압도하진 못하지만.'

압도하는 게 문제가 아니라 변변한 공격을 못한다는 게 더 문제다. 방어는 어찌어찌 하겠는데 공격은 위력이 살아나지 않았다. 그 이유를 알아낸 건 조금 더 시간이 흐른 후였다.

'검진(劍陣)!'

이들은 검진을 이루고 있었다. 그것도 방어에 조금 치우친 검진이었다. 악대웅이 검진에서 겉돌며 공격을 하니 그런 식의 검진을 운용하는 듯했다.

만일 검진이 조금 더 공격적이었다면 벌써 결판이 났을 것이다. 그리고 양측 모두 막대한 피해를 입었을 것이다. 그만큼 담교영의 실력은 뛰어났다.

검진에 갇혔다는 걸 알았지만 그것을 해결할 방법은 찾지 못했다. 검진을 파해하려면 검진에 대해 잘 알고 있어야 한다. 하지만 담교영은 그쪽 방면으로는 아는 것이 거의 없었다.

그렇게 시간이 조금 흐르고 나니, 점점 내력이 고갈되는 것이 느껴졌다. 몸으로 느껴질 정도면 바닥이 얼마 남지 않았다는 뜻이다. 담교영은 갑자기 다급해졌다. 마음이 다급해지니, 그것이 몸에도 고스란히 나타났다.

지금까지 상황을 유지하고 있던 것은 평정심 덕분이었는데, 그것이 깨진 것이다. 담교영의 손발이 어지러워졌다. 그리고 그 빈틈을 놓치지 않고 악대웅의 창이 독사처럼 파고들었다.

츄릿!

공기를 가르며 빈틈을 파고든 창끝이 담교영의 심장을 향해 날카롭게 쏘아져 나갔다.

담교영은 그것을 봤지만 막을 수도 피할 수도 없었다. 담교영의 몸은 막 검 하나를 피해냈고, 왼팔로 검 하나를 막아냈으며, 또한 검으로는 한꺼번에 날아오는 두 개의 검을 쳐내고 있었다.

죽음을 눈앞에 뒀는데도 왠지 마음이 편안했다. 다만 단유강의 미소가 마음에 걸렸다. 담교영은 그 순간 눈을 돌려 단유강을 찾았다.

단유강은 어렵지 않게 찾을 수 있었다. 어느새 그녀의 눈앞에 있었으니까.

쩡!

악대웅의 창이 날아갔다. 아니, 날아간 것만으로 모자라 산산이 부서졌다. 악대웅의 허탈한 표정이 눈에 들어왔다. 단유강의 검이 부드럽게 움직였다. 담교영을 포위하고 있던 사내들이 짚단 넘어가듯 풀썩풀썩 쓰러졌다.

"잘했어."

담교영은 그렇게 말하며 자신의 머리를 쓰다듬는 사내를 묘한 눈으로 바라봤다. 눈에서 열기가 나는 것 같았다. 담교영의 마음을 아는지 모르는지 단유강은 그녀의 머리에서 손을 떼고 주위를 둘러봤다.

이제 서 있는 사람은 두 명뿐이었다. 물론 둘 다 멀쩡하진 않았다.

악대웅은 피투성이가 된 몸으로 망연자실하게 서 있었고, 공천상은 아직도 단유강이 만들어놓은 기막 안에서 마구 검을 휘두르고 있었다. 그의 몸도 만신창이게 가까웠다.

"자, 이제 정리를 하자고."

단유강은 그렇게 말하고는 악대웅에게 다가갔다. 악대웅이 멍한 눈으로 고개를 들어 단유강을 바라봤다. 단유강은 그 앞에 서서 가만히 손을 내밀었다. 악대웅이 의아한 얼굴로 단유강의 얼굴과 손을 번갈아 쳐다봤다.

"내놔야지?"

단유강의 말에 악대웅은 그제야 그게 무슨 의미인지 알아차렸다. 악대웅이 씁쓸한 표정으로 품에 손을 넣었다. 신기하게도 온몸이 만신창이가 되었고 옷은 걸레쪽이 되었는데도 전표는 멀쩡했다.

"믿을 수가 없군."

악대웅은 고개를 절레절레 저으며 전표 두 장을 단유강에게 내밀었다. 단유강이 그것을 받아 품에 넣고는 작은 구슬

하나를 꺼내 그에게 넘겼다.

"개평이야. 받아둬."

악대웅이 어이가 없다는 듯 단유강을 바라봤다. 난데없이 개평이라니, 도박을 한 것도 아니고 그저 싸움에 졌고 약속을 어겼으니 돈을 돌려준 것뿐이었다. 하지만 결국은 그것을 받을 수밖에 없었다. 단유강이 덧붙인 말 때문이었다.

"그걸 보면서 마음을 갈고닦으라고. 복수를 위해서라도 열심히 노력하면… 혹시 알아? 나중에는 나를 창으로 이길 수 있을지도 모르지."

악대웅은 단유강이 준 구슬을 가만히 살폈다. 은은한 빛이 나는 것이 꽤 귀한 물건인 듯했다.

'내다 팔면 적어도 금 수백 냥은 받을 수 있겠군.'

악대웅은 이해할 수가 없었다. 이런 걸 대체 왜 자신에게 준단 말인가. 악대웅은 구슬을 꽉 움켜쥐고 단유강을 노려봤다. 싸움에서는 졌지만 마음까지 꺾이고 싶지 않았다.

단유강은 그 모습에 기분 좋게 고개를 끄덕이며 손을 밖으로 내저었다.

"이제 가봐. 바닥에 쓰러진 떨거지들 다 데려가고. 나중에 또 보게 되면 쟤들 목숨은 더 이상 없다는 건 잘 알아두고."

악대웅은 허탈하게 고개를 숙였다. 정말로 철저하게 졌다. 하지만 이내 이를 악물고 몸을 움직였다. 지금은 이렇게 물러나지만, 또 몸도 마음도 처참히 패했지만, 다음에는 결코 이렇게 지지 않을 것이다.

악대웅은 부하들을 수습해 천천히 멀어져 갔다. 그는 물론
이고, 그의 부하들 역시 비틀거리며 산을 내려갔다.

단유강은 악대웅이 완전히 보이지 않게 되자 공천상에게
시선을 돌렸다.

"자아, 저쪽은 어떻게 처리를 해야 할까나?"

공천상은 아직도 이를 악물고 검강이 솟아나온 검으로 기
막을 후려치고 있었다. 그때마다 폭발이 일어나며 검강의 잔
해들이 공천상에게 쏟아졌다. 하지만 공천상은 아랑곳하지
않고 계속해서 검을 휘둘렀다.

단유강은 그 앞으로 걸어갔다. 그리고 기막에 살짝 손을 올
렸다.

우우웅!

나직한 진동음이 울리며 기막이 몇 번 빛을 뿜어냈다.

"무, 무슨 짓을 한 거냐!"

"조금 더 튼튼하게 만들었어. 부서질 것 같아서 말이야."

공천상이 이를 갈았다. 그리고 무서운 눈으로 단유강을 노
려봤다. 차라리 그냥 죽는 게 낫지, 이런 치욕은 받아들이기
어려웠다. 하지만 한편으로는 원하던 대로 시간을 끌 수 있어
서 다행이라는 생각도 들었다.

"내게 원하는 게 뭐지? 대체 왜 이러는 거냐?"

"배후."

단유강의 말에 공천상이 당당히 가슴을 폈다.

"감히 누가 나 공천상의 배후가 될 수 있단 말인가! 내가 바로 배후이자, 모든 것이다!"

공천상이 조금도 망설이지 않고 대답하자 담교영은 그렇다고 믿었다. 하지만 단유강은 그렇게 녹록한 사람이 아니었다.

"웃기고 있네. 방금 심장이 철렁하는 소리를 들었거든?"

단유강의 말에 공천상이 황당한 표정을 지었다. 하지만 눈빛 한구석에 뜨끔한 빛이 분명히 스쳐 지나갔다. 이번에는 담교영도 그것을 확인할 수 있었다. 단유강의 전음을 미리 듣고 자세히 살폈기 때문이다.

담교영은 새삼스러운 눈으로 단유강을 바라봤다. 그녀의 눈빛에 흠모의 빛이 물씬 풍겼다.

"말해줄 수 없다. 차라리 죽여라."

공천상이 고개를 돌리며 단호히 말했다. 다른 건 몰라도 그것만은 결코 말해줄 수 없었다. 그리고 어차피 말하지도 못한다. 말하면 금제가 발동해 머리가 터져 죽을 것이 분명하다.

"그럼 아쉬운 대로 여기서 뭘 하고 있는지나 한 번 들어볼까?"

"그것도 말해줄 수 없다."

단유강이 피식 웃었다. 어차피 제대로 들을 수 있을 거란 생각은 하지 않았다. 하지만 떠보는 건 얼마든지 할 수 있다.

"왜? 괴물을 만들고 있다는 사실이 외부로 알려지면 곤란하니까 그런 건가?"

단유강의 말에 공천상은 소스라치게 놀랐다. 그의 표정이 단번에 변할 정도였다. 단유강은 그것을 보며 이제 모든 걸 알았다는 듯 씨익 웃었다.

"정말로 구멍을 발견했군? 이거, 정말 의외인데?"

"그, 그, 그, 그걸 대, 대체 어떻게 알고 있는 거지? 네, 네놈은 대체 누구냐! 정체가 뭐냔 말이다!"

"나? 천망칠십오대의 대주지."

"날 놀리지 마라!"

공천상은 부릅뜬 눈으로 단유강을 노려봤다. 천망단의 대주 따위가 이런 거대한 힘을 가지고 있을 리가 없지 않은가. 최소한 우내사존 이상이었다. 그렇게 생각한 공천상의 얼굴에서 핏기가 싹 가셨다.

"서, 서, 설마… 우내사존?"

"훗, 웃기는 놈이군. 혼자서 북 치고 장구 치고 다 하네."

단유강은 손을 들어 올렸다. 그리고 주먹을 꽉 움켜쥐었다. 그러자 공천상을 감싸고 있던 기막이 조금씩 줄어들기 시작했다. 공천상이 당황한 눈으로 이리저리 고개를 돌리며 그것을 바라봤다.

"아까 내가 본 독각철괴들, 상태가 좀 이상하더군."

공천상은 대답하지 않았다. 아니, 할 수가 없었다. 그저 담교영만이 의아한 눈으로 단유강을 바라봤을 뿐이다. 단유강은 어차피 공천상의 대답을 들을 생각이 없었기에 알아서 말을 이었다.

"원래의 모습이 아니었단 말이지. 그리고 언뜻언뜻 사람의 모습이 보이더군."

담교영의 눈이 살짝 커졌다. 그리고 이어진 단유강의 말에 그녀의 눈은 더 이상 커질 수 없을 정도로 커졌다.

"즉, 사람을 이용해 독각철괴를 만들었다는 말이지. 보아하니 한 마리에 한 사람이 들어간 것 같지도 않던데? 적어도 세 사람을 하나로 합해서 독각철괴 하나가 나온 것 같더군. 그렇지?"

공천상은 불안한 눈으로 사방을 둘러보다가, 그 말을 듣고 질린 얼굴로 단유강을 바라봤다.

"대체 어디까지 알고 있는 거냐?"

"역시 그랬군."

단유강이 그렇게 대답함과 동시에 기막이 순식간에 줄어들었다.

퍼석!

공천상은 비명 한 번 지르지 못하고 그대로 핏물로 화했다.

담교영은 그 광경을 놀란 눈으로 바라봤다. 아니, 사실 그 광경에 놀란 게 아니었다. 방금 전 단유강이 한 말에 더 놀랐다.

"어, 어떻게 사람으로 괴물을……."

단유강이 담교영의 어깨를 부드럽게 감싸 안았다. 그리고 천천히 걸음을 옮겼다. 담교영은 단유강의 팔에 이끌려서 움직였다.

"일단 가서 그 말도 안 되는 짓을 다시는 못하게 막자고."

단유강은 그렇게 중얼거리며 어두운 표정을 지었다. 이 일은 자신과도 관계가 있었다. 어쩐지 마음이 조금 우울해졌다.

第十章

암혈(暗穴) 下

龍濤
태룡전

"그나저나, 창까지 그렇게 잘 쓰실 줄은 몰랐어요."

"어렸을 때 할머니한테 배운 거야."

담교영의 눈이 동그래졌다.

"그분께서 창도 쓰실 줄 아시는 거예요? 정말로 대단하군요!"

단유강이 어색하게 웃으며 고개를 저었다.

"그 할머니가 아니야. 뭐, 창을 아예 못 쓰시는 건 아니지만 어쨌든 나한테 창을 가르쳐 주신 분은 다른 할머니야."

담교영은 잠시 멈칫했다가 이내 납득을 했다는 듯 고개를 끄덕였다.

"아, 외할머님께서 가르쳐 주셨나 보군요."

단유강이 고개를 저었다.

"아니, 외할머니는 아니고……."

담교영이 의아한 눈으로 단유강을 바라보자, 단유강이 말을 이었다.

"할머니가 한 분이라고 말한 적은 없는 것 같은데……."

"그, 그럼……."

단유강이 손가락 세 개를 폈다.

"세, 세 분이나 계세요?"

"뭐, 일단은."

담교영은 일단이라는 말에 묘한 느낌이 들었다.

"아무튼 할머니 중에 창을 잘 쓰고 좋아하시는 분이 계시거든. 그분께 배웠지. 뭐, 어렸을 때 아주 잠깐 배운 거야."

어렸을 때 아주 잠깐 배웠다기엔 창 솜씨가 범상치 않았다. 물론 경지에 이르면 무기의 구분이 의미가 없다지만 아무리 그래도 자신이 주로 쓰는 무기와는 다른 법이다. 단유강은 정말로 자신의 진짜 무기가 창인 것처럼 그것을 다뤘다. 그러니 창으로 십대고수에 든 섬전창 악대웅을 단숨에 물리친 것 아니겠는가.

"할아버님이 대단하신 분인가 봐요."

담교영이 살짝 가늘어진 눈으로 단유강을 바라보며 말했다. 단유강은 크게 고개를 끄덕였다.

"대단하신 분이지. 내 목표이기도 하고."

담교영은 그 말에는 살짝 눈이 커질 수밖에 없었다. 단유강이 얼마나 강한지는 그녀 또한 옆에서 지켜봤기에 잘 안다. 지금 판단하기에 우내사존이라 하더라도 단유강을 이길 수 있을지 확신이 서지 않는다. 한데 그런 단유강의 목표라니 정말로 대단하게 느껴졌다.

담교영은 가만히 단유강의 말을 곱씹어보다가 문득 떠오른 생각이 있었다.

"혹시 외할머니도 한 분이 아니신 건 아니죠?"

담교영의 난데없는 질문에 단유강이 또 어색한 웃음을 흘렸다. 담교영은 설마하는 눈으로 단유강을 바라봤다. 단유강은 또 손가락 세 개를 펴 보였다.

담교영은 기겁을 했다.

"설마 외할머니도 세 분이나 계시는 거예요?"

들으면 들을수록 정말로 대단한 집안이라는 생각이 들었다. 그런 집안의 자손인 단유강은 과연 어떨지 문득 두려워졌다.

"서, 설마 어머님은……."

단유강이 단호히 고개를 저었다.

"어머니랑 아버지는 한 분뿐이야. 걱정할 것 없어."

"제, 제가 언제 걱정을 했다고 그러세요."

담교영은 그렇게 말하면서도 묘하게 안심이 되었다. 하지만 그러면서도 한편으로는 불안감이 들었다. 목표는 할아버지라지 않는가.

"그나저나 외할아버지도 굉장하신 분이네요."

단유강이 고개를 끄덕였다.

"굉장하신 분이지. 그분도 내 목표야."

담교영이 빙긋 웃었다.

"목표가 되어주시는 할아버님이 두 분이나 계시다니, 그것도 행운이라면 행운이네요."

그 말에 단유강의 얼굴빛이 살짝 굳었다.

"글쎄, 그게 과연 행운일까?"

단유강의 얼굴이 침중해지자 담교영은 의아한 표정을 지었다. 자신이 특별히 해선 안 될 말을 한 것 같진 않은데 단유강의 반응이 왠지 이상했다.

"왜 그러세요?"

"끝도 없을 정도로 높고도 넓은 벽을 마주하면 어떤 기분일까?"

담교영은 가만히 그 광경을 상상해 봤다. 끝도 없을 정도로 높은 벽이 과연 존재할지 모르지만 눈앞에 그런 것이 있다고 한다면 올려다보다가 뒤로 넘어갈 것이다. 누워서 끝없이 치솟은 벽을 바라보고 있으면 그것에 짓눌리는 느낌이 들 것이다.

"글쎄요, 정말로 막막하겠죠?"

"과연 그것을 넘을 수 있을까?"

그 높은 벽은 두 분 할아버지일 것이다. 단유강은 그 벽을 넘고 싶은데 실체도 파악하지 못해 막막한 심정인 것이다. 담교영은 단유강의 심정을 정확히 이해할 수는 없었다. 하지만 그것을 보듬어주고 용기를 북돋아줄 수는 있었다.

"당연하죠. 아직 대주님은 시간이 많잖아요."

단유강이 쓴웃음을 지었다. 시간은 자신의 편이 아니다.

"뭐, 어떻게든 되겠지. 일단 눈앞에 닥친 일이나 해결하자고."

단유강의 말에 담교영이 웃으며 고개를 끄덕였다. 두 사람은 서둘러 걸음을 옮겼다.

단유강은 일단 마음을 털어냈다. 담교영이 옆에 있는 것만으로 큰 도움이 되었다. 지금은 벽에 짓눌려 있을 때가 아니었다. 해결을 해야 할 시간이다.

혈의십호(血衣十號)는 신중하게 진법의 마지막 부분을 손봤다. 암혈과 그것을 연구하고 이용하기 위한 시설을 감추는 진에는 그동안 세 개나 되는 구멍이 뚫려 있었다. 왜 그렇게 되었는지는 알아내지 못했지만 그것을 고치는 건 크게 어렵지 않았다.

혈의단은 무공보다는 기관이나 진법, 그리고 독술이나 의술 등의 분야에 훨씬 신경을 많이 쓰고 그쪽으로 특화된 집단이었다. 그렇다고 해서 무공이 약한 것은 아니다. 혈의단원 하나하나가 웬만한 문파의 장로 급 무위를 갖췄다.

혈의십호는 그런 혈의단에서 열 번째 서열에 있었다. 혈의단의 수는 백 명에 달한다. 그중 열 번째가 되려면 정말로 굉장한 실력을 가져야만 했다.

"간신히 끝났군. 이제 남궁세가를 조금 손보는 것만 남았군. 일단 혼자 산에 남은 남궁현민이라는 애송이를 통해 이곳에 아무것도 없다는 사실을 소문내야겠지만 말이야."

혈의십호는 상당히 다양한 수를 준비했다. 섬전창 악대웅을 끌어들인 것도 그중 하나였다. 그리고 흑검방을 꼬드겨 남궁세가를 견제한 것도 다 그가 한 일이었다.

지금까지는 계획이 예상대로 착착 맞물려 돌아갔다. 덕분에 창궁단은 다시 세가로 돌아갔고, 남궁세가는 섣불리 움직이지 못했다. 그리고 그렇게 시간을 번 후, 진의 구멍을 메웠다.

혈의십호는 주위를 둘러봤다. 함께 왔던 자들은 어느새 각자의 자리로 돌아갔다. 이곳에는 할 일이 상당히 많았다. 암혈을 관리해야 하고, 그곳을 이용할 연구도 해야 한다. 또한 그렇게 해서 나온 결과물을 관리하고, 그것을 실전에 써먹기까지 해야 한다.

우우웅.

진이 재가동되는 소리가 들려왔다. 혈의십호는 만족스런

표정으로 고개를 끄덕였다. 이곳을 보호하는 것은 호천진(護天陣)이었다. 호천진은 상당히 거대한 규모를 감추고 보호할 수 있는 진법이었다. 이름 그대로 하늘을 보호하는 진법이었다. 물론 이곳은 하늘과는 거리가 멀었지만 말이다.

호천진의 범위는 거의 산봉우리 한두 개를 합한 정도였다. 이곳의 시설물을 모두 가리고도 범위가 한참이나 넘는다. 그렇게 넓은 범위 곳곳에 암혈의 힘을 이용해 만들어낸 괴물들을 배치했다. 혹시라도 있을지 모르는 위험을 방지하기 위해서였다.

이제 모든 것이 제자리를 찾았다. 혈의십호는 안도의 한숨을 내쉬며 공천상을 찾아 움직였다. 아마 지금쯤이면 모든 일이 마무리되었으리라.

"이상하네요, 갑자기 안개라니."

담교영이 약간 불안한 목소리로 말했다. 갑자기 사방에서 안개가 몰려와 코앞에 있는 것도 잘 보이지 않을 정도가 되었으니 놀랄 만도 했다.

"진(陣)이 돌아가는 거야."

"진이요?"

담교영이 놀란 눈으로 단유강을 바라봤다. 바로 옆에 서 있는데도 안개 때문에 희미하게 보일 지경이었다.

단유강은 의미심장한 표정으로 턱을 쓰다듬으며 고개를

끄덕였다.

"흐음, 그렇군. 원래는 진의 범위가 독각철괴들을 모두 감쌀 정도였던 거야. 그런데 진에 뭔가 이상이 생겨서 드러나게 된 거로군."

단유강은 그렇게 중얼거리며 고개를 갸웃거렸다. 이상한 점이 몇 가지 있었다. 만일 독각철괴가 드러났다면 저들도 진이 이상해졌다는 사실을 알 텐데, 왜 지금까지 그냥 뒀을까 하는 점이었다.

'뭐, 진을 수복하는 데 시간이 오래 걸렸나 보지.'

단유강은 일단 대수롭지 않게 넘기고는 다시 걸음을 옮겼다. 단유강의 감각이 활짝 열렸다. 진 안에서 무턱대고 움직이는 것은 자살 행위다. 진을 통과할 때는 언제나 조심스럽게 그리고 신중하게 움직여야만 한다. 물론 그것을 모조리 압도할 만한 힘이 있다면 그럴 필요가 없겠지만.

단유강은 감각을 열어 기의 흐름을 살폈다. 진의 요체를 파악하는 가장 기본이 되는 것이 바로 기의 흐름을 알아내는 것이다. 기가 어떻게 흐르고 그 흐름이 어떻게 비틀렸는지 알아내면 진을 반쯤 풀어냈다고 봐도 된다.

"생각보다 대단한 진이로군."

기의 흐름이 상당히 복잡했다. 그리고 이리저리 얽혀 있었다. 최소한 세 개 이상의 진을 겹친 듯했다. 진을 겹쳐서 펼치는 건 결코 쉽지 않은 일이다. 각각이 만들어내는 기의 흐름을 모두 파악하고 그 변수까지 완벽하게 통제해야 하기 때문이다.

단유강은 기의 흐름을 한 가닥, 한 가닥 분리해 냈다. 그리고 그것이 어디서 나온 건지, 또 어디로 흘러가서 어떻게 서로 겹치는지 자세히 파악했다. 그러면서도 걸음은 멈추지 않았다.

"이렇게 막 걸어가도 되나요?"

담교영이 걱정스런 말투로 물었다. 하지만 그녀는 단유강을 믿고 있었기에 별다른 일이 벌어지진 않을 거라 생각했다.

"괜찮아. 진을 빨리 벗어나는 가장 좋은 방법은 계산하면서 직감을 이용하는 거야."

직감이라는 말에 왠지 믿음이 조금 흐려졌지만, 담교영은 꿋꿋이 부드럽고 따뜻한 미소를 지었다.

단유강은 말 그대로 직감적으로 움직였다. 하지만 그의 직감 속에는 수많은 계산과 예측이 포함되어 있었다. 기의 흐름을 파악하면서 다음 걸음의 최적지를 알아내는 것이다. 그런 식으로 이동하다 보면 높은 확률로 빠르게 진을 빠져나갈 수 있다. 물론 위험은 감수해야 한다. 지금처럼.

쩡!

단유강은 검기가 날아온 방향을 슬쩍 쳐다봤다. 검기가 일장 안에 접근하기도 전에 손을 휘저어 부숴 버렸다. 검기가 날아온 방향은 짙은 안개로 가려져 있었지만 그쯤은 단유강에게 아무런 장애가 되지 않았다. 단유강은 정확히 검기가 날아온 방향을 볼 수 있었다. 그곳에는 허공에 둥둥 뜬 검이 있었다.

"누가 만들었는지 정말로 재미있는 진이야."

단유강은 흥미로운 표정으로 계속해서 걸어갔다. 처음이 힘들지, 일단 어느 정도 파악하고 나니 점점 더 속도가 붙었다. 어느새 진의 요체를 파악하고 그것을 벗어나 진이 보호하는 내부로 들어갈 길을 발견했다.

"이쪽이로군."

단유강은 담교영의 손을 잡아 옆으로 몇 걸음 옮겼다. 마지막 걸음을 걸을 때는 기막을 온몸에 둘렀다. 물론 담교영의 몸에도 똑같이 기막을 씌워주었다.

파직!

뇌전이 번득이며 두 사람이 안개를 빠져나갔다. 놀랍게도 안개는 없었다. 진에서 벗어난 것이다.

"이게 어떻게 된 거죠? 갑자기 안개가 사라졌어요."

안개가 흩어지거나 옅어진 게 아니었다. 말 그대로 순식간에 사라져 버렸다. 담교영은 놀란 눈으로 고개를 이리저리 돌려 사방을 둘러봤다.

"진을 벗어난 거야. 그러니까 그 안개는 진짜가 아니라 환영이었던 거지."

"그 안개가 환영이었다고요?"

담교영은 도저히 믿을 수 없었다. 하지만 또한 믿을 수밖에 없었다. 단유강이 그녀에게 거짓을 말할 리가 없지 않은가. 담교영은 새삼스러운 눈으로 단유강을 바라봤다. 보면 볼수록 대단한 남자였다.

"자, 이제 중심부에 가보자고. 진은 나중에 박살 내주기로 하고."

단유강은 성큼성큼 걸어갔다. 담교영이 급히 그 뒤를 따랐다. 단유강이 워낙 망설임없이 걸었기에 마치 원래 이곳을 아주 잘 알고 있는 것처럼 보였다.

그렇게 어느 정도 걸어가자 드디어 사람들이 보이기 시작했다. 그리고 그들과 함께 있는 독각철괴의 모습도 보였다.

"휘유, 대단하군."

담교영은 기가 질렸다. 독각철괴가 새까맣게 모여 있었다. 정작 사람의 수는 몇 명 되지 않았다. 그들은 마치 독각철괴를 조종하고 있는 것 같았다.

"한 백 마리쯤 되겠군."

독각철괴의 수는 그 정도였다. 그리고 수많은 독각철괴들의 가장 뒤에 그들보다 훨씬 큰 덩치를 가진 뭔가가 서 있었다.

단유강은 그것을 보며 눈살을 찌푸렸다.

"벌써 괴목(怪木)까지 나왔군."

"괴목이요?"

담교영이 의아한 눈으로 묻자, 단유강이 손가락을 들어 괴목을 가리켰다. 그것은 거대한 나무였는데, 마치 사람이 나무로 변한 듯한 모습이었다. 굵은 기둥에 얼굴 모양의 문양이 그려져 있고, 뿌리가 땅 위에서 꿈틀거리고 있었으며, 잎이 무성한 가지가 마치 사람의 팔처럼 이리저리 움직였다.

담교영은 정말로 궁금했다. 단유강은 어떻게 저런 것들을 이다지도 잘 알고 있는 것일까?

"뭐, 대단한 놈은 아니야. 불에 아주 약하거든."

"하긴, 그럴 것 같긴 하네요."

담교영은 그렇게 말했지만 왠지 소름이 오싹 돋았다. 저런 괴물이 대체 어디서 나온 것일까. 만일 저들이 저 괴물을 만들었다면 대체 어떤 방법으로 만든 것일까.

"일단 저놈들은 깨끗이 정리를 해야겠군."

단유강은 즉시 몸을 날렸다. 더 기다릴 필요도 없었다. 괴목이나 독각철괴 같은 괴물들은 절대 이곳에 있어선 안 된다. 비록 그것이 진짜가 아니라 사람의 몸을 기반으로 이곳에서 만들어진 것들에 불과하다 해도 말이다.

단유강이 빠르게 다가가자 독각철괴들이 붉게 빛나는 눈으로 달려들었다. 독각철괴들이 갑자기 움직이자 그것들을 조종하는 자들이 크게 당황했다. 자신이 명령도 내리지 않았는데 독각철괴가 움직인 적은 지금까지 한 번도 없었기 때문이다.

    그렇게 잠시 우왕좌왕하던 사람들이 단유강을 발견하고서야 비로소 안정을 되찾았다. 물론 이곳에 침입자가 나타났다는 사실이 놀랍긴 했지만 말이다.

    단유강은 단숨에 검을 뽑아 휘둘렀다. 단유강의 검에서 가느다란 검강이 채찍처럼 꿈틀거리며 날아갔다. 길고 가느다란 검강의 채찍은 앞에서 달려오던 독각철괴 열을 단숨에 동강냈다.

    독각철괴의 시커먼 피가 사방으로 튀었다.

    단유강은 쏟아지는 핏물을 피해 위로 솟구쳤다. 공중에 뜬 단유강의 검이 다시 한 번 유려하게 움직였다. 긴 검강의 채찍이 독각철괴를 날카롭게 휘젓고 지나갔다.

    서거거걱!

    또다시 열 마리의 독각철괴가 반으로 갈렸다. 시커먼 피가 강물이 되어 흘렀다.

    단유강이 바닥에 착지하는 순간, 다섯이나 되는 독각철괴가 뿔을 앞세워 달려들었다. 단유강은 몸을 옆으로 빙글 돌려 그 공격을 간단히 피해냈다. 그리고 검강의 채찍을 또다시 휘둘렀다.

    스아아악!

    소리도 나지 않았다. 독각철괴 다섯이 그대로 동강나며 검은 피를 쏟아냈다. 단유강은 그 피를 피해 다시 하늘로 올라갔다.

그렇게 몇 번을 반복하니 독각철괴의 수가 대폭 줄어들었다. 백여 마리나 되던 것이 어느새 일곱 마리로 줄었다.

독각철괴를 책임지던 사람들이 망연한 표정으로 그 광경을 지켜봤다. 그들은 독각철괴가 이렇게 간단히 무너질 거라고는 생각도 못했다. 독각철괴는 무림의 일류고수 열 명과 맞붙어도 쉽게 상대할 수 없는 막강한 괴물이다.

그런 독각철괴가 이렇게 무력하게 무너지다니, 정말로 믿을 수 없었다.

그들이 그렇게 망연한 얼굴로 서 있는 동안 어느새 독각철괴가 모두 바닥에 쓰러졌다. 독각철괴는 하나같이 몸이 두 동강 난 채로 검은 피를 꾸역꾸역 뱉어내고 있었다.

단유강은 뿌리를 꿈틀대고 있는 괴목을 향해 천천히 걸어갔다. 순간 괴목의 가지가 맹렬하게 날아왔다. 괴목은 마치 채찍을 휘두르는 것처럼 긴 가지를 후려쳤다.

단유강이 훌쩍 몸을 날려 그것을 피했다. 그리고 손을 한번 휘저었다. 단유강의 손바닥에서 새빨간 구체(球體)가 튀어나왔다. 그 구체는 괴목을 향해 쏜살같이 날아갔다.

콰앙!

괴목은 그것을 피하지 못했다. 수많은 가지가 움직여 구체를 막으려 했지만 구체는 그 모든 가지를 간단히 산산조각 내며 몸체에 틀어박혔다.

화르륵!

괴목이 화려하게 타올랐다. 그 구체는 양강지력의 정화였다. 그것이 나무에 떨어졌으니 타오르는 건 당연했다. 더구나 괴목은 일반적인 보통 나무보다 훨씬 건조하고 불에 약했다.

괴목이 불에 타 한 줌의 재가 되는 데 걸린 시간은 겨우 반 각에 불과했다.

단유강은 재가 된 괴목 앞에서 고개를 돌려 망연하게 서 있는 사람들을 바라봤다. 그들은 단유강의 시선을 받자 몸을 움찔 떨었다.

"이놈들을 이제 어떻게 해야 하지?"

그들은 몸을 부들부들 떨었다. 단유강의 날카로운 눈빛이 그들의 몸을 샅샅이 살폈다.

"여기 있던 것들이 전부인가?"

단유강의 물음에 사람들 중 한 명이 고개를 끄덕였다. 그들은 위압감에 눌려 말도 제대로 못했다. 모두 무공을 전혀 익히지 않은 자들이었다.

단유강은 그들에게 뭔가를 더 물으려다가 눈살을 찌푸리며 고개를 돌려 한쪽을 바라봤다. 그쪽 방향에서 수많은 기파가 몰려오고 있었다.

새로 나타난 자들은 무려 백 명이 넘었다. 정말로 많은 수였다. 그들은 모두 흉흉한 기세를 난폭하게 내뿜고 있었다. 그들의 기세에 원래 이곳에 있던 자들의 안색이 창백하게 질렸다.

단유강은 그들의 가장 뒤에 서 있는 새빨간 핏빛 옷을 입은 자를 바라봤다. 이곳에서 그가 가장 강한 건 아니었지만 그가 모두를 이끄는 듯했다. 그는 혈의십호였다.

혈의십호는 단유강과 눈이 마주치자 움찔 놀라 외쳤다.

"쳐라!"

백 명이 넘는 무사들이 우르르 달려들었다. 당연하겠지만 단유강은 그들이 전혀 두렵지 않았다. 그들은 핏발이 잔뜩 선 눈으로 단유강을 노려보며 자신의 안위를 도외시한 채 덤벼들었다. 마치 미친놈들 같았다.

단유강은 그들에게 자비를 베풀 생각이 전혀 없었다. 이들 역시 공천상과 마찬가지의 놈들이었다. 게다가 상태를 보니 결국은 죽을 게 분명했다.

단유강의 검이 거침없이 움직였다. 수많은 사람들이 피를 뿌리며 쓰러졌다. 그리고 놀라운 일이 벌어졌다. 바닥에 쓰러진 자들이 다시 일어나 덤벼든 것이다. 한 번 죽었다가 다시 일어난 자들은 죽기 전보다 훨씬 빠르고 강했다.

단유강도 잠시 당황할 수밖에 없었다. 하지만 그것은 아주 잠깐이었다. 단유강은 이들이 다시는 살아나지 못하게 완전히 파괴했다.

그렇게 이들을 모두 박살 내는 데 걸린 시간은 차 한 잔 마실 시간에 불과했다.

단유강은 이들을 모두 죽인 후, 혈의십호가 있는 쪽을 쳐다봤다. 그리고 크게 눈살을 찌푸렸다. 혈의십호가 처음 이곳에 있던 자들을 모조리 죽였기 때문이다.

"입막음인가?"

"좋을 대로 생각해. 그보다 정말로 놀랍군. 너 같은 강자가 이렇게 난데없이 튀어나올 줄은 몰랐어. 게다가 호천진까지 뚫다니. 이건 제갈세가 놈들도 어쩌지 못할 정도로 뛰어난 진인데 말이야."

혈의십호는 아무렇지도 않은 표정으로 말했지만 속은 바짝바짝 타들어가고 있었다. 그리고 경악하다 못해 절망할 지경이었다.

그동안 모아뒀던 괴물들이 모두 죽었다. 지금까지 몇 년에 걸친 노력이 물거품으로 변해 버린 것이다. 또한 이곳 암혈을 관리하던 모든 사람이 죽었다. 이것은 정말로 심각한 피해였다.

이제 남은 것은 이곳 암혈을 이용하려 한 것이 누구인지 감추기만 하면 된다. 조금 전 자신이 무공도 익히지 않은 사람들을 죽인 것도 다 그 때문이었다.

그들은 결코 입이 무거운 자들이 아니었고, 교에 충성을 바치는 자들도 아니었다. 그리고 충성심에 비해 교에 대해 알고 있는 것이 꽤 많은 자들이었다. 죽이는 게 너무나 당연했다.

'그리고 이제 나도 죽겠지.'

설혹 상대가 죽이지 않는다고 해도 스스로 목숨을 끊을 생각이었다. 그게 당연했다. 자신 역시 교의 비밀을 한가득 알고 있으니까. 적이 어떤 방법으로 자신의 정보를 뽑아낼지 알수 없으니 그게 최선이었다.

'아쉬운 건 암혈뿐인가.'

암혈을 이대로 넘기는 건 정말로 아까웠다. 눈앞에 있는 단유강이 과연 암혈을 발견할지, 또 그것을 어떻게 할지 알 수 없지만 아마 여기까지 온 걸로 봐서 발견하게 될 것이고, 천망단 소속인 걸로 미루어 무림맹에 보고를 할 것이다.

정파의 중심인 무림맹이 암혈의 힘 따위를 이용하진 않을 것이다. 하지만 어떻게든 암혈을 메우려 할 것은 분명하다. 결국은 암혈 하나가 사라지게 되는 것이다.

"배후를 얘기하라고 해도 안 하겠지?"

"차라리 죽여라."

"후우, 어쩐다?"

단유강은 그렇게 말하며 혈의십호를 노려봤다. 그리고 이내 결론을 내렸다. 일단 잡아서 물어보기로 말이다.

쉬익!

단유강의 신형이 순식간에 혈의십호 앞에 도착했다. 십여 장이나 되던 둘 사이의 거리가 순식간에 사라졌다. 혈의십호는 기겁했다. 하지만 몸은 본능적으로 검을 휘둘렀다.

챙!

혈의십호가 휘두른 검을 단유강이 가볍게 막았다. 검을 뽑지도 않고 맨손으로 막은 것이다. 그리고 단번에 손을 뻗어 혈의십호의 목을 쥐었다.

"컥!"

너무나 간단히 잡힌 혈의십호는 허탈한 표정을 지었다. 털 끝 하나 움직일 수 없었다. 말을 꺼내자마자 즉시 제압당했으니 허망해도 이렇게 허망할 수가 없었다.

혈의십호는 자신이 생각했던 모든 것이 막히자, 죽음을 결심했다. 어차피 임무에 실패했으니 교로 돌아가도 큰 벌을 면치 못할 것이다.

"쿨럭!"

혈의십호가 피를 토했다. 핏줄기가 단유강의 얼굴을 향해 뿜어져 나갔다. 하지만 단유강에게는 한 방울도 튀지 않았다. 마치 뭔가에 막힌 것처럼 얼굴 세 치 앞에서 바닥으로 떨어졌다.

단유강은 눈살을 찌푸렸다. 비록 혈도를 제압한 건 아니지만 그보다 더한 금제를 가하고 있었다. 그런데 죽어버렸다. 자결한 것이다. 몸의 진기를 움직일 수도 없었고, 몸을 움직일 수도 없었는데 어떻게 자결한 건지 알 수가 없었다.

"후우."

단유강은 시체가 된 혈의십호를 옆으로 던졌다.

털썩.

바닥에 널브러진 혈의십호가 갑자기 흐물흐물해지기 시작

하더니 그대로 녹아버렸다.

치이익!

말 그대로 한 줌 핏물로 화한 혈의십호는 새까만 흔적만 남기고 완전히 사라져 버렸다.

단유강이 굳은 표정으로 그 자국을 보고 있자, 담교영이 조심스럽게 다가가 단유강의 팔을 살짝 감싸 안았다. 단유강은 팔뚝에 느껴지는 부드러운 느낌에 고개를 돌려 담교영을 바라봤다.

"이제 다 끝난 건가요?"

단유강이 가볍게 고개를 끄덕였다.

"대충은. 구멍을 막고 진을 해체하면 완전히 끝나."

"구멍이요?"

단유강이 쓴웃음을 지었다.

"그런 게 있어."

굳이 설명해 줄 필요는 없었다. 곧 보게 될 테니까 말이다.

두 사람은 진의 중심부를 향해 걸어갔다. 더 이상 남아 있는 사람은 없었다. 무공을 모르는 사람은 혈의십호가 모조리 죽였고, 무공을 조금이라도 할 줄 아는 사람은 죽음을 각오하고 단유강에게 달려들었다. 결국 그들은 모두 죽었다.

진의 중심부에는 작은 동굴이 있었다. 그 동굴에서는 쉴 새 없이 차가운 바람이 흘러나왔다. 그 바람은 차갑기도 했지만 섬뜩하기도 했다. 마치 바람 자체에 악의가 있는 것 같았다.

"이상해요."

담교영은 정말로 기분이 이상했다. 악의를 가진 바람이라니, 듣도 보도 못한 괴사였다. 바람이 몸에 닿을 때마다 소름이 오돌오돌 돋았다.

"여기로 들어가야 하나요?"

"응. 불안하면 여기 남아 있던가."

담교영이 고개를 저었다.

"아뇨. 저도 갈 거예요. 제 눈으로 확인하고 싶어요. 왠지 꼭 그래야만 할 것 같아요."

담교영의 단호한 대답에 단유강이 선선히 고개를 끄덕였다. 어차피 함께 갈 생각이었다. 이렇게 조금씩 알아두는 것이 나중을 위해 나을 테니까.

"그럼 들어가 볼까?"

단유강은 그렇게 말하고는 성큼 동굴 안으로 한 발 들어섰다. 훨씬 더 차가운 바람이 몰아쳤다. 담교영이 살짝 불안한 얼굴로 그 뒤를 따랐다. 갑자기 불어닥친 냉풍에 그녀가 몸을 바르르 떨었다.

"내공을 계속 돌리는 게 좋을 거야."

단유강의 말에 담교영은 단전에 있는 내력을 온몸으로 돌렸다. 그것은 그녀의 온몸을 거쳐 얼굴에 상당 시간을 머물다가 다시 단전으로 되돌아갔다. 휘안공이었다. 배운 지 얼마 되지도 않았는데 벌써 그것이 가장 익숙해져 버렸다. 아니,

가장 편했다.

휘안공의 공능은 놀라웠다. 몸에 활력이 넘쳤고, 시야가 밝아졌다. 그리고 더 이상 춥지 않았다. 바람에 섞인 그 강렬한 악의도 더 이상 느껴지지 않았다.

"정말 굉장해요."

"뭐가? 휘안공?"

담교영이 흠칫 놀라 고개를 끄덕이자 단유강이 피식 웃었다.

"당연하지. 우리 할머니가 그거 만드는 데 얼마나 오래 걸렸는지 알아? 그 정도 공을 들였으니 대단하지 않으면 그게 더 이상하지."

담교영은 수긍했다는 듯 고개를 끄덕였다. 확실히 휘안공은 대단하다, 여러모로.

두 사람은 한동안 말없이 걸었다. 동굴은 꽤 깊었다. 직선으로 나 있는 게 아니라 빙글빙글 돌면서 아래로 내려가는 구조였다. 모양을 잘 살피면 인공적으로 뚫은 동굴은 아니었는데, 참으로 신기했다.

그렇게 얼마나 걸었을까, 어느새 두 사람은 동굴의 가장 끝, 가장 깊은 바닥에 도착했다.

그곳에는 말 그대로 구멍이 나 있었다. 하지만 그냥 바닥으로 뻥 뚫린 구멍이 아니었다. 그냥 새까맸다. 동굴 안은 곳곳에 야광주가 박혀 있어서 아주 어둡지는 않았다. 한데 바닥에 뚫린 구멍은 그냥 검을 뿐이었다.

"이게 구멍인가요?"

"구멍으로는 안 보이지?"

담교영이 신기한 눈으로 고개를 끄덕였다. 단유강의 말대로 절대 구멍으로 보이지 않았다. 구멍이라기보다는 그냥 바닥에 새까만 철판이 깔려 있는 것 같았다.

단유강은 빙긋 웃으며 옆으로 손을 뻗었다.

콰득!

벽 일부가 어른 머리통만 하게 뜯겨 단유강의 손으로 빨려들었다. 단유강은 그것을 구멍에 던졌다.

꿀렁!

담교영의 눈이 화등잔만 해졌다.

구멍이 돌을 삼켰다. 마치 끈적끈적한 점액질의 연못에 빠져드는 것과 비슷했다.

"이제 왜 구멍이라고 하는지 알겠어?"

담교영이 멍한 눈으로 고개를 끄덕였다. 실수로라도 저곳에 빠지면 정말로 큰일 날 것 같았다.

'그러고 보니⋯⋯.'

동굴 안을 가득 메우고 있던 그 삭막하고 섬뜩한 기운이 바로 저 구멍에서 비롯되었다. 담교영은 확연히 느꼈다, 구멍에서 끊임없이 흘러나오는 지독한 악의를.

"이제 어쩌실 거죠?"

"어쩌긴 막아야지."

"어떻게요?"

"어렵지 않아."

단유강이 그렇게 대답했을 때, 구멍이 한차례 요동쳤다. 담교영은 화들짝 놀라 뒤로 홀쩍 물러났다. 구멍이 계속 꿀렁대며 뭔가가 불쑥 올라왔다. 그것은 검은 점액질을 뚫고 나오려는 듯 애쓰고 있었다.

"조심해. 뭐가 나올지 모르니까. 뭐, 구멍이 너무 작아서 제대로 된 게 나올 것 같지는 않다만."

단유강은 그렇게 말하며 담교영 앞을 막아섰다. 혹시라도 있을지 모르는 사태에 대비하기 위함이었다. 구멍을 막는 건 지금 애쓰는 저놈이 나오고 난 이후로 미룰 수밖에 없었다.

촤악!

결국 구멍을 뚫고 뭔가가 나왔다. 그것은 형체가 없었다. 색깔도 없었다. 보통 사람 눈에는 안 보이는 무언가였다. 그것은 밖으로 나오자마자 구멍 위를 한 바퀴 선회하더니 맹렬하게 담교영을 향해 달려들었다.

담교영의 눈이 커졌다. 보이지는 않지만 뭔가가 달려드는 게 확실히 느껴졌다. 하지만 걱정하지는 않았다. 그녀의 앞에는 다른 사람도 아닌 단유강이 서 있었으니까.

단유강이 손을 들어 올렸다.

쩡!

단유강의 손바닥에 그 무언가가 정확히 부딪쳤다. 그것은 마구 요동쳤지만 단유강의 손에 달라붙기라도 한 듯 더 이상 움직이지 못했다.

"역시 이런 거였군."

단유강은 알았다는 듯 고개를 끄덕이고는 주먹을 꽉 쥐었다.

퍼석!

구멍에서 나왔던 그 무언가는 산산이 부서졌다. 물론 원래 형체가 없었기에 잔해도 없었다.

"자, 이제 구멍을 메워볼까?"

단유강은 양손을 들어 올리자 단유강의 손이 새하얗게 빛나기 시작했다. 그 빛은 점점 강해졌다. 손에서 뿜어져 나온 빛으로 인해 동굴이 대낮처럼 환해졌을 때, 단유강의 손바닥에서 새하얀 광구(光球)가 둥실 떠올랐다.

양손에서 각각 광구가 하나씩 나왔고, 그렇게 나온 두 개의 광구는 서로 합해져 하나가 되었다. 그러자 광구의 부피가 두 배로 커졌다.

더 이상 단유강의 손에서는 빛이 나지 않았지만, 손 위에 둥실 떠있는 광구가 조금씩 밝아졌고, 조금씩 커졌다.

그렇게 조금씩 커지던 광구가 반경 일 장에 이르렀다. 광구는 더 이상 커지지 않았다. 하지만 점점 더 밝아졌다.

담교영은 지나칠 정도로 밝은 광구에서 결국 눈을 돌렸다. 너무 눈이 부셔서 볼 수가 없었다. 더 지켜보면 눈이 멀어버릴 것처럼 고통스러웠다.

'태양 같아.'

동굴 안에 작은 태양이 떠 있는 것 같았다. 물론 열기는 느껴지지 않았다.

담교영은 문득 더 이상 섬뜩한 악의가 느껴지지 않는다는 걸 깨달았다. 그게 사라진 게 아니라 지워졌다는 걸 깨달은 건 그로부터 조금 후였다.

구멍에서는 여전히 악의에 찬 기운이 흘러나왔다. 하지만 그렇게 나온 기운은 단유강의 손 위에 떠 있는 광구에서 뿜어져 나온 빛에 그대로 녹아버렸다. 광구의 빛은 어두운 구멍과는 상극인 듯했다.

담교영은 흥미로운 눈으로 계속 그 광경을 지켜보고 기운을 몸으로 느끼려 애썼다.

그러던 어느 순간, 광구가 천천히 이동을 시작했다. 조금 더 떠올랐던 광구가 구멍 위로 움직였다. 구멍 위에 도착한 광구는 서서히 아래로 가라앉았다.

파직! 파직! 파지지직!

광구가 구멍에 가까워지자 그 사이에서 뇌전이 일었다. 마치 광구와 구멍이 만나 싸우고 있는 것처럼 보였다.

뇌전이라는 방해물이 있긴 했지만 광구는 무사히 구멍에

안착했다. 일단 구멍에 닿자 절반 정도가 순식간에 구멍 안으로 쑥 빨려들었다.

츠츠츠츠츠.

기이한 소리가 울렸다. 담교영은 커다래진 눈으로 그 광경을 자세히 살펴보니 광구가 천천히 회전하고 있었다. 그리고 그 회전 속도가 점점 빨라졌다.

회전이 빨라지면 빨라질수록 광구가 점점 옆으로 찌그러지기 시작했다. 마치 진흙으로 만든 공을 빠르게 돌리면 원심력 때문에 옆으로 눌려 퍼지는 것과 비슷한 모습이었다.

광구는 점점 납작해지며 옆으로 퍼져 나갔다. 그리고 이내 구멍을 완전히 뒤덮을 정도가 되었다.

번쩍!

강렬한 빛이 동굴을 가득 메웠다. 담교영은 순간적으로 눈이 부셔 눈을 질끈 감으며 손으로 눈을 가렸다.

빛이 사라진 건 순식간이었다. 담교영은 잠시 어둠에 눈이 익숙해질 때까지 기다렸다. 그리고 서서히 주위를 둘러봤다. 모든 것이 그대로였다. 벽에 박힌 야광주도 그대로였고, 단유강이 뜯어낸 벽도 그대로였다. 변한 건 딱 하나뿐이었다.

"없어졌네요?"

구멍이 사라졌다. 바닥은 원래 그런 건 존재하지도 않았다는 듯 평범했다. 여느 동굴 바닥과 마찬가지로 울퉁불퉁했으며, 잔돌이 몇 개 널려 있었다.

"신기하네요."

담교영이 재미있다는 듯 말하자 단유강이 씨익 웃었다.

"그냥 방치하면 꽤 재미없어질 거야. 이게 점점 세력을 넓히면 이 세상은 독각철귀나 괴목보다 더 무서운 괴물들로 가득 차버릴 테니까."

단유강의 말에 담교영은 오싹해졌다. 그건 정말로 무서운 일이었다. 무림인들이 나서면 괴물을 처리할 수는 있을 것이다. 하지만 무차별 적으로 퍼져 나간 괴물은 무림인만 골라서 건드리지 않는다. 무공을 모르는 양민들은 그저 당할 수밖에 없다.

"무섭네요."

"무섭지? 더 무서운 얘기를 해줄까?"

담교영이 긴장하면서도 의아한 눈으로 단유강을 바라봤다. 단유강은 부드럽게 웃으며 말을 이었다.

"이런 구멍이 하나 더 있어."

담교영이 눈을 부릅떴다. 그녀의 눈에는 경악이 가득했다.

"그런데 그게 어디 있는지 몰라."

담교영은 멍한 눈으로 단유강을 바라봤다. 이런 무서운 얘기를 이렇게 아무렇지도 않게 말하는 단유강의 모습에 그녀는 결국 고개를 절레절레 저었다.

"자, 이제 나가야지. 이 근처에 얽힌 진을 해체하러 가자고."

단유강이 동굴 밖으로 걸어나가자 담교영은 잠시 그의 뒷모습을 바라보다가 이내 걸음을 옮겼다.

그날, 황산에 만들어졌던 호천진이 완벽하게 사라졌다.

第十一章
남궁세가

無龍濤
태룡전

남궁세가와 흑검방과의 싸움은 결국 남궁세가의 승리로 끝났다. 처음에는 흑검방이 모든 방면에서 파상적으로 몰아쳤지만, 나중에는 허무하리만큼 간단히 무너져 버렸다.

　　남궁세가는 결국 이기긴 했지만 상처뿐인 승리였다. 흑검방은 원래 가진 것이 아무것도 없었다. 애당초 그들이 남궁세가와 싸우게 된 이유가 남궁세가의 사업체를 건드리고, 그들의 상권을 침범했기 때문이다.

　　결국 남궁세가는 자신의 밥그릇을 지키기 위해 싸운 것이다. 남의 밥그릇을 빼앗아와야 수지타산이 맞는데, 흑검방은 원래 가진 게 없었으니, 싸움으로 인한 상처만 남은 것이다.

남궁세가는 흑검방과의 싸움으로 상당한 수의 무사를 잃었다. 그리고 그보다 훨씬 더 많은 수의 무사가 부상을 입었다. 몇몇 사업장은 완전히 부서져 건물 자체를 다시 지어야 했다. 이래저래 돈 들어갈 구석이 너무 많았다.

 남궁세가는 그렇게 하나하나 뒤처리를 하며 다시 세가의 기틀을 단단히 다져 갔다. 그리고 남궁적산이 다시 창궁단을 이끌고 황산으로 향했다.

 "대주님, 언제 돌아가실 건가요?"

 담교영이 결국 참지 못하고 물었다. 두 사람은 벌써 닷새째 황산을 돌아다니고 있었다. 잠자리는 당연히 노숙이었고, 밥은 언제나 사냥으로 해결했다.

 이렇게 담교영이 말을 꺼낸 이유는 몸을 씻고 싶었기 때문이다. 황산에 들어온 이후로 한 번도 씻지 못했다. 그나마 관리를 깨끗이 했고, 휘안공의 공능 덕분에 지저분해 보이진 않았지만 너무나 찝찝했다.

 "오늘은 저쪽으로 가볼까?"

 단유강은 담교영의 말에 대답할 생각은 하지 않고 서둘러 걸음을 옮겼다. 담교영은 그 모습을 바라보며 나직이 한숨을 내쉬었다. 그리고 별수 없이 입을 다물고 단유강의 뒤를 따랐다.

 그렇게 얼마나 이동했을까, 은은한 물소리가 들려왔다. 담교영의 귀가 쫑긋 움직였다.

"폭포?"

그것은 폭포 소리였다. 근처 어딘가에 폭포가 있는 것이다. 담교영이 애타는 눈으로 단유강을 바라봤다. 단유강은 빙긋 웃으며 몸을 날렸다. 담교영이 기쁜 얼굴로 그 뒤를 따랐다.

두 사람은 순식간에 폭포 앞에 도착했다. 폭포는 그리 크진 않았다. 하지만 물은 깨끗하고 차가웠으며, 근처 풍광은 이루 말할 수 없을 정도로 아름다웠다.

"난 저쪽에 가 있을 테니까 하고 싶은 대로 하고 와."

단유강은 그 말을 남기고 훌쩍 몸을 날렸다. 단유강의 신형이 순식간에 폭포 위쪽으로 사라졌다.

담교영은 그 모습을 보며 빙긋 웃었다. 그리고 옷을 벗기 시작했다. 이내 새하얀 나신이 된 담교영은 물속으로 스며들었다. 상쾌함이 발끝에서부터 머리끝까지 치달았다.

단유강은 넓적한 바위를 찾아 그 위에 누웠다. 그리고 한쪽 무릎을 세운 후, 다리를 꼬고 발을 까딱였다.

구멍을 막고 그것을 이용하려던 놈들을 모두 처리한 후에도 닷새나 황산을 떠나지 않고 돌아다닌 이유는 혹시나 있을지 모르는 잔당들을 찾기 위해서였다. 그리고 만에 하나 독각철괴나 괴목 같은 마물들이 돌아다니고 있을지도 모르기 때문이었다.

"뭐, 깨끗하네."

지금까지 감각을 최대한 활짝 열고 돌아다녔다. 하지만 그런 낌새는 전혀 없었다. 더 이상 마물들이 세상을 활보하는 건 보고 싶지 않았다.

"이제 슬슬 돌아가도 되겠군. 오늘은 여기서 자고, 내일 내려가자."

단유강은 그렇게 결심을 굳히고 기감을 슬슬 퍼뜨렸다. 혹시라도 있을지 모르는 만일의 사태에 대비한 것이다. 물론 그 대상은 담교영이었다.

담교영은 지금 혼자 알몸으로 목욕 중이다. 한데 누가 다가오기라도 하면 큰일 아닌가.

"그냥 간단한 미혼진이나 하나 펼쳐 놓을 걸 그랬나?"

단유강은 그렇게 중얼거리면서도 기감에 온 신경을 집중했다. 차르륵거리는 물소리가 유혹하듯 들려왔다.

남궁현민은 녹초가 된 상태로 경공을 전개했다. 단유강과 담교영을 놓친 후, 두 사람을 찾아 황산을 샅샅이 뒤졌지만 아직도 찾지 못했다.

"벌써 닷새인가……."

남궁현민은 그저 단유강과 담교영만 찾는 건 아니었다. 황산에서 뭔가가 벌어지고 있다는 사실을 알고 있었고, 그것에 대한 단서 또한 찾고 있었다. 하지만 아무리 돌아다녀도 아무것도 찾을 수가 없었다. 사실 남궁현민은 암혈이 있는 곳을 지나쳐 왔다. 하지만 그것을 발견할 수는 없었다. 호천진이 가리고 있었기 때문이다.

남궁현민은 내력이 고갈되자 경공을 멈추고 주저앉았다. 그리고 간단히 운기하여 내력을 보충했다.

"후우, 지치는군. 이제 슬슬 포기하는 수밖에 없는 것인가."

더 이상은 여력이 없었다. 몸도 마음도 너무나 지쳤다. 다만 아무런 성과도 없이 돌아가려니 발이 떨어지지 않을 뿐이었다. 이번에 남궁현민은 창궁단까지 움직였다. 그렇게 하고도 성과가 없었으니 심하면 징계까지 각오해야만 했다. 이래저래 한숨이 나왔다.

그렇게 앉아서 주위를 둘러보며 마음을 고요히 가라앉히고 있을 때, 은은한 물소리가 들려왔다. 남궁현민은 문득 시원한 물에 몸을 담그고 싶어졌다.

"좋아. 몸이나 깨끗이 씻고 돌아가자."

남궁현민은 결국 돌아가기로 결정을 내렸다. 일단 결정을 내리니 갑자기 마음이 편해졌다. 남궁현민은 자리에서 일어나 물소리가 나는 쪽으로 천천히 걸음을 옮겼다. 더 이상 경공을 펼치고 싶지 않았다. 경공은 지난 닷새 동안 펼친 것만으로도 지긋지긋했다.

점점 물소리가 커졌다.

"폭포로군."

예상은 했다. 폭포는 물소리 자체가 다르다. 소리가 나는 곳으로 다가갈수록 웅장한 폭포 소리가 들려왔다. 남궁현민은 기대감 어린 눈으로 걸음을 조금 더 빨리했다.

그렇게 몇 발 더 걸었을 때, 갑자기 남궁현민의 눈앞에 단유강이 나타났다.

"어딜 그렇게 가시나?"

남궁현민은 화들짝 놀랐다. 하지만 이내 나타난 사람이 단유강이라는 것을 알고는 점점 눈이 커졌다.

"어, 여기에 계셨군요!"

남궁현민은 정말로 기뻤다. 닷새나 애타게 찾아다니던 바로 그 사람이 눈앞에 나타났으니 어찌 기쁘지 않겠는가. 남궁현민은 즉시 궁금하던 것들을 좌르르 쏟아냈다.

"담 소저께서는 어디 계십니까? 혹시 산을 내려가신 것입니까? 그리고 찾던 것은 찾았습니까? 금응보의 소보주가 괴물로 변한 이유는 알아내셨습니까? 그리고 섬전창은……."

단유강은 눈살을 찌푸리며 손을 들어 올렸다. 남궁현민은 단유강의 행동에 어색한 표정으로 입을 다물었다. 자신이 생각해도 너무 말이 많고 시끄러웠다. 평소에는 이러지 않는데 지금은 그동안 너무 고생을 해서 그런지 평소와는 조금 달랐다.

"죄송합니다. 너무 반가운 나머지……."

남궁현민은 그렇게 말하고는 생각났다는 듯 고개를 들었다.

"아, 그보다 저쪽에 폭포가 있는 것 맞습니까? 닷새 동안이나 황산을 헤집고 다녔더니 몸이 말이 아닙니다. 전 가서 좀 씻겠습니다."

남궁현민은 그렇게 말하고 단유강을 지나쳐 가려고 했다. 하지만 단유강이 다시 앞을 막아섰기에 그럴 수가 없었다. 남궁현민은 놀란 눈으로 다시 단유강을 바라봤다. 하지만 이내 슬며시 분노가 고개를 쳐들었다.

"왜 이러시는 겁니까?"

남궁현민이 뭔가를 더 말하려는 순간, 단유강이 그의 말을 끊고 입을 열었다.

"교영이가 씻는 중이다. 기다려."

단유강의 말에 남궁현민의 몸이 그대로 굳어버렸다. 자칫 했으면 여인이 목욕하는 모습을 훔쳐보는 파렴치한이 될 뻔했다.

"아, 그, 그, 그렇군요. 죄, 죄송합니다. 그, 그럼 전 조금 기다렸다가……."

남궁현민은 말을 이으려다가 입을 다물었다. 생각해 보니 자신은 몸을 씻을 팔자가 아니었다. 자신이 씻는 동안 단유강과 담교영이 사라져 버리면 그동안의 고생이 다시 물거품으로 변하지 않겠는가.

"…기다렸다가 함께 산을 내려가도록 하겠습니다."

남궁현민의 말에 단유강이 선선이 고개를 끄덕였다. 안 그래도 이제 내려가려던 참이다. 그리고 남궁세가로 갈 생각이었다.

단유강이 허락하자 남궁현민의 표정이 환해졌다. 그동안의 고생을 보답 받는 것 같아 기분이 좋아졌다. 이제 고생은 끝이었다. 남궁현민은 조심스럽게 그동안 무슨 일이 있었는지 단유강에게 하나하나 다시 물었다. 단유강은 그 질문에 모두 답을 해주었다. 물론 단유강의 답은 자세하지 않았다. 그말만 듣고는 무슨 일이 있었는지 전혀 알 수가 없었다. 남궁현민은 단유강과 대화하는 내내 알쏭달쏭한 표정을 지어야했다.

단유강과 담교영은 남궁현민이라는 혹을 달고 황산을 내려갔다. 원래 폭포 근처에서 하루를 지낼 생각이었는데, 남궁현민과 만나면서 계획을 바꿔 바로 내려가기로 한 것이다. 그리고 황산에서 거의 다 벗어날 무렵, 막 황산으로 진입하는 남궁적산과 창궁단을 만났다.

"숙부님!"

남궁현민은 남궁적산을 발견하자마자 크게 외치며 달려갔다. 하지만 조금 의아한 생각이 들었다. 남궁적산이 황산을 내려간 것은 무려 닷새 전이었다. 그렇다면 닷새 동안 남궁적산이 움직이지 않았다는 뜻이 된다.

남궁적산은 남궁현민을 세차게 끌어안았다.

"무사했구나. 다행이다, 다행이야. 지난 닷새 동안 네 걱정을 한 시도 하지 않은 적이 없었다."

남궁현민은 의아한 눈으로 물었다.

"세가에 무슨 일이라도 있었던 것입니까?"

남궁적산이 고개를 저었다.

"됐다. 다 끝난 일이다. 괜히 입에 올려봐야 세가의 이름에 누가 될 뿐이다."

남궁적산은 그렇게 말하고는 은근한 눈으로 남궁현민을 바라봤다.

"그래, 뭔가 성과는 있었느냐?"

남궁현민이 씁쓸한 표정으로 고개를 저었다.

"없었습니다. 다만, 뭔가 은밀한 세력이 준동하려 한다는 것만 어렴풋이 알아냈을 뿐입니다."

그것은 단유강이 해준 얘기였다. 두루뭉술하게 남궁현민에게 던져준 먹이였다. 남궁현민은 그것을 덥석 받아 물었고, 지금 남궁적산에게 풀어놓고 있었다.

"황산에서 뭔가를 획책하려 했던 모양입니다. 하지만 이제는 더 이상 이곳에 없습니다. 아무래도 세가가 움직인다는 것을 눈치채고 모두 도망간 모양입니다."

"그것참, 안타깝구나."

남궁적산은 그렇게 말하며 고개를 들려 단유강과 담교영을 바라봤다. 두 사람의 모습은 헤어질 때와 전혀 달라지지 않았다. 아니, 어떤 면에서는 오히려 그때보다 더 빛이 나는 것 같았다. 거지꼴이나 다름없는 남궁현민과는 상당히 대조적인 모습이었다.

"자네들도 무사했군."

남궁적산의 말에 담교영이 공손히 고개를 숙였다.

"염려해 주신 덕분에 무사할 수 있었습니다."

"그래, 일단 내려가세. 자네들도 함께 세가로 가서 좀 쉬도록 하게."

남궁적산의 말에 단유강이 대번에 고개를 끄덕였다.

"그거 아주 감사한 일이군요. 하하하."

단유강의 뻔뻔한 모습에 남궁적산이 눈살을 찌푸렸다. 하지만 굳이 뭐라고 하지는 않았다. 지금은 실랑이를 하기보다는 서둘러 세가로 돌아가 남궁현민을 쉬게 하는 것이 급선무였다.

남궁적산이 보기에 남궁현민의 상태가 그리 좋지 않았다. 그도 그럴 것이, 남궁현민은 닷새 동안 거의 쉬지도 않고 경공을 전개해 지금 가벼운 내상을 입은 상태였다.

"그럼 어서 가지."

남궁적산이 앞장서서 움직이자 남궁현민이 급히 그 옆으로 따라붙었다. 그리고 창궁단이 뒤를 따랐다. 단유강과 담교영은 일행의 가장 뒤에서 느긋하게 이동했다.

"자아, 그럼 돈을 받으러 가볼까?"

그 말에 담교영이 눈을 크게 뜨고 고개를 옆으로 돌려 단유 강을 바라봤다. 단유강이 받겠다고 한 돈이 무엇인지 금세 알 수 있었다. 그것은 섬전창에게 준 돈이었다.

"대주님, 그 돈은……."

담교영은 단유강에게 말을 하려다 입을 다물었다. 단유강 이 별처럼 반짝이는 눈으로 그녀를 바라봤기 때문이다. 담교 영은 순간적으로 말문이 확 막혔다.

"섬전창이 강하긴 했어. 그렇지?"

단유강의 말에 담교영이 고개를 절레절레 저었다. 섬전창 이 강하긴 했지만 단유강이 훨씬 더 강했다. 그를 무려 창으 로 압도했으니 말이다.

"남궁세가쯤 되면 돈도 아주 많겠지?"

남궁세가는 안휘성을 완전히 휘어잡고 있는 무림세다. 안휘성에는 남궁세가의 영향력이 미치지 않는 곳이 없다고 해도 과언이 아니다. 그런 영향력을 유지하기 위해선 강한 무 력과 금력이 필요하다. 남궁세가는 그 두 가지를 모두 갖춘 무림세였다.

"뭐, 황산에서는 나도 고생을 좀 했으니까."

담교영은 그렇게 말하는 단유강을 보며 부드럽게 웃었다. 자신이 고생한 값을 남궁세가에서 받아내려고 하는 사람은 아마 세상에서 단유강이 유일할 것이다.

'과연 남궁세가에서 순순히 돈을 내줄까? 그것도 사만 냥이나 되는 돈을?'

담교영은 문득 궁금해졌다. 사만 냥은 큰돈이다. 하지만 남궁세가의 입장에서 보면 그렇지도 않다. 문제는 그 돈의 의미다. 그 돈은 섬전창에게 그냥 물러가는 대가로 준 돈이다.

단유강이 혼자서 돈을 낸 거라면 단유강과 섬전창의 문제이다. 하지만 그 돈을 남궁세가가 내준다면 더 이상 단유강 개인의 문제가 아니다. 남궁세가가 섬전창에게 굴욕을 당한 셈이 된다.

'당시에는 상황이 그랬으니 그냥 넘어갔겠지만, 아마 지금은 생각이 많이 달라졌을 거야.'

담교영은 그렇게 생각하며 남궁적산을 힐끗 쳐다봤다. 남궁적산은 무슨 생각을 하고 있는지 심각한 표정을 짓고 있었다.

그렇게 꽤 열심히 이동을 한 끝에 그들은 드디어 남궁세가에 도착할 수 있었다.

단유강은 남궁세가의 모습을 보며 감탄을 했다.

"호오, 굉장한 규모로군."

단유강의 말을 들었는지 남궁현민이 자랑스럽게 말했다.

"우리 남궁세가는 오대세가 중에서도 가장 뛰어난 곳입니다. 세가의 규모나 무력, 금력, 어느 하나 모자람이 없죠."

남궁현민의 말에 단유강이 감탄한다는 듯 크게 고개를 끄덕였다.

"그렇군. 아주 좋아. 그럼 고작 사만 냥쯤은 아무렇지도 않게 내줄 수 있겠군."

단유강의 말에 순식간에 남궁적산의 분위기가 차가워졌다. 남궁적산은 걸음을 멈추고 단유강을 쳐다봤다.

"일단 들어가지."

남궁적산은 그 말을 남기고 안으로 들어갔다. 상당히 냉랭한 표정이었다. 그리고 남궁현민이 그 뒤를 따라 안으로 들어갔다. 남궁현민의 표정이나 분위기도 남궁적산과 많이 다르지 않았다. 그 뒤를 따라 안으로 들어간 창궁단 무사들 역시 비슷한 분위기를 풍겼다.

단유강이 그 모습을 보며 씨익 웃었다.

"이거, 점점 재미있어지는데?"

담교영이 그런 단유강의 모습을 보며 약간 불안한 표정을 지었다. 담교영의 시선이 남궁세가의 정문으로 향했다. 그녀는 남궁세가에 별다른 일이 벌어지지 않기를 속으로 조금 빌어주었다.

『태룡전』 6권에 계속…

閻王眞武
염왕진무

김석진 新무협 판타지 소설

"그, 그럼 어디서 오셨습니까?"
무심하게 고개를 돌리며 진무가 속삭이듯 말했다.

······지옥에서.

인간이라면 절대 익힐 수 없다는 강호삼대불가득!
그것에 얽힌 비사를 풀기 위해 그가 강호로 나섰다!
피처럼 붉은 무적의 강기, 혼돈혈애를 전신에 두르고
수라격체술과 염왕보로 천하를 질타하는 쾌남아, 진무!
염왕의 진실한 무학을 발현하여 무림삼패세와 고금십대천병을
이겨내고 속세의 악업을 심판하는 진정한 염왕이 되어라!

이제 강호는 진무의
일거수일투족에 열광한다!

유행이 아닌 자유추구 ─
WWW. chungeoram.com
Book Publishing CHUNGEORAM

The LORD

성진 게임 판타지 소설

더로드

간절한 갈망은 기적을 만들고
기적은 결코 만들어질 수 없는
연결 고리를 만든다.

그렇게 이어진 연결 고리.
그것은 새로운 시작이었다.

자, 일인군단(一人軍團)의
독보천하(獨步天下)가 지금부터 시작된다.

유행이 아닌 자유추구 -
WWW.chungeoram.com

Book Publishing CHUNGEORAM

오채지 新무협 판타지 소설
천산도객

마도대종사의 죽음.
마침내 끝이 난 이십 년간의 정마대전.
하지만 전 무림이 까맣게 모르는 것이 있었으니…

대종사가 마지막까지 숨겨두었던
마도백가(魔道百家)의 비밀 병기.
패잔병으로 북방을 떠돌던 어느 날
신비로운 사내 비파랑을 만나는데…

"항주의 금룡관(金龍館)에… 이걸 전해주십시오."
"눈치챘겠지만 난 마인이오."
"어쩐지 당신이라면… 약속을 지켜줄 것 같아서……."

한 번의 짧은 만남이 만든 운명 같은 행보.
그의 위대한 강호행이 시작된다.

유행이 아닌 자유추구 -
WWW.chungeoram.com

Book Publishing CHUNGEORAM

共同傳人

공동전인

설경구 新무협 판타지 소설

마교를 재건하라.

혈마옥에 갇히며 미교 장로들의 공동전인이 된 사무진에게 주어진 과제.
역사상 가장 착한 미교의 교주.
하지만 역사상 가장 강한 미교의 교주가 되고 싶다.

고정관념을 버려요.

마교도라고 해서 꼭 나쁜 놈일 필요는 없잖아요.

지금까지와는 다른 마교.

이제 사무진이 만들어가는 새로운 마교가 모습을 드러낸다.

유행이 아닌 자유추구 –
WWW. chungeoram.com

Book Publishing CHUNGEORAM

歡喜密功

환희밀공

설봉 新무협 판타지 소설

歡喜密功
환희밀공
1
설봉 新무협 판타지 소설

무유칠덕(武有七德), 금폭(禁暴), 집병(戢兵), 보대(保大),
정공(定功), 안민(安民), 화중(和衆), 풍재(豊財), 자야(者也).
〈좌전(左傳), 선공 십이년(宣公 十二年)〉

무에는 일곱 가지 덕이 있다.
첫째, 난폭을 금지한다. 둘째, 무기를 거두어들인다. 셋째, 큰 나라를 보전한다.
넷째, 공적을 정한다. 다섯째, 백성을 편안하게 한다. 여섯째, 대중을 화합하게 한다.
일곱째, 물자를 풍부하게 한다.

섬서성(陝西省) 육반산(六盤山)에 신력(神力)을 바탕으로
패공(覇功)을 구사하는 가문(家門), 육반루가(六盤婁家).
세상에게 외면받고 멸시당하는 환희교(歡喜敎).
육반루가의 후손과 환희교 교주의 운명적인 만남.

"넌 환희교를 지키는 수문장(守門將)이 될 거야.
강하게, 아주 강하게 키워주마."
'아버지처럼 죽지 않을 거야. 아무도 날 죽일 수 없어.
세상에서 최고로 강한 사람이 될 거야.'

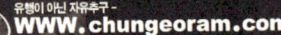

유행이 아닌 자유추구 —
WWW.chungeoram.com

Book Publishing CHUNGEORAM

태룡전

김강현
新무협 판타지 소설

『마신』, 『뇌신』에 이은
작가 김강현의 또 하나의 대작!!
『태룡전』

내가 이곳 미고현에 위치한 천망칠십오대에
온 지도 벌써 두 달이 넘었거든.
그런데 아직도 이해하지 못한 일이 하나 있어.
그게 뭐냐고? 우리 대주 말이야.
우리 대주님이 가장 좋아하는 게 뭔지 아나?
바로 침상에서 좌우로 데굴데굴 굴러다니는 거야.
그다음으로 좋아하는 게 그렇게 뒹굴다 잠드는 거고…….
나려타곤(懶驢打滾)!
더도 덜도 아닌 딱 우리 대주님을 지칭하는 말일세.

천망칠십오대 대주 단유강!!
격동의 무림은 그에게 휴식을 허락하지 않는다.
단유강, 그의 일보가 천하를 떨쳐 울린다!

유행이 아닌 자유추구 -
WWW.chungeoram.com
Book Publishing CHUNGEORAM

오채지 新무협 판타지 소설

천산도객

마도대종사의 죽음.
마침내 끝이 난 이십 년간의 정마대전.
하지만 전 무림이 까맣게 모르는 것이 있었으니…

대종사가 마지막까지 숨겨두었던 마도백가(魔道百家)의 비밀 병기.
패잔병으로 북방을 떠돌던 어느 날 신비로운 사내 비파랑을 만나는데…

"항주의 금룡관(金龍館)에… 이걸 전해주십시오."
"눈치챘겠지만 난 마인이오."
"어쩐지 당신이라면… 약속을 지켜줄 것 같아서……"

한 번의 짧은 만남이 만든 운명 같은 행보.
그의 위대한 강호행이 시작된다.

유행이 아닌 자유추구

WWW.chungeoram.com

Book Publishing CHUNGEORAM